中公文庫

朝　　嵐

矢野　隆

中央公論新社

目次

朝嵐

為朝が上超す源氏ぞなかりける

保元物語

壱　兄と弟

一

鋭い音をたて、矢が突きたった。

八郎は力の入らぬ口をだらしなく開けて、巻藁の真ん中を貫く黒白の矢羽を見つめている。幼い躰の芯に熱い物を感じたのは、この時がはじめてだった。まだ五歳である。己が身から沸き起こる熱の根源がなんなのか、わかるわけもない。ただ、勢いを無くしてもなお力強く巻藁に留まりつづける矢を見ていると、肌が粟立ち、肉が震える。腹の底から生まれた焔が背の骨を駆けのぼり、頭の天辺あたりで弾けて全身を包む。熱に浮かされた躰は力を失い、八郎はただ立ち尽くす。

「御見事っ」

叫んだのは兄だ。七人いるうちの誰かだ。一番上の兄でないことは間違いない。八郎が見つめている矢を放ったのが、長兄だからである。衣の片袖を抜き、たくましい半身を露わにしたまま立っている長兄を、他の兄たちが取り囲んでいた。

「さぁ、八郎様も兄上たちのように」

背後から声が聞こえ、小刻みに震える背に誰かが触れた。肩越しに見た八郎の目に、にこやかに笑う男の姿が映る。須藤九郎家季、八郎の乳母の子であった。十も年嵩である。

家季に答えず、八郎はふたたび巻藁のなかの矢を見つめた。そして、長兄が矢を放った様を脳裏に思い浮かべる。

見事であった。

六条堀川にある父の屋敷の庭に設えられた巻藁を一端に寄せ、最も遠いところに兄が立つ。構える弓と巻藁は、二十間ほど離れていた。この程度ならば、当たらぬわけではない。父の家人たちが兄と同じようにして矢を放つのを、八郎は幾度も見ている。ではど真ん中に当たったから震えているのかといえば、それも違う。幾度も射れば、誰でもひとつやふたつは真ん中に当たる。

兄は十度射た。そして一度も逸らすことなく、十本が十本とも中央を貫いたのだ。そんな芸当は、父ですらできはしない。

しかし八郎を震わせたのは、狙いの正確さなどでは決してなかった。

兄の放つ矢の強さと鋭さに息を呑んだ。猛禽から逃れる小鳥の叫びのごとく、矢羽が空を斬り裂きながら巻藁へと届く。鏃が藁を貫く瞬間、見えるはずもない力の波が空を震わせ、遠く離れた八郎の頬を打ったのだ。

「あれは」

長兄が八郎を見ながら問うた。太い眉の尻が使い古された筆先のごとく方々に散り、それが天にむかって吊り上がっている。大きな瞳は爛々と輝き、まるでいま己が射た矢のごとき鋭い視線を八郎にむけている。八郎と十六も違う長兄は、すでに元服して義朝と名乗っていた。日頃は坂東に住んでいるが、今日は父に会うため京に戻っている。

「八郎にございます」

六人の兄の誰かが答えると、義朝は丸い目をなお見開いて、弟たちの輪を掻き分けた。赤銅色に焼けた胸がおおきく盛り上がっている。躰の大きさも肉の厚さも、父や兄弟たちとは比べものにならない。

義朝が大股で歩み、目の前に立った。

「大きくなったのぉ八郎」

力なく口を開けたままの八郎を、義朝は腰に手を当てながら見下ろしている。

「この前会うた時は、御主はまだ赤子であった。儂のことを覚えておるか。いや、覚えておるはずがない」

義朝は大声をあげて笑った。たくましい腹から生み出された声は、間近に立つ八郎の躰をはげしく揺さぶる。

長兄にすり寄るようにして、六人の兄が背後に並ぶ。八郎を見る兄たちの瞳の奥に、邪な気がにじんでいた。八郎はさほど気にしていない。兄というものは、己を嫌うものだとどこかで思っている。

義朝が膝を曲げてしゃがんだ。八郎の倍もあろうかという顔が視界をふさぐ。

「御主の兄の義朝じゃ」

長兄が吐いた息に生臭さを感じ、八郎は思わず眉根に皺を刻んだ。

「喋れぬのか」

鷲の嘴を思わせる太い鼻をひくつかせ、義朝が問う。八郎は首を左右に振る。

「ではなにか申してみよ」

言って長兄は八郎の張りでた額を指で突いた。軽く突かれただけなのに、骨の芯に鈍い痛みを感じる。苛立ちが口を尖らせた。

「おっ此奴、生意気にも怒るか」

義朝の分厚い唇の端が吊りあがる。

「申したきことがあるのなら、申してみよ」

「弓」

「ん、弓がどうした」

「貸してくだされ」

どうして弓を欲したのか、己でもわからなかった。

「御主、弓を持ったことはあるのか」

首を左右に振る。

「そうか」

兄が立ちあがって、並べて立てられている弓のほうへとむかった。他の兄たちは二人のやり取りを黙って注視している。義朝が一番小さな弓を右手に、左手に己が放った物より短い矢を数本持った。振り返り、ふたたび八郎の前に立つ。

「儂のは御主には大きい。これで良かろう」

差しだされた弓を手にする。八郎の背丈よりわずかに大きな弓が地に付かないように、弓を持った左手を肩のあたりに掲げた。

「そのまま胸のあたりに掲げ、右手で弦を持て」

言われた通りにすると、義朝が矢を持ち、弦をつまんだ八郎の指に筈(はず)をつかませた。

「ここを弦にかけよ」

筈の切れ目に弦を嵌(は)め、弓を持つ手に矢を乗せる。

「両手を上にあげよ」

義朝の動きを思いだしながら、腕を上げる。

「そうじゃ。的のほうを見よ」

庭の端にある的は遠い。それでも八郎は言われたとおりに、兄が射た矢が刺さったままの巻藁をにらむ。

「両手を開きながら弦を引け」

義朝の言葉にうながされるようにして、弦を引く。きりきりという鈍い音が八郎の小さな耳のそばで鳴る。

「腕に力が入っておると、真っ直ぐ飛ばぬ」

弦が元に戻ろうとする力に抗するだけで、精一杯だった。力を入れるなと言われても、どうしても力んでしまう。腕が震える。

「そのまま」

厳しい口調で義朝が言う。真一文字に結んだ口の奥で、八郎は必死に歯を食いしばっていた。力みがさらに強い震えとなって、腕を揺さぶる。

「放て」

右手の指を開く。弦が鈍い音をたてた。矢はどこだ。にらんでいた巻藁にはない。兄たちがいっせいに笑った。

「あ」

矢を見つけた八郎の口から、呆(ほう)けた声が漏れる。己の左足の先、二歩ほどゆけば届く地に、矢が斜めに刺さっていた。

「はじめから上手くは行かぬ」

笑みを浮かべ、義朝が八郎の背を叩いた。他の兄たちは、笑いつづけている。日頃から忌み嫌っている弟の無様な姿が、おもしろくて仕方がないらしい。

「今度はもそっと近くから射てみるか」

己の子供と言ってもおかしくない年の弟に、義朝が優しく声をかける。だが八郎の耳には、兄の言葉は届いていなかった。刺さった矢へ近づき引き抜くと、ふたたび元の場所に立って弓に矢を番える。射る方法はわかった。もう義朝に用はない。

「八郎よ」

義朝の声が遠くで聞こえる。他の兄の嘲笑は、綺麗さっぱり消え失せていた。ふたたび弓を頭上に掲げる。そしてそのまま両腕を広げるようにして肩のあたりまで下げた。やはり弓の力に負けてしまう。じっとしているだけで腕が震える。それでも八郎は耐えた。口中で鳴る歯と歯がこすれる音が、頭の骨を震わせる。弦が軋んであげる悲鳴と、頭のなかの響きが重なってゆく。その調子を合わせるように、下顎を小刻みに揺らす。

「下腹に力を込めよ。あとは力を抜け」

義朝の声がはっきりと聞こえた。

下腹に力。あとは力を抜く。

幾度も脳裏で繰り返しながら、弓を構えたまま耐える。八郎の目に映るのは、遠くに見える巻藁のみ。次第にいっさいの音が聞こえなくなってゆく。力んでいることすら忘れてしまう。なにかにうながされるように、右手の指を開いた。

兄たちの笑い声が蘇(よみがえ)る。

「止(や)めよ」

弟たちを怒鳴る義朝の声が、八郎を現世に呼び戻す。先刻よりわずかにむこう、五歩ほど先の地面に矢が転がっていた。

「修練じゃ。修練すれば、儂のようになれる。焦るでない八郎」

なぐさめの言葉を吐いた義朝が、肩に触れようとする。その腕を八郎は乱暴に払った。

そして、ぎらつく目で長兄を見上げる。

「無礼であろう八郎っ」

兄の群れから怒号が飛んだ。

「黙れ」

長兄に媚(こ)びる兄たちを見もせずに、八郎はぼそりとつぶやいた。義朝はそんな弟を、笑いながら見ている。

「悔しいか八郎」

兄の瞳が放つ眩(まばゆ)い光がわずらわしく、八郎は背をむけた。そして地に転がる矢に近寄り、拾いあげる。

「おい八郎。先刻の言葉はなんじゃっ。聞き逃せぬぞっ」

肩をつかまれ乱暴に躰を回された。振り返った先に細面の男が立っている。義賢だ。

義朝のすぐ下の兄である。

「幼子とはいえ許せぬ。謝れ八郎っ」

胸を張り弟を叱りつける義賢の目には、怒りがにじんでいた。はじめて矢を射る八郎を嘲り笑った己の無礼など、兄はとっくに忘れている。

「なんとか申せっ」

なおも義賢が詰め寄る。

「邪魔じゃ」

目の前に立ち塞がる兄を弓を持つ腕で押しのけ、先刻己が立っていた場所に戻ると、八郎はまた矢を番えて構えた。

「八郎っ」

なおも詰め寄ろうとする義賢の胸を、義朝の大きな掌が止めるのを横目で確認してから、巻藁に集中した。

何故、兄のようにならない。あの鋭い勢いはどうして己の矢には宿らないのか。弓が小さいからという言い訳はしたくなかった。

幼いなりに考えるが、答えが見つかるはずもない。考えれば考えるほど、躰に力が入り、腕が硬くなる。

弓に引き寄せられる弦の力に負け、右手の指から矢が離れた。先に放った物よりも無様に弓から解き放たれた矢は、幾度か左右にぶれてから足元に落ちる。またもみなが、どっと笑う。義賢だけが怒りを満面にたたえて八郎をにらんでいた。

目から熱い物が溢れだす。

「もう良い。明日にせよ」

見かねた義朝が告げるのを、八郎は無視して矢を拾う。みなの嘲笑が悔しくて泣いているわけではない。思い通りにならぬことに耐えられないのだ。物言わぬ弓と矢すら御せぬ己が情けなくて、自然と涙が溢れてくるのだ。

とめどなく流れ落ちる涙をぬぐいもせず、八郎は弓に矢を番えて構えた。

心に巣食う邪念は消え去ることはない。悔しさと情けなさと怒りを餌にして、躰のすみずみまで蝕んでいる。それでも八郎は矢を射ることを止めない。八郎は矢を射続けた。四半刻あまりも休まず射た。笑っていた兄たちも、呆れて言葉を失った。矢が一番飛んだのは、二度目だった。己から五歩ほどのところに転がった物だ。

「これだけやれば、もそっと飛ぶであろうに」

兄の誰かがつぶやいた。そうかもしれない。素直に納得した。見ているのが哀れならば去ってくれ。心中に浮かぶ言葉を口にすることすらできぬほど、疲れ果てている。それなのにまだ矢を射ることを止めない。

義朝は腕を組んだまま、弟の無様な姿を見守っている。義賢はその隣で、執拗な怒りを視線にたたえたまま固まっていた。

目がひりひりと痛む。涙のせいだ。巻藁がかすんでいる。これでは思うように狙えない。どうして己はこれほど依怙地になっているのか。もうなにもわからなかった。

矢を放つ。

弓から離れた矢は鏃で地を打ち、一度回転してから矢羽根で地を叩いたのちに倒れた。拾おうと足を踏みだした刹那、目の前が暗くなった。束の間、闇におおわれた視界が色を取り戻すと、義朝の顔があった。背中に熱いなにかが当たっている。腕だ。義朝の腕が八郎の躰を支えていると悟った時、己の足が地を噛んでいないことに気付いた。

「今日はここまでじゃ」

八郎を抱いたまま、義朝が言った。

「矢は飛ばぬが、ここまで執着するは天晴ぞ。修練を積めば、良き武士になれよう」

「離せ」

分厚い兄の胸を突きとばすようにして、八郎はふらつく躰を起こした。膝に力が入らないから、立っているだけで精一杯である。それでも必死に地に立ち、しゃがんだままの兄をにらむ。

「今日はもう休め」

答えず、力の入らない手で転がっている弓と矢を拾った。

「もう止めよ」

無視して構える。弦を絞る手がぶれて、思うようにならない。放つ。そんな躰で放った矢が満足に飛ぶわけがない。足元に転がる矢を拾いあげ、弓に番えて巻藁を見る。

「八郎っ」

気のこもった声を義朝が吐いた。矢を構える八郎の全身が、兄の気を受けてわずかに仰け反る。尻から倒れこみそうになるのを、足の裏に力をこめて堪えた。

「止めよと申しておるのが聞こえぬのかっ」

聞かない。飛ぶまで止めない。放つ。やはり矢は地に転がった。

「行くぞ」

義朝が背をむけた。歩きだした長兄に、戸惑いながらも兄たちがつづく。

ふらつく足で矢に近づき拾う。そしてまた弓に番える。そんな八郎を、義朝が立ち止まって肩越しに見た。

「あのように人の話を聞かぬ者は武士としては使い物にならぬ。弓への執着は大した物じゃと思うたが、勿体無きことよ。あれは父上がどこぞの白拍子に産ませた子だ。兄へのあの物言いは、下賤な血のなせる業か」

弓を構えたまま、八郎ははっきりと聞いた。吐き捨てるようにして言った義朝は、弟たちを引き連れて屋敷へと戻ってゆく。

巻藁をにらんだまま動かない。

白拍子に産ませた子、下賤な血……。

幼いながらも、兄の言葉にこもった悪意をしっかりと感じ取っていた。矢を番えたまま弦を緩める。そしてそのまま膝から崩れ落ちるようにして地に座り込んだ。黙って見守っていた家季が、駆け寄ってくる。

「もうお止めくだされ八郎様」

しゃがんで小さな肩に手を添える家季の目は真っ赤だった。

「家季」

地に突き立てた腕で躰を支えながら、八郎は乳母子（めのとご）に問う。

「白拍子とはいかなる者ぞ」

「それは」

答えに窮した家季が口籠（くちごも）る。男女の交わりなど知らぬ八郎でも、家季の態度を見れば白拍子が堂々と語れぬものであることくらいはわかった。

兄たちの蔑（さげす）む目を思いだす。

「白拍子の子故、兄たちは八郎を嫌うておるのか」

「八郎様」

それ以上、家季はなにも言えなかった。

「八郎は武士にはなれぬのか」

歯を食いしばり家季が顔を左右に振る。

「家季」

「はい」

荒い息とともに答えた家季に八郎は問う。

「武士とはなんじゃ」

乳母子はなにも言わなかった。

二

深い森に分け入ってゆく。供は乳母子の家季ただひとり。六条堀川の父の屋敷を出てからすでに半刻あまりが過ぎていた。五歳の八郎は弱音ひとつ吐かず、淡々と歩いてゆく。鴨川(かもがわ)を渡り、東山(ひがしやま)へとむかうと荒れ果てた寺域がある。昔は仙遊寺(せんゆうじ)という名であったというこの寺はすっかり寂れ、人の気配はまばらであった。境内(けいだい)であったらしい場所を奥へと進み、手つかずの森へと入ってゆく。

「八郎様」

後ろを付いて来る家季が声をかける。答えずに八郎は木々の間を抜けてゆく。

「この辺りは危のうございます。盗人、追剝ぎの類に出くわさぬとも限りませぬ」

八郎の身形は、源家の子息に恥じぬ物であった。菊綴の付いた紫色の童子用の水干も萌黄色の括袴も、解れひとつない。

父は源家の棟梁である。八幡太郎義家の孫、左衛門尉為義だ。その子である八郎は、義家の曽孫にあたる。

清和源氏。その血を辿れば帝に通じる。

「なにもこのようなところまで来ずとも、屋敷で修練なされればよろしいものを」

「案ずるな家季」

立ち止まって家季に目をむける。

「御主がおる」

鼻から息を吐いて、家季がかすかに笑う。その腰に佩く太刀の柄頭が木洩れ日を受けて輝いている。十五になる家季であるが、家中でも名うての太刀の名手であった。年嵩の男たちと手合わせしても、十のうち七つは勝つ。

「御主が守ってくれよう」

八郎はまた歩きだす。家季はもう口を開かず後を追ってくる。森深く分け入り、寺の残骸（がい）が見えなくなった辺りで八郎は立ち止まった。

「家季」

背後に手を掲げる。すると家季は、携えていた弓を八郎に渡した。屋敷で使った物である。矢は一本だけ持ってきた。それも、義朝の前で射た物だ。

家季から矢を手渡され弓に番えた。十間ほど離れた松の木に狙いを定め、弦を引き放った。矢が乾いた音をたてる。見ずともどこに落ちたかわかった。四歩ほど先の枯葉のなかに、矢は埋まっている。家季が駆け、八郎を越して矢を拾おうとした。

「止めろ」

矢の前で家季が止まる。

「拾う」

八郎の言葉を聞いた家季が身を退く。みずから歩き矢を拾う。そしてまた元の場所まで戻って弓を構えた。

使い物にならぬ……。

義朝の言葉が頭のなかをぐるぐると回っていた。

下賤な者を母に持つことも、そのせいで兄たちにうとまれていることも、どうでも良いことだった。ただ武士として使い物にならないと言われたことが、どうしても許せない。己は八幡太郎義家に連なる身なのだ。奥州で蝦夷（えみし）に打ち勝ち、その名を天下に轟（とどろ）かした義家の曽孫なのである。

源家は武家だ。年長ずれば、己も当然武士として戦場を駆けることになると、八郎は信じていた。武士として生きる。五歳というまだ昨日まで乳飲み子であったような童でありながらも、八郎にはみずからの行く末がはっきりと見えていた。

しかしそれを兄は否定した。

武士として使い物にならぬということは、八郎にとっては死ねと言われたに等しい。

母の顔を知らなかった。赤子の時に父の屋敷に入り、家季の母の乳をもらい育った。源家こそが八郎のすべてなのだ。

幼いが故に、八郎の世間は狭い。人の歩む道が幾筋（いくすじ）もあるということを知らなかった。源家の棟梁の子は武士になる。是も非もない。それが必定なのである。兄になんと言われようと、武士として生きるしかないのだ。

弓弦を弾く。

耳に鋭い痛みが走った。弦を放した右手で触れると、湿った物が耳を濡らしている。指先が赤く染まっていた。

「大事無い」

駆け寄ろうとした家季に告げる。すると乳母子は、優しい声を吐いた。

「弓を持つ手に力が入り過ぎておりまする。矢を放った後、手のなかで弓が回り、弦が拳の前へと来る心持ちで射ねば、耳を落としまするぞ」

耳が落ちなかっただけでもありがたい。義朝も力を抜けと言っていた。いろいろなことを考え過ぎて、躰に気を張っていなかった己を、八郎は心中でいさめる。

足元の矢を拾い、弓に番えておおきく息を吸う。肩の力を抜き、躰全体で弓と矢を支える。兄たちが見ていないからだろうか、先日よりも弦を引くのがいくぶん楽なように感じた。力を抜いても腕が震えない。

なにも考えるなと、己に語りかける。ただ目の前の松に集中した。

幾度も幾度も矢を射る。この世にあるのは己の腕と弓と矢、そして狙う松の木のみ。残りのすべてが白色に染まり音も無い。

背後から声が聞こえた。

「八郎様」

答えず弦を引く。

「もう三刻ほども射られておりまする。このままでは御躰が持ちませぬぞ。そろそろ御止めくだされ」

言われて驚いた。三刻もの長い間、己は矢を射ていたのか。八郎の心地では、まだ半刻ほどしか経っていない。しかし言われてみれば、腕が激しく震えている。たしかに疲れは溜まっているようだ。それでも八郎は矢を拾い、元の位置に立って弓に番えた。

最後の一矢……。

そう心に決めて弦を絞った。

いつまでもこうして立っていられるような気がする。これまでとは違う感覚に、八郎は戸惑いをおぼえた。

いまだ五歳。あまりにも聡い子であった。

弦をつまむ指が自然と開く。掌中で弓がくるりと回った。矢が空を斬り裂く。狙い定めた松の根元に矢が刺さった。

「やりましたな」

嬉しそうに家季が言った。しかし納得がゆかない。真っ直ぐ飛びはしたが、矢は勢いを失い根に刺さった。狙っていたのは八郎の胸ほどの高さのところ。これでは射たとはいえない。憮然とした表情を浮かべ、八郎は松へと歩む。

なぜ矢は勢いを失ったのか。弦の引きが甘かったのか。力を抜き過ぎたのか。単純に疲れていたからなのか。さまざまな要因が頭に浮かぶ。気付いた時には松の前に立っていた。鏃を思いきり引き抜く。苛立ちを吐きだすように、堅い鱗におおわれたような幹を蹴る。

「なぜじゃ」

八郎は手にした矢に問う。

「なぜ思うようにゆかぬ」

兄たちに嘲笑われた時から溜まりに溜まっていた鬱憤が爆発する。

「我が白拍子の子だからか。下賤の血がこの身に流れておる故か」

問いながら蹴りつづけた。ちいさな糸鞋から伝わる衝撃が足の裏に痛みを伝える。それでも八郎は松を責めた。

「我の父は左衛門尉、源為義ぞ。源家は武家じゃ。我は武士ぞ」

急に躰が動かなくなった。家季が背後から抱きしめている。

「御止めくだされ八郎様」

「はなせ」

「八郎様はまだ幼うございます。その強き想いを持たれておられれば、かならず父上や兄上にも負けぬ武士になられましょう。そのように御自分を責めなされまするな」

「はなせ家季」

「離しませぬ。八郎様は必ず、必ず……」

家季が言葉に詰まる。泣いていた。哀れみを受けたことに、八郎は耐えられない。

「はなさぬかっ」

怒鳴りつけると、家季が腕を解いた。

「もう良い」

乳母子の顔を見ずに八郎は、元いた場所まで戻ると弓を構えた。すでに家季は松の前を退いている。

　放つ。松の直前で落ちる。

　最後にしようと思ったことも忘れ、八郎は矢を放ち続けた。五本のうち三本は松の根に刺さる。松に届かなかった矢も、以前のように足元に落ちることはなかった。弦が耳を弾くこともない。だいぶん腕から力が抜けるようになった。それでも納得がゆかない。なんとか狙った場所を矢で貫きたいという一心で、弓弦を弾きつづける。

　いきなり腰から気が抜けた。踏み荒らして粉々になった枯葉に尻餅をつく。立ちあがろうとしても思うように行かない。腰だけではなく、腕からも気が抜けている。

「三刻と御伝えいたしてからまた半刻。今日はもう御止めなされ」

　松の根元にあった矢を拾い、八郎の元まで歩みよった家季が穏やかに言う。

「一日や二日で思い通りになるならば、修練などいりませぬ。動けなくなるまで射ることよりも、続けることのほうが難しゅうござります。すでに西の空が紅くなっております。陽が沈まぬうちに屋敷に戻りませぬと、みなが心配なされまするぞ」

「我のことなど誰も案じてはおらぬ」

「それは心得違いをなされておりまする」

　家季が言い切る。

「父上も兄上たちも八郎様のことを案じておられまする」

「そんなことはない」

　家季が首を振る。

「血を分けた同胞(はらから)こそ、武家にとってもっとも信ずるに足る味方にござります。ゆくゆくは八郎様は、兄上たちと敵を同じゅうして戦うことになりましょう。いまは悪しきことを申されたとしても、必ずや八郎様の心強き御味方となられまする。父上や兄上たちをお信じなされ。けっして敵と思われまするな」

「もう良い、わかった」

　乳母子から目をそらし、腕に力をこめて立ちあがろうとするが、思うように躰が動いてくれない。

「立てぬようになるほど御続けになるとは……。この家季も、八郎様には敵いませぬ」

　笑いながら家季が後ろをむいた。そして八郎の足に手をそえて、背におぶう。

「止(よ)せっ」

「このままでは帰れませぬ」

　八郎が抵抗するのも聞かず、家季は立ちあがる。

「弓と矢はお持ちくだされ」

「わかっておる」

　乳母子が力強く歩き出す。

「家季」

「なんでござりましょう」

「歩けるようになったら、下ろしてくれ」

「承知仕りました」

家季の背から伝わる温もりに包まれ、八郎は目を閉じた。


「八郎」

修練にむかおうと屋敷の廊下を歩んでいた八郎を、背後から聞こえた声が呼び止めた。

振り返った目に映ったのは、細面の四十がらみの男の顔だった。

「父上」

八郎は男を見ながら言った。

父、為義は、眉間に四六時中消えない皺を刻んだまま、八郎の前に立った。

「御主この頃、昼間は屋敷におらぬようだが、どこに行っておる」

「都を歩いております」

嘘を言った。

「何故じゃ」

為義が細い右の眉を思いきり吊り上げながら問う。都の治安を守る検非違使を務める父は、子に言葉を投げかける時も、罪人を問い詰めるような口調であった。誰を見る時も、瞳から猜疑の色が消えない。

「ここにいてもなにもすることがありませぬ」

「朱雀大路の先は良からぬ者も多い」

為義の屋敷のある六条より南に行くと、大路を挟んだ右京のあたりは人家もまばらで、骸が打ち棄てられているのも珍しくはない。

「家季がおります故、御心配には及びませぬ」

「大勢に囲まれたら、在奴でも手に負えぬ。家季は従者じゃ。御主が歩めば従わねばならん。無闇に動き回るでない。御主もそろそろ筆を持ち学ばねばならん。誰にも告げずに屋敷を出るでない」

「我は武士にござります。筆を持ちて学ぶことなどござりませぬ」

「おろかなことを申すな」

眉間の皺を深くして為義が叱りつける。

「武士は誰に仕えておるのじゃ。内裏におわす方々の御前にて恥ずかしゅうない振る舞いをすることも、武士のたしなみぞ。ただ弓馬の精進をしておれば武士になれると思うたら大間違いじゃ」

への字に口を曲げて目を伏せる我が子を見下ろし、為義が溜息をひとつ吐く。

「良いな。あまり出歩くでないぞ」

うなずきも答えもしなかった。従うつもりはない。その日も八郎は鴨川を渡った。

三

七年……。

長い時が流れ、八郎は十二になり元服し、名を為朝と改めた。父、為義の為と、兄、義朝の朝が入っている。嫌いだった。父と兄の名を継いでいるというだけで気に喰わない。

小さかった躰は、十を過ぎたころから極端に大きくなった。いまでは七尺に達している。兄弟のなかでも頭ひとつ飛び出るほどだ。大きいのは背だけではない。肉の厚さも、兄たちの倍はあった。五歳のころから一日として欠かしたことのない修練の賜物である。

為朝十二歳であった久安六年、近衛天皇の御代であった。この帝は、鳥羽上皇を父に持ち、美福門院を母とした。兄である崇徳上皇の譲位によって、わずか三歳の時に帝となった。

鳥羽上皇は長子である崇徳上皇よりも、寵愛する美福門院の子を選んだのである。

崇徳上皇にはある噂があった。崇徳上皇を産んだ待賢門院璋子は、鳥羽上皇の祖父である白河法皇のもとで育てられた。法皇の璋子への寵愛は、養育だけに留まらず男女の仲へと発展し、子を宿した璋子は、そのまま鳥羽上皇の中宮となったというのである。つまり崇徳上皇は、鳥羽院の子ではなく、白河法皇の子だというのだ。そうなれば崇徳院は、鳥羽院の叔父ということになる。じっさい鳥羽院が、崇徳院を呼ぶ時に〝叔父御殿〟と呼んだという噂まで巷間に流れていた。

噂の真偽は定かではないが、鳥羽院が崇徳院を押し退けて近衛を皇位に就けたのだけは間違いない。

皇族にそのような葛藤があったなか、藤原摂関家にも肉親同士の争いが生まれていた。摂関家は氏の長者である。つまり神である帝に仕える人の筆頭だと、みずから名乗るほどの権勢を誇っていた。

この時の氏の長者は関白、藤原忠通である。忠通には妾腹の男児が二人いたが、早くに出家させており、正室との間に生まれた男児も夭折したため、後継を弟の頼長に託そうと養子にむかえた。しかし忠通が四十七歳の時、待望の男児が生まれた。己が子に摂関家を継がせたい忠通は、次第に頼長と距離を置くようになってゆく。

両者の対立は、近衛天皇の皇后を決める際に表面化した。

頼長が養女の多子を入内させると、忠通は藤原伊通の娘である呈子を后に推す。忠通は呈子を美福門院の養女にし、后への道を着々と進ませたが、この問題は鳥羽上皇の取り成しによって、頼長の養女多子を皇后、呈子を中宮にすることで一応の決着を見た。しかし兄弟の争いに、父が介入することで事態はいっそう深刻になってゆく。

二人の父である先の関白藤原忠実(ただざね)は、弟の頼長を溺愛(できあい)していた。忠通が氏の長者として、頼長の前に立ち塞がることに怒った忠実は、忠通を義絶(ぎぜつ)し頼長を氏の長者に据える。忠実は鳥羽院に忠通の関白解任を求めたが、いまもその返答はなかった。

皇族、摂関家それぞれに葛藤を抱えながらも、世は近衛天皇の父として今も権勢を誇る治天の君、鳥羽上皇のもとで平穏に治まっていたのである。

だが、それも宮中でのこと。民の暮らしは高貴な者の栄華とはかけ離れたところにあった。


今日もいつもの森で弓を引く。昔、義朝が使っていた物よりも長い物を使っている。八尺を超える弓で、番える矢は十八束あった。一束が握り拳ひとつ分である。この弓と矢を使える者は、父の郎党のなかにひとりもいない。為朝だけのために誂(あつら)えさせた弓だった。

構える。狙う木は三十間先にあった。林立する木々の間にわずかに見えているだけ。間をすり抜けて貫くには、一尺に満たぬ隙間しか残されていない。それでも為朝は構わず狙いを定めた。全身のどこにも力がこもっていない。指の先まで固まることなく、自然な構えで弦を引き絞る。

背後で家季が見守っていた。従順な乳母子は、一日も休むことなく為朝の修練に付き合っている。おかげで二人とも、風邪ひとつひいたことがない。

弓弦が鳴る。鏃に斬り裂かれた空が悲鳴を上げ、木々に谺した。一直線に飛んだ矢が、わずかな隙間を潜り抜け、狙い定めた幹のど真ん中に突き刺さる。

「御見事」

家季の声を聞き流しつつ、背に負う箙から新たな矢を抜き取る。五歳のころとは違う。背の箙には真新しい矢が詰まっていた。

つぎも同じ場所を狙う。

唸りをあげて飛んだ矢が、幹に刺さる矢を弾き飛ばして突き立った。

三射、四射と為朝は矢を放つ。そのすべてが、狙い定めた場所と寸分違わぬところを射貫く。とうぜん先にあった矢は、時に押し退けられ、時に真っ二つに裂け、新たな矢にみずからが鎮座していた場を明け渡す。

十ほど射てから弓を下ろした。長年の修練のせいで、左の腕が右よりも四寸ほど長くなっていた。いまでも矢を射ることに集中すると、二、三刻の時はあっという間に過ぎる。

家季が近寄り声をかけてきた。

「もはや為朝様に敵う者は家中にはおりますまい」

三十間先にある松を見ながら、為朝は首を振った。標的の松は長い間狙い続けた物である。そのせいで、褐色の皮が剝げて木肌が露わになっていた。黄色い木肌が見えているのは、為朝が立つ場所から見える一尺に満たない隙間のみ。皮は細長く削れていた。

　為朝の返答に戸惑い口をつぐむ家季にむかって、言葉を継ぐ。

「我はまだ動く物を射たことがない。これでは戦場では役にたたぬ」

「これだけ狙い通りに射られるのでござります。的が動いていようと、為朝様なら必ず仕留められましょう」

　溜息をひとつ吐き、為朝はふたたび弓に矢を番える。家季がさっと身を退く。

　数えきれぬほど矢を放った。昔よりも幾何かは思い通りの場所に打つこともできる。だが、いまも脳裏には、五歳のころに見た義朝の姿が焼き付いていた。義朝の放った矢の鋭さ、勢いにはいまだ追いついていないと思う。その差はなにか。義朝は坂東で土地の武士らと争っている。戦場で人を殺めたこともあろう。義朝の矢には殺気があった。矢で人を殺したことがある者だけが持つことのできる気を、義朝の放つ矢はまとっていた。幼いころにはわからなかったが、いまはわかる。あの時為朝が震えたのは、目に見える矢の強さではなかったのだ。巻藁に飛んでゆく矢が秘めた、人を殺さんとする気に、戦慄を覚えたのである。弓の腕だけならば、兄を超えているかもしれない。だが為朝の放つ矢は、鋭さと正確さしか宿っていなかった。果たしてそれで人を殺すことができるのか。

　敵に打ち勝ってこその武士である。修練で得ただけの腕など、戦場ではなんの役にも立たない。

戦がしたかった。

父のように都に留まり、公家のために悪人を追う暮らしなど御免だった。内裏での位階を昇ることになんの意味があるのか。日ノ本には多くの国がある。都のような狭い檻(おり)のなかで、一生を終えたくはなかった。兄のように檻を出て戦いたかった。

為朝は武士である。武士らしく生きたいのだ。そのためにも弓の腕をもっと上げなければならない。為朝の放つ矢に足りない物を求めるには、生きた標的が必要だった。

「どこかにおらぬものか」

矢に殺気をまとわせるための獲物が欲しかった。三十間先に見える松の命を絶たんとするように、身中に殺意を満たす。邪な心を矢に込めて放つ。先にあった矢を弾くだけで、なにも変わらなかった。

「ん」

家季がなにかに気付いたように声を吐いた。その時にはすでに為朝も、ただならぬ気配を感じ取っていた。十数人の男たちに囲まれたのは、それからすぐのことである。いずれも襤褸(ぼろ)を着て、目は野犬のごとくぎらついていた。手に思い思いの得物を持っている。薙(なぎ)刀(なた)、太刀、弓、いずれも満足な手入れもされていないような粗末な物ばかりだった。

「なんの用だ」

太刀の柄に手をやり、腰をわずかに落としながら家季が男たちに問う。この七年あまりの間に、こうして良からぬ者たちに襲われることは幾度かあった。その度に、家季が一人二人斬って散らしていた。

いつものことと、家季に気負いはない。

一番年嵩であろう四十がらみの男が、家季の前に立ち、嘲るような笑みを浮かべながら口を開いた。

「ここはお前たちのような奴が来るところじゃねぇぜ」

荒廃した寺の奥。男の言うとおり、源家の棟梁の子が来るようなところではない。

「盗人ならば、このまま去ね。追いはせぬ」

淡々とした口調で家季が告げると、男たちがいっせいに笑った。

「こんだけの人数を前にして、ずいぶんなこと言うじゃねぇか」

先刻の男が、抜き身の太刀を肩に当てながら言った。

「去れ」

「俺ぁ、お前ぇたちのような武士が嫌ぇなんだよ。そうやって偉そうに上から物を言われると、斬りたくて仕方が無くなっちまう」

男が目を見開いた。瞳はいっさいの光を拒むかのように闇に沈んでいる。

「ここにいるのは、お前ぇたちのような武士や公家や坊主どもに作物を奪われて、里で食えなくなった者ばかりだ。都に来ればなんとかなると思ったが、ここも余所と一緒じゃねえか。往来には骸が溢れ、街は糞の臭いで溢れてる。偉そうにしてるのは公家や武士ばかりで、俺たちみてぇな奴等はみな下をむいてやがる。ここは都じゃねぇ。墓場だ。食い詰めた者たちが死ぬためのな」

「御主等の不満など知ったことではない」

家季の言葉に、男たちの頭目らしき四十がらみの男が鼻をひくつかせた。悪辣に吊り上がった唇の隙間からのぞく黄色い牙が、木洩れ日を受けて怪しく光る。

「覚悟はできてんだろうな」

家季は答えない。

男たちが足を広げて得物を構えた。

来る……。

為朝は足を踏みだし、家季の前に立った。男たちが驚き、身を強張らせる。背丈は家季よりも大きいが、まだ十二。顔には幼さが残っている。

「下がっていろ」

弓を持たぬ短い方の腕で家季を制する。

「どういうつもりだ」

頭目が為朝に問う。答えずに背に負う箙から矢を取り、弓に番える。

「そういうことか……。行けっ」

頭目の声を聞き、男たちがいっせいに襲いかかるのと同時に、為朝は一番遠くで弓を構えていた男にむかって放った。頭目の頬を掠めて矢が飛ぶ。為朝へむかって駆けようとした男たちの間を、一陣の風が吹き抜けた。

唸りが轟く。

短い悲鳴を上げ、弓を構えていた男が後方に跳ねた。首を矢が貫いている。鏃は骨を砕き、首の後ろから柄の中程まで飛び出していた。為朝の矢のあまりの凄まじさに、男たちが一瞬固まる。

はじめて人を射た。だが動かない敵だ。箙から矢を取り弓に番え、四十がらみの男に鏃をむける。

「来い」

為朝の声の幼さに、頭目は驚いているようだった。

「な、何者だ」

つぶやくと同時に頭目が横に跳ぶ。為朝の矢から逃れるためだ。頭目の動きにあわせて為朝は素早く弓を動かす。

周囲の男たちは、頭目を守らんと為朝に殺到する。

不思議と心は穏やかだった。頭目に集中していながらも、男たちの動きまで手に取るようにわかった。弓を構えてはいるが、躰はどこも固まってはいない。顔めがけて太刀が飛来するのをしゃがんで避けながら、為朝の周囲をぐるぐると走り回る頭目にむかって鏃を合わせる。

今度は薙刀が足を薙いできた。飛ぶ。男たちの背丈を超えるように舞ったことで、頭目の姿がしっかりと捉えられた。松の木を射るのと変わらぬ心持ちで、矢を放つ。空が啼く。次に聞こえたのは、頭目の悲鳴だった。

上から打ちおろされる形となった頭目は、矢を背に受けたまましゃがみ込んだ。それでも矢の勢いは衰えず、胸を貫き、矢竹を深紅に染めあげながら地面に斜めに突き刺さる。膝から崩れ落ちた頭目はその後、前のめりになって額から崩れ落ちた。

着地した時にはすでに、他の男たちの刃がいっせいに為朝にむかって襲ってきている。矢を番えていては間に合わない。

為朝は弓を右手に持ち、眼前で太刀を振りあげる男の顔面を左の拳で思いきり打った。常人よりも長い腕から繰り出された拳は、鼻の骨を砕いた。矢で射られた者よりも強烈に吹き飛んだ男が気を失う。すかさず矢を番え、言葉を失う男たちのなかから目についた一人の喉を貫く。

血走った目をした新手が太刀を振りあげ迫って来る。すでに動揺は収まっていた。頭上に振り下ろされる太刀を、躰をわずかに仰け反らして鼻先を掠めるようにして避けると、無防備になった男の鳩尾(みぞおち)に矢を放つ。

短い声をひとつ吐いて膝から崩れ落ちた男を見た者たちが、為朝の凄まじい戦いぶりに息を呑んだ。

「まだやるか」

男たちに問う。

「へへへ、お前面白ぇな」

恐れで躰を硬くしている男たちのなかから歩みでた家季と年の変わらぬ者が、へらへらと力の抜けた笑みを浮かべながら言った。

家季が男に告げる。

「頭目は死んだ。もう止めろ」

「別にあんな奴の下についたつもりは無ぇよ。なぁ、そうだろ」

周囲の群れに告げると数人がうなずく。どれも家季と同じか、少し若いくらいの者たちだった。

「大体こいつ気に喰わなかったんだよ」

地に伏す四十がらみの男の骸を、若者が蹴り飛ばす。

「殺してくれて清々したぜ」

為朝にむかって笑う。

「俺の名は悪七ってんだ」

名乗ったのと同時に、群れのなかから首が飛ぶ。見ると、為朝に負けず劣らずの大男が、首の無い骸の隣で血に濡れた大太刀を衣で拭っていた。

「俺は城八」

大柄の男が名乗る。

悪七の問いにうなずかなかった者たちが、いっせいに逃げ始めた。最初に逃げた二人が同時に矢を受けて倒れる。

「あいつは源太」

二人を射た少年を顎で示しながら、悪七が言った。

「仲間割れか」

家季が問うと、悪七は鼻で笑う。

「だから言ったろ。こいつは気に喰わなかった。だから当然こいつの手下も気に喰わねぇ。己よりも弱い奴はいたぶり殺す。強い奴は数で囲んで串刺しにする。盗んだ後は必ず女を犯す。そんな畜生だ」

言いながら悪七は足の裏でごろごろと男の鼻面を転がしている。

逃げている男たちの頭がみっつ、飛来した石を受けて同時に砕けた。放った男は源太の隣で笑いながら掌の礫をもてあそんでいる。

「あいつは紀平次だ」

悪七が言った。

突然、背後に気配を感じた。振り返ろうとした為朝の弓を持つほうの手首を、何者かがつかんでいる。抵抗しようと、つかまれた手を引っ張ろうとしたが、強い力で押さえこまれた。なおも腕を強く引こうとした刹那、為朝をつかんだ手から力が抜けた。たまらずよろけると、その動きを読んでいたかのように手首をひねられ、弓をつかむ指が痺れた。それすらも相手は見越していたかのように、手首をつかんでいないほうの手で為朝の痺れた指を器用に開く。

弓が奪われた。

男は、為朝の弓を手にしたまま、すばやく悪七の背後に回る。

「返せっ」

為朝が男のほうへと足をむけると、悪七が手にした太刀を掲げる。立ち止まった為朝の鼻先に、切っ先がわずかに触れる。

「こいつぁ余次三郎ってんだ」

悪七の言葉に、弓を抱えた余次三郎がぺろりと舌を出した。頬の肉がなく大きな目で、唇の下から前歯が覗く鼠のごとき顔である。

その場に残ったのは、悪七が名を告げた者たちだけだった。悪七、城八、源太、紀平次、そして余次三郎の五人である。

「何者だ御主たちは」

太刀を構えて家季が問う。すると巨体の城八が、袖が千切れた衣から露わになっている太い腕を左右に広げながら答えた。

「俺たちが公家に見えるか」

城八の声に他の四人が笑う。

「返せ」

悪七の後ろに隠れつづける余次三郎に言う。

「なら、俺たちに勝ってみろよ」

太刀を掲げたまま悪七が答えた。為朝は余次三郎をにらみつづける。鼠のごとき顔をした若者は、為朝の殺気を恐れるように悪七の背に顔を隠した。

「おい」

悪七が仲間たちに声をかけると、みなが手にした得物を地に放った。悪七も為朝にむけていた太刀を手放す。余次三郎だけが為朝の弓を抱えている。

太刀を握ったままの家季が悪七に問う。

「なんのつもりだ」

目鼻立ちの整った悪七が、細い鼻を小さくすすってから答える。

「殺し合いなんかしてもつまらねぇ。こいつでやろうってんだよ」

拳を握って笑う。

「なんのために」

「俺たちに勝ったら、郎党に加えろ」

「なんと」

家季が言葉を失う。二人の問答を黙って見ていた為朝に、悪七が言葉を吐く。

「武家の子だろ」

為朝は答えない。

「それに弓もこっちもたいした腕だ」

拳を叩きながら悪七が言う。

「己よりも弱い奴に仕える気はねぇ。だから俺たちと勝負し……」

悪七が言い終わらぬうちに、為朝は大きく踏み込んで左の拳で殴りつける。あまりの為朝の速さと、虚を衝かれたことで悪七は無防備なまま頬に拳を受けた。為朝に殺す気はない。手加減している。それでも悪七は大きく宙を舞ってそのまま気を失った。

「なんでも良いからかかって来い」

唖然としている四人に告げる。

最初にむかって来たのは城八であった。目の前に立つと、城八の大きさが余計にわかる。

七尺の為朝が前を真っ直ぐ見た先に、城八の額があるのだ。

体格は年嵩の城八のほうが幾分勝っているようだった。

拳を同時に繰り出したが、為朝が城八の四角い顎を貫くのが先だった。余人とはかけ離れた長さを持つ腕のおかげである。城八の太い首は、為朝の拳を頬に食らってもなんとか耐えた。が、膝が震えている。もう一発殴るだけの余力がない。そんな城八の腹に、為朝の拳がめり込んだ。黄色い汚物を吐き出しながら、城八が前のめりに倒れて悶絶する。

「次はどいつだ」

源太と紀平次にむかって問う。為朝から奪った弓を抱えた余次三郎は、ぶるぶると震えて戦おうとしないから、勘定に入れていない。

先に飛び出したのは、五人のなかで一番若そうな源太だった。逃げる者を二人同時に矢で射た源太には、興味があった。睫毛（まつげ）の長い目を大きく見開き、歯を食いしばりながら源太が拳を振り上げた。為朝の胸ほどしかない背丈である。拳を当てるためには、大きく踏み込まなければならない。源太の拳が当たる間合いといえば、為朝の拳が当たる間合いにとっくに踏み入っている。為朝の左の拳の間合いは、常人よりも極端に広い。

振り下ろされた為朝の拳を脳天に受け、そのまま源太も動かなくなる。

「まいった」

それを見た紀平次は両手を広げて降参の意を示した。四人が敗けた瞬間、余次三郎が駆け寄ってきて、地にひれ伏し両手で弓を掲げる。

「帰るぞ家季」

弓を手にして肩越しに告げると、家季は太刀を鞘に納め、歩きだしている主の後を追おうとした。

「待ってくれ」

去ろうとする為朝を、目覚めた悪七が止めた。立ち止まって振り返る。上体だけを起こした悪七が、熱い眼差しをむけていた。

「俺たちを郎党に加えてくれって言っただろ」

城八と源太も起き上がっている。

「我は郎党など持てるような身ではない」

震える腕で躰を起こすと、悪七は座りなおして両手をついて頭を下げた。

「己の食い扶持くらいはどうにかする。だから、俺たちを……」

「また盗みを働くのか」

「郎党にしてくれるってんなら、俺たちはもう盗人じゃねぇ。そんな真似はしない」

悪七の言葉にみながうなずく。

「牛や馬の糞の掃除でも、車曳きでもなんでもやる。もう盗みはやらねぇ」

「どうしてそこまでして我の郎党になりたがる」

「あんたは必ず立派な武士になる。そう俺のなかでなにかが囁いてんだ。だから、あんたの郎党になりてぇ。こいつらも一緒だ」

家季以外の者から、立派な武士になるなどと言われたのははじめてだった。

「あんたの戦いぶりに惚れちまったんだ」

「この者たちを食わせるくらいのことは、我にもできるか」

「そっ、それは……。できなくもありませぬでしょうが」

家季が口籠って、悪七たちを見た。そして束の間逡巡してから、ふたたび主に告げる。

「このような者たちを屋敷に連れてゆけば、御父上や兄上方がなんと申されるか」

「寝る所なんざいらねぇ。郎党だと認めてもらえるだけで良いんだ」

座したまま悪七が詰め寄る。

「好きにしろ」

為朝は悪七に言った。

「それじゃあ」

顔を明るくした悪七にうなずいてみせる。

「まだ名前を聞いてねぇ」

「源八郎為朝」

整った悪七の顔が驚きで固まった。言葉を失った友の代わりに城八がつぶやく。

「そ、それじゃあ、源為義の」

「我の父だ」

五人が額を枯葉にうずめるようにして平伏した。

「御主等はもう我の郎党ぞ。これより先は盗みを働くことはならぬぞ」

為朝の姿が消えるまで、悪七たちは頭を下げ続けていた。

四

「こいつ等です為朝様っ」

洛外の古びた社の扉を蹴破りながら、悪七が叫んだ。

宙を舞う埃が陽光を受けて輝くなか、十人あまりの男たちがぎょっとした顔で為朝を見上げている。

「容赦するな、一人残らず捕らえろ」

為朝の言葉を聞くと悪七をはじめとした五人が社のなかに殺到した。逃げ惑う男たちを五人が打ちのめしてゆくのを、為朝は社の外から見つめている。

「このようなことをして良いのですか」

階の袂に立つ家季が、心配そうな声を吐く。為朝は腕を組み、背後の従者を見もせずに答えた。

「此奴等は夜な夜な都に赴いては盗みを働いておる者たちだ。捕らえねばならぬ」

「しかしそれは、御父上様たち検非違使の務めにござりまする」

「父たちが野放しにしておるから、我が捕らえるのだ」

都の平穏を守るといいながら、検非違使は満足な働きをしているとはいえなかった。

「父上は帝や公家ばかり見ておる。検非違使にとっての都の平穏とは、奴等の平穏のことだ」

「だからといって、為朝様が盗人を捕らえなくとも良いではありませんか」

「知ったのだから仕方無い」

盗人であった悪七は、都を騒がす者たちについて多くのことを知っていた。

「悪七、決して殺すな」

「承知っ」

為朝の言葉に悪七が威勢良く答えた。荒れ果てた社は、逃げ惑う男たちによって散々に打ち砕かれている。壁のいたるところに穴が開き、そこから盗人たちが逃げ出していた。社の外に出た者たちは、源太、余次三郎、紀平次の三人が追っている。社のなかは悪七と城八の二人がかりで十人近くの男たちをすでに倒していた。

半刻あまりで、すべての盗人を捕らえた。後ろ手に縄をかけ身動きをできなくしてから、境内にひとかたまりにして置いている。

「父の屋敷に矢文を放て」

為朝は家季に告げた。

「御自分の功にすれば良いでしょう」

為朝を挟んで家季と対極の位置に立つ悪七が言った。

「父の顔を潰すような真似はできん」

「為朝様が立派な武士に御育ちになられたと、御父上も喜ばれましょう」

為朝の言葉に悪七が気楽に答える。だが悪七は父のことを知らない。為朝の功よりも、検非違使としてのみずからのことを先に考える。盗人を捕らえても、父は喜ばない。だからといってそれを、悪七に語って聞かせるつもりもなかった。曖昧な笑みを口許に浮かべ、為朝は家季を見る。

「矢文だ」

忠実な乳母子はなにも言わずにただうなずいた。それを確認して、為朝は盗人たちに背をむける。

「逃げぬようにしっかりと括ったら、放っておけ」

「都に引っ張って行けば良いのに」

不満そうにつぶやく悪七をそのままにして、為朝は社を後にした。

「八郎っ」

屋敷に戻った為朝の背を、悪意に満ちた声が打った。声を発した者は見ずともわかる。一番声をかけられたくない相手だった。

大きく息を吸い、丹田に気をこめてから振り返る。

磨きあげられた白木の廊下を楚々とした歩調で近づいてくるのは、兄の義賢だった。十以上も年の離れた兄は、為朝とは似ても似つかぬ優男である。顔に白粉を塗り、口に紅でも当てれば女と見紛うほどの美貌であった。端正な顔立ちをしているという意味では悪七と同じなのかもしれない。だが悪七はどんなに女の扮装をさせても、ぜったいに間違われることはないだろう。二人を分けているのは仕草だ。悪七は動きのひとつひとつに男の気配が満ちている。いっぽう兄は、廊下を歩む足遣いから、為朝をにらむ目付きにまで女の気配がにじんでいた。しかしそれでもこの兄は、父から源家の棟梁を継ぐべき立場にあった。いわば嫡男である。

それには訳があった。

長兄の義朝は幼いころから父と折り合いが悪く、早くから坂東に出されている。そのため都に留まった息子のなかで最年長であった義賢が、源家の嫡男として扱われることになった。為朝が生まれたころには、今上の帝が東宮であった。その警護を任された義賢は、帯刀先生となり、公にも源家の嫡男として扱われたのである。一度、左大臣頼長の命で能登に赴任したこともあったが、罷免された後は都に戻っていた。

義賢は氏の長者である頼長に目をかけられており、為義にとっても期待の息子である。

いっぽうの義朝は相模の豪族三浦氏の婿となり、鎌倉に本拠を置いて下総の千葉、相模の大庭などをみずからの家人とし、南坂東に巨大な勢力を築いていた。父と反目しながらも、坂東に厳然たる勢力を有する義朝は、武家としての源家を体現している。為朝の目から見ると武士のくせに女子を思わせる義賢よりも、いまなお瞼の裏に焼き付いているほどに鮮烈な矢を放った義朝のほうが好ましい。

「聞いておるのか八郎」

我を忘れた女の叫びのような声で、義賢が言った。為朝は立ち止まっている。声が聞こえたなによりの証拠ではないか。返事をしないだけで、これほど怒ることなのか。義賢の狭量さは昔から好きになれない。

「聞いておりまする」

十以上も年嵩の兄を、為朝は見下ろした。すでに大人としてできあがっている兄よりも、まだすべてが大人になりきれていない為朝のほうが躰付きで勝っている。

「ならば返事をせぬかっ」

箸のごとき細い指を為朝の鼻先に近付けながら、義賢が耳ざわりな声を吐く。

「申し訳ありませぬ」

「御主は形(なり)ばかり大人になりおって、すこしは武士としての佇(たたず)まいを覚えぬか」

果たして眼前の兄は、武士としての佇まいを弁(わきま)えているのだろうか。義賢の言う佇まいというのは、武士というよりは、宮中の公家と付き合うための所作を言っているのではないのか。このような兄が、摂関家の惣領(そうりょう)である左大臣に侍(はべ)っていったいどうしようというのか。もし盗人だったころの悪七たちに襲われたらどうする。義賢など物の役にも立たないだろう。左大臣が身を潜める牛車の前で膝を折り、ぶるぶると震えながら命乞(いのちご)いをする義賢の姿が目に浮かぶ。

「聞いておるのかっ」

義賢が怒鳴った。本当に耳に響く嫌な声である。為朝は顔をしかめながら、うなずいた。

「聞いておったと申すか。ならば我はなんと言った。申してみよ」

物思いにふけっていた為朝には答えることができない。それを見て、義賢の生白い額に青い筋がくっきりと浮かぶ。

「それ、聞いておらぬではないかっ。そういうことだから御主は父上ににらまれるのじゃ」

「父上に……」

「朝から御主を捜しておられたわっ」

夜働きをして寝ている盗人たちに奇襲をかけようと、朝早くに洛外へとむかった。だから父が捜していたことなど知らない。

「為朝」

義賢が足先が触れ合うほどに近付き、背伸びをするようにして顔を寄せてくる。衣に焚きつけた香の甘ったるい匂いに鼻をつまみたくなったが、そんなことをすれば兄の怒りがいっそう激しくなると思い必死に耐えた。

「御主が良からぬ輩とともにおるところを、家人に見られておるぞ。それを父上が聞いたようじゃ」

良からぬ輩とは悪七たちのことだろう。盗みは止めたようだが、身形だけ見れば悪七たちは盗人と大差なかった。衣を与えようとしても、為朝の世話にはなりたくないと頑なに拒む。主が郎党を養うのは当然だと言っても、それは為朝が所領を得てからだと言って聞かないのだ。悪七たちが粗末な身形だからといって、遠ざけはしなかった。みなとともに都の往来を歩くことも少なくない。悪七たちの他愛もない話を聞きながら歩いているだけで、楽しかった。為朝にとって悪七たちとの仲は、主と郎党というよりは親しい友のような感覚である。

「昔から屋敷におらぬ御主だが、良からぬ輩を引き連れて大路を歩くなど度が過ぎておる。我や父上のことを少しは考えよ」

苛立ちを覚えた時にはすでに兄の顔をつかんでいた。頬をつかんだ親指と人差し指の間に、少し握りしめれば折れてしまいそうな頭骨を感じる。

「なっ、なにをする」

瞳を忙しなく動かしながら、義賢がうろたえている。大声を出せぬくらいに顎を絞っているから、助けを呼ばれる心配もない。

「我がどのような者とともにいようと、兄上には関係ござるまい」

兄は左右から挟まれて小さくなった唇の隙間から、必死に言葉を吐く。

「わっ、我は左府様の覚えも目出度い。御主のことが左府様の御耳に入り、御心を害されてしまったらいかにする」

左府……。

藤原頼長である。

「左府様、左府様と五月蠅きことよ」

為朝は顎を握る指に力をこめる。

「ぎゅっ、ぎゅぎゅっ」

食いしばった歯の隙間から、兄が苦悶の声を吐く。はじめての弟の抵抗に戸惑い、しかもそれがあまりにも強烈過ぎて、抗うことすら忘れているようだった。暴力に対することができずして、なにが武士だ。

兄は武家の棟梁には相応しくない。

「兄上は源家の御嫡男でござりましょう。なればこの愚味(ぐまい)な弟の手から御逃れなさりませ」

袖が捲(まく)れ上がり露わになった為朝の二の腕に、幾本もの肉の筋が浮かびあがる。悪辣な笑みを浮かべる弟を前に、義賢は震えあがっていた。激しく揺れる足が廊下を離れ、ゆっくりと持ち上がってゆく。

「かっ、かっ、かっ……」

丸く開いたままの兄の口から呼気が漏れる。虚ろな目は天井にむけられ、もはや為朝をにらむことすらできない。

武士としては使い物にならぬと言った兄の陰にかくれて、この男は笑っていた。みずからの非力さを省みることなく、満足に矢を射ることができずに泣いている五歳の弟を嘲笑っていたのだ。

あれから七年。

為朝は休むことなく修練を続け、いまの躰を得た。その間、いったいこの兄はなにをしていたというのか。公家に媚びる術(すべ)ばかりを学び、女々しき姿となり、それでもまだ兄として居丈高に為朝を怒鳴りつける。このような男に果たして生きている価値があるのか。

無い。武士として生きる気のない者は源家に必要無いのだ。

「さぁ、兄上。どうなされた。早うされぬと、歯が砕けてしまいまするぞ」

もはや義賢に抵抗の意志はなかった。手足をだらりとぶら下げたまま、口からは泡を吐き始めている。

「為朝っ」

怒鳴り声が聞こえた。廊下を激しく踏み鳴らす足音が近づいて来る。

「止めよっ」

兄を吊り上げる腕の肘の部分を、畳んだ扇で激しく叩かれた。肘の外側に突きでている骨の部分を打たれ、二の腕が激しく痺れる。一瞬、握る力が弱まったのを見計らうようにして、扇で肘を打った人影が義賢を救い出す。廊下に投げ出された兄は、顔を押さえて咳き込んでいる。気の塊を吐く度に、血が混じった唾がしぶき、廊下を濡らした。

「なにをしておるかっ」

いつの間にか目の前に父が立っていた。

為朝が着ている緑の水干の襟元を両手でつかみ、父が背伸びしながら何事かを怒鳴っている。必死に顔を引き寄せようとしているようだが、分厚い背の肉が為朝を支えているため、父の腕の力ではどうすることもできなかった。

「兄を殺す気かっ」

「そのようなつもりはござらぬ」

「嘘を吐けっ」

為朝の心を見透かしたように、父が怒鳴る。たしかに一瞬、為朝は軟弱な兄を殺そうとした。己でもはっきりと自覚できるほどの殺意が、胸の奥でたぎっていた。

「義賢は源家の嫡男ぞっ」

これが……。

昔は兄の陰に隠れ、いまは左大臣の名の裏に隠れるこの矮小な男が、源家の嫡男かと思うと為朝は落胆する。父亡き後、主として仕えなければならぬ男が、いま足元でのたうちまわっている義賢であることを呪う。

やはり殺してしまえば良かった。

考えると同時に、義賢を見下ろす為朝の口許に悪辣な笑みが貼り付く。

「お、御主という奴は……」

為朝の顔を見て父が水干から手を放して、数歩後ずさった。

そんな父をはっきりと見据え、為朝は問う。

「我になにか申したきことがあったのではござりませぬか。そう兄上が申しておりました」

嘲りを瞳に宿し、兄を見下ろす。幼いころから浴びせかけられ続けた邪気を返したまでだ。

父は答えない。汚らしい物を見るような視線を息子にむけたまま固まっている。

「徒者（かちもの）とともに都を歩く我に申したきことがあるとか」

「先刻、洛外の社にて盗人を捕らえたという矢文があった」

「それがなにか」

「御主であろう」

為朝の眉がぴくりと震えた。猜疑を宿す父の瞳はそれを見逃さない。

「御主の申す徒者らとともに、盗人を捕らえたのであろう。違うか為朝」

「知りませぬ」

「儂を侮るなよ」

父、為義はひ弱な兄とは違う。頼長の父、藤原忠実に長年仕えているとはいえ、武士の本分を完全に忘れ去るほど愚かではなかったようである。為朝を恐れながらも、ぎりぎりのところで踏み止まっていた。

「家季からすべて聞いておる。幼いころから御主がどこでなにをしておるのか。何故、悪七等とともにおるのかもな」

「家季が」

「奴のことを悪しく思うな。すべては御主のことを思うてのことじゃ。白拍子の子と兄等に蔑まれておる御主が、どれだけ武士として生きることを望んでおるのか。どれだけ苛烈な修練を積んでおるのか。家季は儂に知ってもらいたかったのだ」

家季を憎むようなことはない。だが父に報せているのなら、教えてほしかった。

「功を誇らぬのは天晴じゃ。が、いまの行いは果たして武士として誇れるものか。答えてみよ為朝」

両の頬をさすりながら兄はうずくまっている。廊下に伏せたまま、恨めしそうな目で弟をにらんでいた。真っ赤な白目に浮かぶ瞳には、殺気が満ち満ちている。

「どうじゃ為朝。兄を手にかけんとした己の行いを、武士として誇れるか」

「し、白拍子の子めが」

兄がつぶやいた。怒りでなにもかも見失いそうになる。左の拳を振り上げた。

「久しぶりにその言葉を聞き申した。兄上はあのころからなにひとつ変わられておりませんな。我を力で制することもできず、蔑みの言葉で汚すのみ」

殺す。

「止めろ為朝っ」

父の怒声が躰を縛る。高々と拳を上げたまま、為朝は兄をにらみつけていた。兄もまた怨嗟（えんさ）の眼差しで弟を見上げている。たがいを見つめたまま動かない兄弟に、父が歩み寄った。そして為朝の肩に触れる。

「この屋敷にいたければ、兄と仲良くすることだ。義賢はいずれ、そちの主となるのじゃぞ。わかったな」

義賢が己の主……。

目の前が暗くなった。

五

義賢、義広(よしひろ)、頼賢(よりかた)、頼仲(よりなか)、為宗(ためむね)、為成(ためなり)。

六人の兄が目の前に並んでいた。中央に陣取っている一番年嵩の義賢が、頬をさすりながら為朝をにらんでいる。

六条の父の屋敷から大路を挟んだ右京にいた。この辺りは都でも一番の低地に位置して水はけが悪い。そのため人家も疎(まば)らで、田畑も点在している。誰が見つけてきたのか、兄たちに案内されたのは、塀だけが残る空き地であった。ずいぶん昔に住む者が絶えたのであろう。敷石ばかりがあるだけで家屋はいっさい残っていない。

一人で来いと言われたため、家季すらいなかった。それでも別段、怖いとも思わない。仙遊寺の裏の林で悪七たちに囲まれた時にくらべれば、兄たちが発する邪気など可愛げのあるものだった。

「この前のことを忘れたとは言わせぬぞっ」

頬に手をやったまま義賢が叫んだ。すでに痛みは無いはずなのに、これみよがしに擦ってみせていた。そんな女々しい兄を見ていると、情けなくなってくる。

「なんとか申せっ」

義賢の声を聞き、他の兄たちの目に怨嗟の焔が揺らめく。どうやらみな、義賢に同調しているようである。

一歩踏みだす。兄たちがいっせいに身を強張らせる。このなかの誰よりも幼い為朝が、躰付きも背丈も誰よりも男らしい。

義賢を見ながら、為朝は言った。

「兄弟で斬り合う御積もりか」

為朝は太刀を佩いていない。しかし兄たちの腰には綺麗に磨きあげられた太刀がぶら下がっている。

己の得物は弓のみ。

為朝はそう決めている。だから日頃から太刀は佩かない。

「御主は太刀を持っておらぬではないか」

「無用にござる」

「我等が抜いても構わぬと申すかっ」

「御好きになされよ」

義賢と言葉を交わしながら、為朝はすでに四歩ほど近づいていた。あと五歩も行けば、太刀の間合いに入る。

「見縊るなよ為朝っ」

二人のやり取りを黙って聞いていた義朝からかぞえて三番目の兄である義広が、怒鳴った。ここに集まっている兄たちのなかで、義賢の次に年嵩の義広は、為朝の次に大きい。だがそれは背丈だけのことで、肉付きは為朝に遠く及ばない。

義広の言葉を聞きながらも、為朝は歩みを止めなかった。すでに太刀の間合いへと入っている。

「謝れ為朝っ」

義賢が叫んだ。

「地に伏して謝れば許してやろう」

「兄が揃いも揃ってこのようなところに弟を呼びだし、謝らせようとなされたのですか」

あと二歩で拳が当たる間合いであった。とっくに太刀の間合いには入っている。

「止まらぬか為朝っ」

女子のごとき義賢の悲鳴を無視する。

「謝らぬ時はどうなされる御積もりですか」

「止まれと申しておるっ」

「我の頭を力ずくで地に押し付けまするか」

「為朝っ」

拳が入る間合いはとうに過ぎている。義賢の前に立ち、為朝は見下ろす。

「やられればよろしかろう」

「思い上がるなよっ」

叫んだのは義広だった。義賢を守るように拳を振りあげる。為朝はそれを、横目でとらえた。上体をわずかに仰け反らせてかわす。義賢の眼前を、義広の拳が駆け抜けてゆく。さすがに武家の子息。弓馬の修練はしているようで、なかなかの速さであった。だが為朝を恐れさせるほどではない。兄の拳を避けると同時に、後方に跳んだ。ゆっくりと削っていった間合いを、一瞬のうちに広げる。己の拳は当たらず、相手の太刀が届くところまで退いた。

義賢の前に壁を作るように、五人の兄たちが並んだ。その手にはまだ太刀は握られていない。為朝は構えもせず問う。

「どうなされるのか。斬り合いを御所望か。それともこれでやりあいまするか」

左の拳を胸のあたりまで掲げた。

為朝は太刀を抜くように仕向けている。ここにいるのは、みな武家の子息なのだ。殴り合いなどという生易しいやり方で己を示すなど愚かではないか。敵を殺すのが武士である。

斬り合いにこそ真実があるはずだ。兄たちは為朝に敵意を示した。その時点でこれは戦なのだ。為朝が死ぬのが先か、兄たちが息絶えるのが先かの勝負なのである。

しかしそんな為朝の想いとは裏腹に、兄は太刀を抜くことを躊躇している。いや、斬り合いというよりは戦うこと自体をためらっているようだった。

苛立ちが募る。

「さぁ、いかに」

爪先を半歩進め、身を固める。兄たちの壁のむこうから義賢が叫んだ。

「御主はどこまでも小賢しき奴よっ。素直に謝れば許してやるものを、何故かたくなに頭を垂れようとせぬのじゃっ」

「我は武士にござりまする。故に誰にも謝りませぬ」

己の過ちは死をもって贖う。武士が非を認めるということは、死ぬということだ。

「えぇいっ。此奴を黙らせよっ」

義賢の命を受け、兄たちがいっせいにかかってきた。誰の手にも太刀はない。

これでは童の喧嘩である。落胆を胸に秘め、為朝は兄たちに相対した。

拳を振り兄たちがかかってくる。狙いはただ一人。為朝は義広に狙いを定めた。中央のひときわ大きな兄にむかって、右足を踏みこむ。義広が無防備なまでに右腕を上げた。そのせいで右の腹ががら空きになる。そこはちょうど、為朝の左の拳が当たる位置だ。右腕より四寸長い左腕を、義広の腹めがけて真っ直ぐ突き出す。

口をすぼめ頰を丸く膨らませ、義広が言葉にならない声を吐いた。その右の肋には、為朝の拳が深々とめり込んでいる。動きが止まった義広の頭の裏に肘を打ちこむ。短い悲鳴をひとつ吐き、義広は尖った唇で地に接吻したまま固まった。

四人の兄たちに動揺が走る。動きを止めたのは六番目の兄、為宗だった。あまりにも非情な弟のやりように恐れを抱いた為宗は、いまにも逃げださんとする勢いで身を退く。為朝は一気に間合いを詰め、兄の頰を平手で打った。乾いた音が空き地に響き渡る。

「痛いっ、痛い、痛い……」

頰を両手で押さえながら、為宗が地を転がる。それ以上、戦う意志はないようだった。

四番目の兄、頼賢が背後から襲いかかる。振り返りざま、右足を突きだす。突進するみずからの勢いが、為朝の足の裏を壁としてそのまま頼賢の鳩尾へと跳ね返る。

両の目から涙をほとばしらせて、頼賢がくの字に折れた。残っているのは五番目の兄、頼仲と七番目の兄、為成だ。為成は為朝に一番年が近いこともあって、まだ幼い。毎日倒れるまで弓を放ち続けた為朝とは、鍛え方が違う。背丈も肉付きも比べものにならない。

仕留めるべきは頼仲である。兄弟をやられて目を血走らせる頼仲と正対した。為朝は腹に気を込める。そしてそのまま声とともに一気に吐きだした。裂帛の覇気が頼仲を襲う。

肩を激しく上下させて兄が固まったのを見計らい、数歩駆け寄り左の拳で腹を打つ。一撃で頼仲は動かなくなった。

「為朝ぉぉぉっ」

為成の声が聞こえた。振り返る。銀色の閃光が煌めいた。太刀を抜いている。かわしていては間に合わない。鍔元へと左腕を伸ばす。太刀は物打ちで斬るため、鍔元を押さえられたら力が入らない。親指の付け根に激痛が走った。止めたとはいえ、素手で刃をつかんだのだ。無事であるわけがない。太刀を握りしめ、為成を引き寄せる。鼻と鼻が触れ合うほどに近付いてから、為朝は兄を見下ろした。

「まだ、おやりになられまするか」

柄を握りしめたまま震える兄の顔が、左右に振れた。太刀を放して、一人なにもしなかった義賢のほうを見る。

「どうなされまするか。我の頭を地に付けるまで、おやりになられまするか」

義賢は恐怖で言葉を発することもできずにいる。

「それでは我は帰りまする」

悪口のひとつも吐けずにいる兄たちをそのままにして、為朝は空き地を後にする。

これが源家の男児たちか……。

幼いころより己を白拍子の子よ、下賤な血を持つ童よと嘲ってきた兄たちに為朝は勝った。清々しさは微塵も無い。武士として、源家の男児として為朝と同じ場所を目指すべき兄たちのあまりにも情けない有り様に、虚しさを覚える。

「我は武士ぞ」

みずからに言い聞かせるようにつぶやき、為朝は兄たちの元を去った。


東三条院。

長い廊下を為朝は歩いている。その半歩先を、静かな足取りで父が行く。

左大臣、藤原頼長の屋敷である。

東三条院は、摂関家の棟梁、氏の長者が住むべき屋敷であった。数ヶ月前までは関白、藤原忠通が住していた。しかし忠通、頼長兄弟の父である先関白、藤原忠実によって忠通が義絶され、氏の長者を頼長に譲られると、忠通はこの屋敷も奪われたのである。

そして、忠実から頼長が譲り受けることになった。

六条の屋敷から、父とここまで来た。二人きりで歩むなどはじめてのことである。さすがの為朝も、身が引き締まる想いだった。しかし父は道中ひと言も発せず、屋敷内に通されてからここまで来る間も、親子に会話はない。

いったい父はなにを考えているのか。白髪が多くなった頭を見つめながら、為朝は父の真意を測りかねている。ここは左大臣の屋敷だ。義賢は頼長と近しい間柄である。本来なら義賢とともに来るべき場所ではないのか。

「為朝」

ゆるゆると廊下を進みながら、おもむろに父が言った。その顔は行く末にむけられたまで、振り返りもしない。

「義賢たちとのこと聞いたぞ」

頬を打たれた為宗などは、次の日に顔を紫色に腫らしていた。相変わらず為朝は屋敷を出て、昼間は悪七たちとともにいる。だから屋敷でなにかあっても、わからない。為朝の知らないところで騒ぎになったのかもしれなかった。それでなくても、兄が顔を腫らしているのだ。父の耳に入らぬわけがない。

為朝は弁解しなかった。無言のまま父の言葉を待つ。

「それほど兄のことが嫌いか」

好きではない。過日は義賢を殺してやりたいと思いもしたが、心底から殺してやりたいと思うほど憎んでいるわけでもなかった。兄たちへの想いを言葉にするとすれば、もどかしいというひと言になるだろう。同じ源家の男児として、己が身の修練に執着しない兄たちが、もどかしくて仕方がない。

「答えぬか」

為義は前を見たまま淡々と歩んでゆく。

「御主は殊の外、義賢を嫌っておるようだが在奴は在奴なりに、武門の棟梁となるために努めておるのだ」

父の言いたいことはわかる。兄の目指すべき武門の棟梁とは、公家に仕える武士の姿なのだろう。公家に仕え、北面（ほくめん）の武士として都を守る。そのために頼長のような位の高い公家に近付くのだ。

理解はできる。だがそれは、為朝の目指す武士の姿ではなかった。

戦いのなかにこそ、武士の誠はある。そして戦う限りは勝たなければならない。武士とは勝ち続ける者のことなのだ。

「御主も元服をし、これから兄たちとともに源家を守り立てて行かねばならぬ身じゃ。我等が仕えるべき御方がどのような方なのか、そろそろ見ておくべきであろう」

言いながらも為義は足を止めない。左方には柱と柱の間に隙間なく簾（すだれ）が下げられている。敷居をまたいで簾を潜れば、そこはすでに室内である。廊下の右手には、山河を模した庭が広がっていた。広大な敷地に贅沢なまでに山に見立てた丘が配され、その間を川が流れ、池へと繋がっている。武門である源家の屋敷とは趣が違っていた。

柱を幾本か過ぎ、廊下を二度ほど曲がり、屋敷の奥まで来た時、為義がおもむろに簾のほうをむいてひざまずく。それに倣（なら）うように為朝も、父の後ろに控えて座った。

頭を下げ、簾のほうを見ずに父が言う。

「為義にござりまする」

中から簾が開いた。長い髪を後ろで束ねた女が、簾を持ち開いている。開いた簾の間に、父が躰を滑らせた。

「為朝」

うながされて為朝も簾を潜り抜ける。広い板間の端に為義が座す。為朝も後ろに座って父がするように平伏した。

「そちか」

顔を伏せた為朝に、涼やかな声が降ってきた。

「面を上げよ」

「為朝」

先刻の声に続いて父が名を呼ぶ。横目で父を見ると、頭を上げていた。為朝は背筋を伸ばして正面に座る男に目をむける。白い直衣(のうし)の上に乗っている頭が、衣に負けぬくらいに白かった。落とした眉のあたりに黒い点があり、それが為朝の目にはたまらなくおぞましいものとして映る。たるんだ顎の肉と膨らんだ頬が、その想いをいっそう強めていた。

左大臣、藤原頼長である。

緩みきった顔のなかで、眼光だけが異様なまでに鋭い。瞳に宿っている光は、父のような猜疑の色ではなかった。強者が放つ覇気に似ている。しかし、どう見ても目の前の公家が太刀や弓を持つとは思えない。あの肥(ふと)った躰では、馬に乗ることさえ難儀するだろう。

すべてが怠惰で倦み果てているように見えるのに、なぜだか眼だけが精気に満ち満ちている。その歪さは、為朝がはじめて目にするものだった。紅をつけた頼長の唇が笑みをかたどる。氷柱のごとき眼光に射竦められ、背筋に寒気を覚えた。

「汝のことは義賢から聞いておる」

涼やかだが妙に躰にまとわりつく声である。頼長と相対してから、為朝は胸の奥からせり上がってくる吐き気と必死に戦っていた。

義賢と目の前の男は親しい。あの兄から聞いたというのだから、たいそう悪しざまに言われたことだろう。

「徒者を引き連れ、往来を闊歩しておるというではないか。それは真か」

「御答えしろ為朝」

黙っていると、父が小声で答えを急かす。為朝はちいさくうなずいてから口を開く。

「真にござります」

「そのような者等といったい何をしておる」

人を苦しめるようなことは、いっさいしていない。盗人を捕らえたり、みなで弓や太刀の修練をしたり、他愛もないことを語り合ったりしているだけだ。

「為朝」

答えぬ息子に苛立つように、父が頼長に聞こえる声でうながす。

「良い良い。背は為義よりも大きいが、顔を見ればまだ童ではないか。麻呂に会うて緊張しておるのであろう」

緊張というよりは恐怖である。世の中にこのような醜悪な者がいるのか、そしてそれがこの国の人の頂点、氏の長者であるということに、為朝は恐怖を覚えていた。

汚らしい笑みを浮かべたまま、頼長は為朝に言葉を投げる。

「汝の父は都を守る検非違使じゃ。その子である汝が、素性定かならぬ徒者を引き連れ往来を行くは、あまり褒められたことではないのう。汝もあと数年もすれば、この為義や義賢とともに麻呂に仕える身じゃ。源家の子として、みずからの行いには気を配らねばの」

このような醜悪な男に仕えるために、為朝は修練を積んだわけではない。

「なんとか申してみよ」

黙っている為朝を、頼長のねばついた声が撫でる。丹田に溜めた気を呼気とともに吐き出した。そして背筋を伸ばし直してから、真正面から頼長を見る。

「我の主は我が決めまする」

慮外の返答に、頼長が言葉を失う。手にした檜扇で口許を隠し、ぎらついた目を細めた。優雅な余裕を見せていた男の眼光に、嫌悪の色が湧く。

「為朝っ」

父が怒鳴る。

「御主がこうして大きゅうなったのは誰のおかげじゃ。頼長様やその御父上、忠実様が儂を御気にかけてくださっておるからではないか。源家は頼長様に大恩がある。それに報いるが武士ぞ」

腰を浮かせた父が、振りあげた手で為朝の頭をつかんだ。そして無理矢理、床に額を押し付けようとする。

「謝れ。頼長様に詫びるのじゃ」

背を伸ばしたまま頼長を直視する為朝の躰は、父がどれだけ押そうとびくともしない。

「止せ為義」

扇で口許を隠したまま、頼長が言った。父はそれを聞いてすぐに為朝から手を離し、子に代わって額を床に押し付ける。

「申し訳ござりませぬ。まだ元服したばかりの童にござりますれば何卒御容赦を」

「麻呂が連れて来させたのじゃ。もう良い。親子が争うところなぞ見とうはない」

「ははっ」

言いながらも為義は頭を上げようとしない。そんな父を哀れに思いながら、為朝は醜悪な白粉首をただ眺め続けた。

六

父の居室に呼ばれたのは、頼長に目通りした五日後のことであった。居室に二人きりで向きあっている。そうしてすでに四半刻あまりも、たがいを見つめていた。父が呼んだのだ。話があるのも父のはず。なのに話を切りだそうともしないで、為朝の顔を猜疑の色がにじんだ瞳で見つめたまま動かない。

「為朝よ」

長い沈黙をやぶり父が子の名を呼ぶ。為朝は黙ったまま続きを待つ。

「御主はいったいなにを考えておる」

言った父の額がひくと震えた。為朝は胸を張ったまま、答えずにいる。すると為義はこれみよがしに溜息をひとつ吐いてから、息子から目をそらした。胡坐（あぐら）をかいた足の上にある己の手を見つめる。

「兄たちを散々に打ち据え、頼長様の前であのような無礼な物言いをし、毎日のように屋敷を出ては徒者たちと戯れる。ここでの暮らしはつまらぬか」

己の思うままに生きているだけ。それが気に喰わないのは父や兄たちのほうではないか。そう言いたいのだが、為朝は言葉を呑んだ。言ったところで父にはわかってもらえない。

「我の主は我で決める、そう申したな」

「はい」

　この部屋に来てはじめて口を開いた。父は一度うなずいてから、言葉を継ぐ。

「御主は武士。武士には仕えるべき主がおる」

　帝や頼長のような公家のことだ。そんなことは為朝にもわかっている。

「武士は侍る者じゃ。主に侍り、主を危難から御救いするのが、武士の務めじゃ。どのような主であろうと、身を挺して御守りすることこそ武士の務めぞ」

　どのような主であっても。それは頼長のような男であってもということか。

　為義が腹から息を吐き立ちあがった。そして為朝の前まで歩むと、膝を突きあわせるようにして座る。

「御主は母に良う似ておる」

　そう言って父は小さく笑った。

「あの女は儂よりも大きかった。そして誰よりも舞いが上手かった。御主は儂よりも母の血を濃く継いでおるようじゃ」

「母……」

　つぶやいてみたが、己からかけ離れた遠い言葉だった。

「兄たちはのぉ為朝。御主のことを恐れておるのじゃ。武に恵まれた御主のことを羨ましく思うが故に妬(ねた)み、そして恐れておる」

兄たちが己を妬んでいるとは思わなかった。蔑みこそすれ、妬みなどしないはずだ。

「御主は武に恵まれておる。御主ほどの者は、我が息子のなかでも義朝くらいであろう。武士であるとはいかなることかを学べば、御主は間違いなく儂よりも立派な武士となろう」

「父上よりも……。でございますか」

「そうじゃ」

深くうなずいた父の手が肩に触れる。

「御主の行く末に雄々しき武士の姿を見るが故、兄たちは妬み恐れるのじゃ」

父がそんなふうに己のことを見ているとは思いもしなかった。

父を超えるなど、これまで考えたことすらなかった。為朝が思い描く武士には、父は当てはまらない。幼いころに見た義朝に近い。為朝が目指す武士へと辿り着くためには、父を超えなければならないのは間違いなかった。ではなにをもって父を超えるのか。為朝にはわからない。

「誰よりも武に愛されておる御主故に、儂は悩んでおる。このまま都にて御主を育てて、果たして良いものかとな」

「どういうことにござりまするか」

「うむ」

為朝の肩を二度ほど揺すってから、為義は立ちあがって元いた場所に座す。

「御主にはこの都は狭すぎる。公家の顔色ばかりうかがう儂や兄等を見て育っても、御主にはなにひとつ益が無かろう」

「なにをお考えになられておられるのですか」

「都を出ろ為朝」

真っ直ぐに息子を見る為義の瞳から、猜疑の色が消え失せている。威を正して真正面から息子と向き合う父に、為朝ははじめて武士を感じていた。為朝を見る父の瞳には、これまで一度も見たことがない覇気がみなぎっている。間違いなく父も武士なのだ。

「この国の西の果てに九州という島がある」

そのくらいは為朝も知っている。

「その九州の南の果てに薩摩（さつま）という国がある。日ノ本の最果てともいえる国じゃ」

都で生まれ育った為朝には想像もつかない。

「薩摩には摂関家の荘園がある。頼長様が後ろ盾となっておる地じゃ」

摂関家だけではなく公家や寺社は、日ノ本の各地にみずからの荘園を有していた。その地で作られた作物が、都に運ばれ彼等の富の支えとなっている。

父は為朝を見据えたまま、語る。

「兄たちとの一件の後、儂は薩摩へと使者を送り、御主を迎え入れてくれぬかと頼んでおった。迎え入れるという返答もすでに貰うておる。返事はしておらなんだが、先日の東三条院での御主の態度を見て儂も腹を決めた」

「我は薩摩に行くのですか」

「嫌か」

「わかりませぬ」

いきなりのことで答えが見つからなかった。薩摩といわれたところで、どういう土地かもわからない。ただ都から離れることになるのかもしれないと思った時、真っ先に思い浮かんだのは悪七たちの顔だった。

「為朝よ」

父がひときわ重い声で言った。

「儂が何故、あのような公家どもに媚びを売っておるのか、御主にはわからぬであろう。息子の誰にも語ったことのないことを、儂は今から語る。しかとその胸に刻んでおけ」

こんなに多くのことを父と話すのははじめてだった。それだけでも戸惑っているのに、薩摩に行けなどと言われて、為朝の心は乱れに乱れている。胸に刻んでおけといわれても、果たして覚えておけるだろうか。

「もはや公家による政（まつりごと）だけではこの国は治まらぬ。各地の荘園では武士たちが争い、国は乱れておる。公家どもが平穏無事に治まっておると思うておるのは、まやかしじゃ。みずからの身に火の粉が降りかからぬ故、享楽に興じておられるのじゃ。民の苦衷（くちゅう）は、都におってもわかるであろう。徒者と交わっておる御主なら、なおさらだ」

悪七たちは耕す土地を武士に奪われ都に流れ着いた者たちだ。悪七たちだけではない。多くの者が食べる物に窮するような暮らしをしている。安楽に暮らしているのは公家や一部の武家だけだ。

「民の苦衷など知りもせず、帝も公家もみずからのことばかり考え、親と子、兄と弟が争うておる。己が身が安泰ならば、血を分けた者がどうなろうと知ったことではない。そのような者たちが治める世で、民が安楽に暮らしてゆけるわけがなかろう」

父はいったいなにを考えているのか。これまで公家に良いように使われているだけの男だと思っていた父の胸に、秘められた想いがあることを為朝はこの時はじめて知った。

「義朝を坂東で育てたのは、儂の大願のためであった」

大願という言葉が父の口から飛び出すとは思ってもみなかった。

「いずれ武士は、公家から政を奪わねばならん。各地の荘園が無事に治まっておるのは武士たちがおるからじゃ。武によって民は守られておる。しかし武士たちは、荘園の主である公家や坊主どもの思惑に縛られておるが故に、争わねばならぬ。が、武士が政を行えば、争う理由はなくなる。荘園などという悪しき物を打ち払い、武士が国を治めることができれば、民は安らかに暮らせるはずじゃ」

「では何故、兄上を坂東に」

「坂東の武士たちを取りまとめさせるためじゃ。義朝は御主のように幼いころから武に恵まれておった。それ故、我が父、義親公ゆかりの坂東の地の武士を束ねる者にしようと図ったのじゃ。が、義朝は儂の手に負える息子ではなかった」

父と義朝は反目し、今では顔を合わせることすらない。

「それ故、我を薩摩に」

「そうじゃ。御主には九州の武士たちを取りまとめてもらいたいのじゃ。武士が政を執るという儂の大望のため、九州を源家の名の下で纏めあげるのじゃ」

「戦うても良いのですか」

「当たり前じゃ。弓を取ってこその武士ぞ。戦わずして九州の武士どもが御主に従うはずがなかろう」

戦える……。

それだけで為朝は昂ぶる。

「いまの都は鳥羽院の力のみで支えられておる。鳥羽院の身になにかあれば、宮中にくすぶっておる火はたちまち燃えあがるであろう。その時に備えるのだ為朝」

その時とはなにを意味するのか。都が戦場になるようなことがあるというのだろうか。

父や兄のように公家に仕えたことのない為朝には、宮中にくすぶる火がなにを指しているのか理解できなかった。父は公家から政を奪うと言った。そのための力を遠く離れた九州の地で、為朝にたくわえさせようとしている。

為朝は父を見つめ、うなずいた。

「御主は武に愛されておる。御主の武名が都に届く日を楽しみにしておるぞ」

「父上」

「なんじゃ」

父が黙って為朝の言葉を待つ。

「我は白拍子を母に持つ下賤なる血を宿しし子。真の武士になれますでしょうか」

「御主の身には源家の血が流れておる。それに先刻も申したであろう。御主の母は大きく、誰よりも舞いが上手かったとな。それ故、御主もまた体軀に恵まれた。源家の血と母の躰。間違いなく御主は、武に恵まれておる」

己は源家の棟梁、源為義の子だということを、為朝はしっかりと胸に刻んだ。

「頼長様には御主は勘当し、九州に追い遣ったと申しておく故、儂や兄のことを案ずることなく思いきりやれ」

まだ見ぬ地を思い、為朝は胸を熱くした。

「九州……」

崩れかけた石垣に腰を下ろしながら、悪七がぼんやりとつぶやいた。周囲には城八らも集まっている。朽ちかけた仙遊寺の境内に思い思いに座しながら、為朝の言葉を聞いていた。輪の中央で胡坐をかく為朝の背後には、口を固く結んだ家季がいる。

父からの命をみなに語った。もちろん父の真意は伏せたままである。それは家季も同じだった。父の大願は、己だけが知っていれば良い。悪七たちには、勘当されて都を出ると語った。

秀麗な左右の眉の間に皺をきざみながら、悪七が苦しそうにつぶやく。

「某（それがし）等とともにおることで、為朝様が御苦しみになられることになろうとは、なんと御詫びを申しあげたら良いのやら」

「すまねぇことをしちまった為朝様っ」

一番年の近い源太が、ひれ伏して叫んだ。

「我は苦しんでなどおらん」

為朝は言いながら源太を見た。

「頭を上げろ」

「でもっ」

「上げろと申しておるのが聞こえぬのか」

声に圧をこめると、恐る恐る源太が顔を上げる。まだ十三になったばかりの為朝に、悪七以下五人の男たちはすっかり服していた。盗人であったころは、この世のいっさいを恨んでいるような悪辣な顔付きをしていたが、為朝に従うようになってからは目の色から邪気が消えている。

「我は苦しんでおらぬ。だから御主たちが謝ることもない」

「九州……。あっしはどこにあるのかもわからねぇや」

城八がぼんやりとつぶやいた。寂しそうな目をした巨漢の郎党に目をやり、家季が口を開く。

「西の果てにある島だ。為朝様が赴かれるのは、その九州の南の果てにある薩摩国だ」

「そいつぁ、ずいぶん遠いな」

言ったのは余次三郎だった。鼠を思わせる細い顔が、為朝のほうをむいている。閉じた唇の間から前歯を少しのぞかせながら、余次三郎は泣きそうになるのを必死に堪えているようだった。

「そんなところで、いったいなにをするんですかい」

今度は紀平次だ。彼の顔には、右の頬から鼻筋を通って左頬へと真一文字に傷が走っている。その生々しい傷跡が、ひくひくと震えていた。黙ったまま答えない為朝に代わって、またも家季が答える。

「摂関家の荘園である島津荘にて、薩摩平氏の棟梁、阿多忠景殿のもとに身を御寄せになられる」

「平氏にですかい」

悪七が露骨に嫌な顔をした。桓武平氏の棟梁、平忠盛と為朝の父である為義は、武門の惣領として並べられることが多い。今は亡き白河法王に取り入り、鳥羽院のもとでも着実に位階を上り、武家としては最高位である正四位まで進んだ忠盛にくらべ、為義はいまだ従五位下。一歩も二歩も出遅れている。為朝に仕えている悪七たちにとって、平という名は悪意を喚起するに十分なものだった。

不服を露わにする悪七たちにむかって、家季は続ける。

「平氏とはいえ、忠景殿は摂関家の荘園である島津荘を取り仕切られておられる御方だ。左大臣頼長様に御仕えしておる為義様とは御同朋ともいうべき御方ぞ。今度の一件も、忠景殿は快く御受けくださった」

「だから、その薩摩の平氏の元で、為朝様はいったいなにをなされるってんですかい」

淀みなく語る家季をにらみつけ、紀平次が問いを重ねる。頭の天辺から足の爪の先まで凛然とした乳母子は、ひとつ咳払いをしてから答えた。

「為朝様は勘当され、忠景殿の元に身を御寄せになられる。忠景殿の郎党になるというわけではない。命を受けることも、命を下すこともない」

「じゃあ、なにもせずに昼間は飯食って、夜になったら寝るだけってことですかい」

「紀平次」

激昂する紀平次を悪七がたしなめる。が、年嵩の悪七の目にも、紀平次と同じ不服の色がにじんでいた。

為朝の勘当が不服なのだ。薩摩はあまりにも遠い。素直に納得してしまえば、これが今生の別れになる。五人はそれを認めたくない。

紀平次が言うような暮らしを、為朝は望んでいないし、けっしてしないだろう。為朝は戦をするために九州に下るつもりだ。安穏な日々が待っているはずもない。

「くそっ」

城八が言った。城八は為朝に勝るとも劣らぬ大男だ。太刀を持たせたらそこらの武士など相手にならない。余次三郎の無手のまま相手を御する業は見事なものだ。幾度もともに修練したが、いまでも腕を取られれば為朝でも成す術がなかった。紀平次の飛礫(つぶて)も素晴らしい。為朝の弓のような威力はないが、数間先の相手を殺さずに仕留めるには、紀平次の飛礫が最適だった。一番幼い源太は矢を射る。弓力は為朝に劣るが、標的を正確に射ることにかけては勝っているかもしれない。そして彼等を束ねる悪七の懐の深さを、為朝は誰よりも買っていた。悪七がいるから他の四人は為朝とともにいる。

これから向かう先は、知縁なき地だ。為朝が心底から命を預けられる者はこの者たちだけだ。

間違いなく為朝は、九州の地で戦場に立つ。身を挺して為朝を守る者が、家季だけというのはなんとも心許ない。

為朝は笑う。いきなりの主の笑みに、悪七たちが戸惑っている。それでも構わずに、為朝は笑い続けた。

ひとしきり笑ってから両手を左右に掲げる。声を止めて腹に力を込めて、掌を打ち鳴らした。穏やかな静寂のなかにあった境内に、雷鳴のごとき轟音が鳴り響く。しびれる掌をそのままにして、為朝はみなに告げる。

「我は武士ぞ。薩摩に流されたくらいのことで己が道を棄てるような為朝と思うか」

悪七が口をあんぐりと開けたまま、主の言葉を待っている。

「九州の地にて武名を轟かせ、源為朝ここにありと叫んでやるわ。兄や弟でもない。我こそが源家の棟梁たるべき器であると、西の果てで示してやる」

「た、為朝様」

家季が腰を浮かせる。肩越しにそれを見て、為朝は悪戯(いたずら)な笑みを満面にたたえた。もう父や兄のことを慮(おもんぱか)ることもない。これまで胸に押し殺し続けてきた荒ぶる想いを、九州の地で曝(さら)け出す。悪七たちの苦しみが、為朝の心を解き放ったのだ。

「御主たちもともに来い。我と、九州の武士どもに源家の力を見せてやろうではないか」

悪七が立ちあがり、四人が続く。城八は堪えきれずに両目から涙を溢れさせている。

為朝はみなにうなずく。

「都を追われるは僥倖なり。これより先、我は己が心の赴くままに生きる。これでやっと、胸を張って御主等を郎党と呼べる。悪七、城八、余次三郎、紀平次、源太。我とともに薩摩に行くぞ」

「ははっ」

為朝の前に五人がそろって片膝をついた。深々と頭を下げ、腹から声を吐く。

後に天下に名を轟かせることになる為朝一党の誕生であった。

弐　鎮西

一

　摂関家領、島津荘は万寿年間に日向国に生まれた。以降、大隅、薩摩両国へと荘園を広げてゆき、九州南部に巨大な所領を築いていった。

　令制のもと、九州各国の統制機関であった大宰府により、すべての国府はその支配下にあった。しかしその触手が寺社に及ぶにいたって、九州でもっとも権威と力を有する宇佐八幡宮の抵抗にあう。その結果、豊前を中心とした九州北東部は、宇佐八幡宮の強い影響を受けることとなった。

　摂関家の保護の下に成立した島津荘が九州南部に荘園を増やしてゆくと、九州の地は北西部の大宰府、北東部の宇佐八幡宮、南部の摂関家という三つの勢力がひしめき合うこととなった。

　平将門、藤原純友によって引き起こされた承平天慶の乱の前後より、地方の武士たちは互いの荘園や、国府との軋轢などによって小競り合いを続けている。都は鳥羽院の威光によって平穏を保っていたが、一歩外に出ると、この国には争いがあふれていた。

島津荘の成立においても波乱はあった。

大宰大監であった平季基は、その私領を関白藤原頼通に寄進する。それが島津荘成立の契機となった。その直後の長元二年、この季基が大隅国府を焼亡させるという事件が起こる。この時、都でも騒ぎとなり、頼通と近しい間柄であった藤原惟憲が季基を庇護した。惟憲は季基と通じ、彼によって頼通への寄進は成立したのである。

都と地方は密接に繋がり、中央の公家たちの思惑によって、地方の武士たちは相争っていた。

「長き旅路にて、さぞや御疲れになられたでありましょうな」

上座にいる鼻から顎先まで真っ黒な剛毛におおわれた熊のごとき男が、そう言って快活に笑った。為朝は柱を震わせるほどの笑い声を、広間の真ん中に座り聞いている。左手には家季を先頭に悪七らが並んでいた。それと向かいあうようにして、男の郎党たちが座っている。

男の名は阿多忠景といった。薩摩国阿多郡の郡司である。郡司とはいえ、薩摩平氏の棟梁だ。島津荘はこの男によって取りまとめられている。為朝は上座で笑う忠景へ、感情の籠らぬ声を吐く。

「疲れてなどおらぬ」

「いやはや、その大きな御躰を見れば、その御言葉も嘘や痩せ我慢ではないと思われまするな。十三になられたばかりと御父上より聞き及んでおりましたが、とてもそうは思えませぬ」

十三になって幾何か背が伸び、腕もわずかに伸びた。一番増したのは、肉の厚さである。忠景はおろか、控える郎党のなかにも為朝ほどの偉丈夫はいなかった。次に大きいのは城八である。

「しかし」

忠景が家季たちを見た。

「為義様からは、為朝様と従者がひとりと聞き及んでおりましたが」

従者とは家季のことだ。忠景は悪七たちのことを言っている。悪七をはじめとした為朝の郎党たちは、不敵な顔付きで虚空を見つめていた。疑いの目で見てくる忠景やその郎党たちの視線をかわしているのだが、その顔には一様に自尊が満ちている。為朝になにかあれば、いつでも刃を取るという覚悟だ。

「この者たちは我の郎党だ」

「郎党……。にござりまするか」

忠景が溜息とともに口籠る。

為朝は所領を持たない。これから忠景の世話になる身だ。郎党を養えるような立場ではない。郎党を引き連れてきた為朝の厚かましさに対する嫌悪を、忠景は隠そうともしなかった。

己の心を曝けだす者は嫌いではない。

為朝は堂々と胸を張り、忠景に告げる。

「この者たちともども、これから世話になる」

頭は下げない。あくまで己は源家の棟梁の子だ。薩摩平氏の棟梁といえど、媚びへつらうつもりはなかった。いや、為朝は誰にも媚びるつもりも謝るつもりもない。

「それならば結構。郎党の方々も、遠き道のりさぞや御疲れでございましたでしょうな」

笑顔を取り戻した四十がらみの薩摩平氏の棟梁はそう言って悪七たちを見た。小さな辞儀をひとつして、為朝の郎党たちはすぐに目を虚空へと戻す。忠景の家臣たちが、剣呑な眼差しで彼等を見つめていた。

心底から歓迎されているわけではなさそうである。源家の子息とはいえ、父から勘当された身だ。面倒を背負わされたという想いが、忠景たちにはあるのだろう。しかし彼等のような目付きに、為朝は慣れている。下賤な血を引く己を見る時の兄の目付きは、いま悪七たちがむけられている物よりも幾倍も悪辣なものだった。

忠景が褐色の頬を黄色い爪の先で掻く。年の割に皺の多い肌が、擦られるたびに小さな音をたてる。目尻に深い皺を何本も走らせて、摂関家の被官人は下座へと声を吐く。

「薩摩に来られましたからには、なんの心配もござりませぬ。御困りのことがあれば、なんなりと御申しくだされ。御心静かにのんびりとお過ごしになられればよろしい」

「我は緩々（ゆるゆる）と日を過ごす気などない」

為朝の言葉に忠景が眉間に力を入れた。張りでた額が伸び、外から差し込む陽の光を受けて微かに輝く。顎を突き出し胸を張りながら、為朝は堂々と語る。

「摂関家が有する荘園は日向、大隅、薩摩に点在しておると聞く。しかし九州にはまだ多くの国がある。それらの国をも平らげて、九州全土を摂関家の領する地とせん」

「そっ、それは」

力無く口を開き、壮年の武士は言葉を失った。主の狼狽（ろうばい）を悟られまいと、脇に控えていた忠景の家臣が腰を浮かせて声を張る。

「九州には数多（あまた）国があるとはいえ、古くから大宰府の目が光っておりまする。太宰府はいわば九州の都。我等がみだりに他国の地を侵せば、大宰府ににらまれ都にも知れましょう。そうなれば大宰府の被官である各国の官人たちによって追討の兵が起こりまする。肥後（ひご）の菊池（きくち）、筑前（ちくぜん）の原田（はらだ）など、大宰府の官人のなかには名うての弓取りがおりまする。九州全土を平らげるなど、とてもではないが……」

「我等には摂関家が付いておる」

己を曲げない為朝に、薄ら笑いを浮かべた忠景が詰め寄る。

「摂関家といえど朝臣にござる。国府に弓引くがごとき所業を許すはずもございませぬ」

「公領を侵すのではない。官人どもが有しておる荘園に、摂関家の庇護をもたらすのだ」

「申すだけなら、いくらでも申せましょう。が、生まれたころよりこの地で暮らしてまいった某は、為朝殿の申されることの難しさを身をもって知っておりまする」

「やってみたわけではなかろう」

「やらずともわかる」

腹の底に気を満たして答えた忠景には先刻の狼狽はすでにない。西国の武士の意地が、爛々と光る瞳にたぎっていた。肩を大きく上下して息を吐き、忠景が為朝をにらんだ。

「為朝殿は偉丈夫じゃ。脇に控えておられる郎党の方々も、なかなかのものじゃ。都の雅な風にさらされておられながら、ようもそれほどの御躰を養われたものよ」

言って忠景が家季たちを横目で見た。

「武士として、よほどの自負がおありのようじゃ。じゃが」

立ち上がって忠景が為朝を見下ろす。

「真の戦を御存じか」

「知らぬ」

　正直に答えた為朝の声に、忠景の家臣たちの嘲笑が重なる。悪七たちが殺意を総身にまとい、腰を浮かせた。

「止せ」

　忠景を見上げたまま、為朝は郎党たちに告げる。中腰のまま悪七たちは固まった。

「都のか弱き男どもを幾人打ち倒したのかは存じませぬが、果たして西国の武士に通じまするかな」

「我と戦が所望か」

「いやいや」

　大袈裟に首を左右に振って、忠景が邪気をおびた笑みを浮かべる。

「為朝殿は為義殿より御預かりした大切な御方。どれだけ無礼な御方であろうと、薩摩に到着したその日に首を刎(は)ねるわけにもゆきますまい」

　耐えきれずに悪七たちが上座にいる忠景に迫ろうとした。機敏に察知した薩摩の武士たちも、床を蹴立てて立ちはだかる。

「止めぬかっ」

　為朝が叫んでも悪七たちは座ろうとしない。忠景の家臣たちをにらみつけたまま、いまにも襲いかからんと逸っている。にらみ合う男たちを尻目に、忠景は薄ら笑いを浮かべ為朝を見つめていた。

「都の御父上が手を焼かれ、九州に追い遣ったのも無理はないようですな」

「父がなにを思い我をここへやったかなど、どうでも良い。我には我の道がある」

「九州の官人どもを従える……。でございますか」

「そうじゃ」

「その手始めに、某を従える御積もりか」

「所望とあらば」

弓形に歪んだ忠景の瞳の奥に殺気が宿る。

「源家の棟梁の息子だか知らぬが、世迷言も大概になされよ。郎党六人。それが九州における御主の力じゃ。九州の官人はおろか、某すらも従えることはできぬ。それが解らぬ」

そこまで言った忠景の姿が消え、それまで彼がいた場所にいつの間にか為朝がしゃがんでいた。伸ばした左腕の先に寝転がった忠景の喉がある。素早過ぎる身のこなしに、誰一人として為朝の動きを追えなかった。

「ぐっ、お、御主、正気か」

食いしばった歯の隙間から、忠景が苦しそうに言葉を吐く。両手で為朝の手首をつかみ、両足をばたつかせ、胴を左右に振っているが、鳩尾に置かれた為朝の膝が完全に忠景の動きを封じていた。

忠景の家臣たちが、助けようと上座にむかって身を乗り出す。

むける。

　為朝は血気に逸る九州の武士を肩越しに見据えながら吠えた。それから悪七たちに目を
「動くな」

「御主たちも焦るな。一歩でも間違えば忠景殿の命は無い」

　主を質に取られ、阿多の家臣たちは身動きが取れない。為朝の言葉を聞いた悪七たちも、迂闊(うかつ)に動けなくなる。場にいる男たちの目が、為朝に集中していた。

　忠景を封じたまま、為朝は語る。

「我等は武士であろう。弱き者が強き者に従うは、武士の習いではないか」

「膂力(りょりょく)の強弱が武士の優劣では、っ……」

「そんなことは我にもわかっておる」

　抗弁しようとした忠景の喉を絞めてから、なおも為朝は続ける。

「膂力のみで優劣は付かぬが、我と御主の戦の決着は付くぞ」

　為朝の口角が吊り上がり、忠景をつかむ手に力がこもる。掌に感じる喉の突起を潰すように、じょじょに力を込めてゆく。

「止めぬかっ」

　忠景の家臣のなかから声が飛ぶが、為朝は聞きもしない。

「た、為朝殿……」

「我はすでに戦場に立っておる。其方は我が戦を知らぬことを嘲笑うた。しかし我は戦場に立つことに躊躇いはない」

「戦場で死する覚悟ができておると」

喉を潰されながら掠れた声で忠景が問う。見開いた目で薩摩平氏の棟梁を見下ろしながら、為朝は淡々と答える。

「死するつもりなど毛頭ない」

「な」

「我は勝つ。勝ち続ける。弓弦が切れるまで、我は止まらぬ」

為朝と弓はふたつでひとつ。弓が射られなくなった時、為朝は潰える。

「それこそが武士ではないのか忠景殿」

「ほ、本気でそのようなことを」

「我が偽りを申しておるように見えるか」

手にいままで以上の力を込めた。忠景の喉が苦痛の声をほとばしらせる。固く閉じた忠景の瞼の隙間から涙が一筋こぼれ落ちた。

我慢がならぬといった様子で、家臣たちが上座に駆け寄る。

「動くなっ」

忠景から目をそらして、為朝は家臣たちを一喝した。身を強張らせた男たちに、為朝は続ける。

「こは我と忠景殿の戦じゃ。邪魔する者は何人たりとも容赦はせぬぞ」

主の身を案じた一人の若い武士が、無手のまま為朝に飛び掛かる。

「加勢するなよ悪七っ」

それだけで郎党たちには通じた。六人がいっせいに腰を下ろして、部屋の隅に並ぶ。

忠景の喉から手を離し、為朝は立ち上がった。そしてそのまま、真っ先に襲ってきた武士の振り上げた右腕を常人より長い左腕でつかんだ。解こうとする若き武士の躰を乱暴に振り回して投げ飛ばす。壁まで派手に吹き飛んだ若者は背中を反らして悶絶し、床を転げまわった。その時にはすでに二人目の腹に為朝の足がめり込んでいる。膝からその場に崩れ落ちて、二人目の侍は動かなくなった。

「止めいっ」

三人目に狙いを定めた為朝の耳に、気のこもった忠景の声が響いた。それは為朝に放たれたものではなく、己が家臣たちを律したものであった。

動きを止めた九州の武士たちから目をそらし、為朝は上座のほうに立っている忠景を振り返って正対する。喉をさすりながら幾度か咳き込んだ忠景は、立ったまま為朝をにらんでいた。

「御主、儂に会うてから一度も偽りを申しておらぬか」

　忠景の問いに為朝はうなずきだけを返す。

「真に九州の官人どもと戦をするつもりか」

　またもうなずきで答える。一歩二歩と忠景が近づいてきた。為朝は動かずに壮年の薩摩平氏の棟梁の遣り様を見守る。

　真正面に立つと、為朝と忠景の背丈には大きな差がある。為朝の首の付け根までしかない忠景は、若き源家の子息を不敵な笑みを浮かべながら見上げた。そして拳で分厚い胸板を叩き、天井を見上げちいさく笑った。主の態度の変貌に、家臣たちが絶句する。

「どうせ都より落ちてくるような源家の子息じゃ。遊興好みの優男であろうと高を括っておったのじゃが、なかなかどうして面白き御仁ではないか」

　言いながら忠景は胸板を拳で小突く。

「その腕」

　忠景の目が為朝の長い左腕へとむく。

「相当な弓取りのようじゃな」

「これまで敗けたことがない」

　幼き日に義朝の前で矢を放った時だけが、為朝にとっての唯一の敗北であった。だが誰が聞いても、それは勝負ではないという。為朝は弓を持つのがはじめての童、義朝は元服も済んだ武士であった。敗けではないと誰もがいう。そのあたりの会話が面倒だったから、敗けたことはないということにしていた。

「それは見てみたいものよ」

忠景が為朝を庭へと誘う。家季たちや忠景の郎党も後に続いた。忠景からはいっさいの殺気が消えている。家臣たちにはいまだ釈然としない怒りが揺蕩っているが、主が上機嫌なのであるからどうすることもできない。

「さぁ、どれでもお使いになられよ」

巻藁の的が設えられた矢場に、大小さまざまな弓が並べられていた。為朝は右から左へと視線を泳がせてから、家季を見る。すると幼年のころよりともにいる乳母子は、すっと場から消え失せ、すぐに為朝が求める物を持って現れた。

「これは」

家季が持ってきた弓を見上げて、忠景が呆然と問う。無理はなかった。八尺五寸の弓は、矢場に並べられたどの弓よりも長い。それに家季と、悪七、城八の三人がかりで弦を張る。

「真にこの弓を……」

うわごとのごとくにつぶやく忠景にうなずいてから、為朝は弓を手に取り、弦の張りを確かめるように指先で小さく弾く。それから十八束もの矢束がある矢を一本、家季から受け取ると、悠然と巻藁から離れる。巻藁に背をむけ、真っ直ぐと下がってゆく為朝に、忠景たち九州の武士は声をかけようともしない。

そうこうするうちに、為朝の歩みを白壁が止めた。振り返って巻藁を見る。標的のそばに立つ男の顔が米粒のようだった。

「真にそこから射る御積もりかっ」

遠く離れた忠景が大声で問うのに、為朝はうなずきで答えると、いっさいの躊躇もなく弓に矢を番えた。両腕を大きく頭上に掲げ、そこから左右にゆっくりと広げてゆく。思えば矢を射るのは久しぶりだった。父に九州行きを命じられてからは支度に追われ、道中も満足に修練をすることもできず半月以上も弓から遠ざかっていた。

左の掌にしなやかな弓の反りを感じ、右の指で矢羽と弦の気高き張りを味わう。刹那の静止の後、指を開き弦の拘束を解いた。遠間だからといって弓を上げるようなことはしない。一町程度であれば、真っ直ぐに射ても狙いは外さないという自信があった。為朝の狙い通り、矢は矢柄の中程まで巻藁にめり込んで止まった。

声を失った忠景が、巻藁を見つめたまま震えている。弓を左手に持ち、為朝はみなのもとへ悠然と歩を進めた。見慣れた家季たちは別段うろたえもしなかったが、忠景以下九州の武士たちは一様に言葉を失っている。

もう少しでみなのところに戻ろうかというところで、忠景が走りだした。そして為朝の前にひざまずき頭を下げる。

「儂の娘を嫁に貰うてくれぬか為朝殿っ」

慮外の言葉に、答えを返せない。

「御主を見込んでの頼みじゃ。そのかわり娘を貰うてくれれば、御主に従おうではないか。官人どもと戦うと申すのであれば、某もともに行く。どうじゃ、嫌とは言わさぬぞ」

あまりのことに、さすがの為朝も動揺してしまった。嫁をもらうなど、まだ先の話だと思っていた。躰は大人と変わらぬとはいえ、元服を済ませて間もない十三歳である。

「すでに元服を済ませておられるのじゃ。妻がおってもなんらおかしゅうはない」

為朝の心を見透かしたかのように、忠景が言った。家季を見る。大声で笑いたいのを必死に堪えていた。その隣で悪七は顔を伏せながら激しく肩を震わせている。

嫁……。

それで忠景が己に従うのならば、悪くない話だ。

「有難き御申し出、この為朝、礼の言葉もござりませぬ」

為朝は西の果てで妻を持った。

二

為朝が狙いを定めたのは、肥後北部菊池郡を中心に肥後中部域にまで支配を広げている菊池経直（つねなお）であった。忠景の領する薩摩摂関領を北上し肥後に入ると、球磨御領（くまごりょう）と呼ばれる帝の領する御領が存在する。御領を避け、肥後国を北に行けば、おのずと菊池とぶつかることになるのだ。

菊池家は藤原北家の関白道隆の後胤である大宰権帥高家の郎党で、大宰府の府官となった蔵規の子、則隆を祖とする。延久年間、この則隆が肥後国菊池郡に下向し、菊池家ははじまった。この則隆の玄孫にあたるのが現当主、経直である。

薩摩大隅、そして日向北部に広がる摂関家領を支配する忠景の勢威を肥後まで広げるには、菊池家は避けて通れない。

忠景の軍勢を引き連れた為朝は、薩摩と肥後の国境を越え、球磨、八代という肥後南部の御領を行き過ぎて肥後中部へと入った。まずは菊池との間に騒動を起こすことが目的だ。経直の支配する城のひとつでも落とせば、両者の対立は明確になる。最初の標的は、菊池家の領内の南端に位置する小城だった。

みだりに自領を増やし私腹を肥やす国人どもを征伐する。為朝は兵を挙げる前に、九州の大宰府の官人でもある国人たちにむけて、そう宣言した。その文はすでに経直の元にも届いているはずだ。為朝が忠景とともに兵を起こし国境を侵せば、すぐに経直の耳にも入ることだろう。

桜島から降る砂におおわれた薩摩とは違い、阿蘇の山々から流れいずる川の水によって育まれた肥後の地には広大な田園が広がっている。まだ青い稲のむこうに見える丘陵に、地肌を削って築かれた山城が見えていた。丘の下には茅葺(かやぶき)の屋根が建ち並んでいる。ひときわ大きな屋根が、経直からこの地を任された郎党の屋敷であろう。

「ここまで来れば、後戻りはできませぬぞ」

隣に並ぶ栗毛の馬の上で忠景が言った。誰よりも煌びやかな鍬形(くわがた)の下にある顔が、いくぶん青ざめているようだ。

「菊池経直は道理を弁えた武士にござる。我等に大義はござりませぬ」

戦をやるには理由が必要なのだ。経直を庇護するような忠景の言葉からも、阿多と菊池の間に遺恨はないのであろう。

「官人という身を利用し、自領を築き私腹を肥やす者どもを許してはおけぬ」

忠景はなにか言いたそうであった。それは己も同じことだと、おそらくそう言いたいのであろう。忠景が摂関領の合間にみずからの田地を持っていることなど知っている。都の有力者の庇護を得て荘園を経営する国人たちの旨味はそこにあるのだから無理もない。

国人たちの下心などどうでも良かった。父の大望すらも頭に無い。とにかく暴れたかった。都で培った弓の腕を一刻も早く戦場で試したい。八郎為朝は古今無双の武士であると、天下に知らしめたくて仕方なかった。

「大宰府を従えれば、誰もなにも申すまい」

眼前に見える城に目をむけながら為朝がつぶやくと、耳聡(みみざと)く聞きつけた忠景が笑った。

「婿殿にはもはやなにも申しますまい。まずは御初陣を存分に飾られませい」

為朝の武に関しては、忠景はなんの心配もしていないようだった。大鎧に身を包んだ為朝は、腰に太刀を佩いていない。忠景に与えられた従者に弓を持たせ、みずからはいっさいの得物を身に付けていなかった。あるとすれば背に負った箙のなかの矢のみであるが、これも弓を持たねば用を為さない。用いるのは弓のみ。武士が使う得物は弓だけあれば事足りる。太刀などという無粋な物は為朝には必要なかった。

「舅殿」

城を見つめたまま語りかけた。忠景は黙って隣で言葉を待っている。

「九州を平らげるまで我は止まらぬぞ」

「御随意に」

それだけ言うと忠景は黙った。舅は心のどこかで無理だと思っている。だから婿の大言を軽くいなすのだ。だが為朝は本気だった。勝ってこその武士。それを体現する時が訪れたのだ。

為朝は口を閉ざし、敵の待つ城を目指した。

すでに丘の麓の集落から人は去っていた。敵の到来を知り、丘上の城に籠るか逃げるかしたのだろう。悠然と進む為朝たちを迎えるための敵は現れなかった。経直からの後詰もなく、敵はみな城に籠ったのだろう。刃を交えぬまま、為朝は集落を占拠した。

「攻めあぐねれば敵の後詰が現れましょう。朝を待ち全軍で丘を上り、速やかに城を落とすべきかと存じまする」

経直の郎党の屋敷の庭で忠景が言った。方々で上がる松明(たいまつ)の焔に照らされ、集った者たちの顔は見えている。為朝は忠景とともに上座に並んだ床几(しょうぎ)に座っていた。集っているのは忠景の郎党と、家季や悪七たちだ。

「こちらは千あまり。あの小さき城に籠っているとすれば敵はどれだけ多くても二百ほど。力で押せば落とせぬことはなかろうかと」

しかし、とつぶやいた忠景が、溜息をひとつ吐いてから続けた。

「戦は野にて行うものにござる。小勢であるとはいえ、我等を迎え撃たぬとは菊池の郎党どもはなんと愚かしき者どもよ」

「みだりに戦うて敗れる敵よりも、城に籠り後詰を待つ者のほうが我は恐ろしゅう思う」

為朝が答えると忠景はもう一度溜息を吐く。

「婿殿の初陣を、その弓で晴れ晴れしゅう飾って欲しかった」

「まだ戦が終わったわけではない」

言って為朝は立った。いまだ城攻めの結論は出ていないから、何事かと忠景が見上げる。

「我と我が郎党のみで今より夜討ちをかける」

　忠景があんぐりと口を開いて婿を見上げ、為朝の後を追うように腰を浮かせた。

「侮ってはなりませぬ」

「あの城に籠っておるのは愚かしき者たちじゃと申したのは舅殿ではないか」

「敵はどう少なく数えても百は下りますまい。夜討ちはむこうも警戒しておるところ」

「それ故、七人で行くのじゃ」

「無謀にござる」

「見張り以外の者が寝静まった後、我等だけで丘を上る」

　忠景がなんと言おうと行くつもりだ。七人で城を落とせなければ、為朝の武はそこまでのものだったということである。そんな生半な武であるのなら、古今無双の武士などになれるわけがない。己が道を阻まれるのなら死んだほうがましだ。為朝の決意は揺らがない。

「舅殿はここに留まり、兵を休めてくだされ。さすれば敵も油断し、見張りの者どもも気を緩めましょう」

「しかし」

「我が戻って来なかった時は、それまでの男であったと諦めてくだされ」

「なにを申される」

　忠景が為朝の両肩を諸手でつかんだ。そして力いっぱい前後に揺する。

「其方は某の婿ぞ。もはや為義様から御預かりしておる源家の御子息ではないのじゃ。な

に を考えておられるのかは知らぬが、無理じゃと思うたら、すぐに戻って来られよ。婿殿がいつでも戻って来られるよう、すぐに兵を動かせるようにして待っていよう」
為朝を見つめる忠景の顔は、松明の焔よりも朱かった。

悪七を先頭にして丘を上る。頭上の城から漏れる松明の明かりを避けるように闇を選んで進んでゆく。

「盗人だったころの術がこんな時に役立つとは」

先を行く悪七が、そうつぶやいて自嘲気味に笑った。それを聞いて為朝の後に続く城八たちも小さく笑う。

「真に我等だけで行くのですか」

腰をかがめて膝から下だけで斜面を登りながら、為朝の隣を進む家季が問う。為朝は乳母子の言葉を聞き流して、黙々と先を急ぐ。

「塀を越えるのは余次三郎に任せてくだされ」

城を見上げたまま悪七が言った。背後から余次三郎の声が続く。

「起きている奴等を仕留め、門を開きます」

はじめて余次三郎に会った日のことを思い出す。気付かぬうちに背後を取られ、そのまま手首をつかまれて弓を奪われた。身軽さでは余次三郎に敵う者はいない。

「いつもお前が門を開けていたのか」

盗人の時のことである。為朝の問いに余次三郎は、へへへと短い笑い声を吐いた。

「そろそろだ余次三郎」

悪七が言う。すでに眼前に不規則に打たれた杭の列がそびえている。その先にある板塀が為朝たちの行く手をはばんでいた。わずかに右手に回れば、門はすぐそこである。とうぜん松明の焔もその辺りに集中していた。

「大丈夫か」

「すぐに開きまする故、為朝様たちは門前の闇に潜んでおいてくだされ」

言うが早いか余次三郎が足を速めた。しゃがんだ姿勢のまま、松明の明かりをするすると潜り抜け、杭の隙間に躰を入れる。骨が無いのかと思うほどの柔らかさで杭を抜けると、平らな塀に掌を張りつかせるようにして登って城のむこうに消えた。

「では我等も門前に」

悪七が為朝を誘う。

悲鳴はひとつも聞こえなかった。さほどの間も無く、門が内側からゆるゆると開いた。門扉の隙間から、返り血で赤く染まった余次三郎の笑顔が現れる。

「この辺りの奴は始末しときましたぜ」

口調が盗人の昔に戻っている。にやけ面の余次三郎の脇を抜け、城内に入ると五人ほどの敵が首から血を流して死んでいた。

「やるぞ」

為朝の声を聞くと同時に、悪七たちが闇夜に吠えた。

城とはいえ、塀のなかには大きな館といくつかの小屋があるだけ。館といっても忠景の屋敷などよりずっと狭い。悪七たちの声を聞くと同時に、城の外のあちこちに屯して寝ていた敵がいっせいに身を起こした。しかしその時すでに為朝たちは、大太刀を片手に大声を張り上げながら疾走する城八を先頭にして戸を蹴破って館内に乱入している。

「為朝様を囲みつつ進めっ」

家季が叫ぶと悪七が大きくうなずき、六人が為朝の周囲を固めた。眠りから覚めた敵が、そばにあった得物を片手に迎え撃つ。

館に入り一番最初に入った部屋には十人ほどの武士がいた。甲冑を着こんだまま寝ていたようだが、兜までは着けていない。戸惑いながら薙刀を構える大柄な男を為朝は見た。

背の箙から矢を抜き、弓を構える。緩やかに狙っている暇はない。敵に一番近い城八が敵にむかって太刀を振り上げるよりも速く、矢を放った。一町も離れた巻藁に深々と刺さる矢である。大柄な男の喉を貫いた矢はそのまま頭の後ろから飛び出し、背後の柱に鈍い音とともにめり込んだ。

為朝の矢の尋常ならざる勢いを目の当たりにして敵が怯んだ。その隙を見逃さぬ城八が、先頭にいた敵の首を横薙ぎに刎ねた。その首が床板を転がるころには、悪七たちの手によって部屋にいた敵はすべて葬られている。

為朝たちは止まらない。部屋を仕切る衝立（ついたて）を蹴破り、敵が殺到する。寝ている敵はひとりもいない。すべての殺意が七人に集中する。

初陣……。そんなことを考えている余裕はなかった。郎党たちとともに為朝は館の奥を目指して走る。

周囲の敵は悪七たちが払う。為朝はここぞという武士にのみ、必殺必中の一矢を馳走する。為朝が弓弦を弾くたびに、周囲の敵が震え、動きを止めた。次は己があの矢の餌食かと思うだけで、人ならば誰しも怖気づく。身を強張らせるのも無理はない。

「真に我等だけで終わらせる御積もりか」

為朝を守り必死に太刀を振るう家季が、悲鳴にも似た声で今更ながら叫ぶ。それを聞いた悪七が、高笑いの後に言葉を返す。

「為朝様がいれば、我等は敗けんっ。見よ家季殿。為朝様が放つ矢の凄まじさに、すっかり敵は竦みあがっておる」

為朝は冷静に戦況を見極めていた。敵が動揺しているのは、たしかに為朝たちの戦い方にも原因があるだろうが、本当にうろたえているのは夜襲によってこちらの人数が読めぬからである。敵がたったの七人であるなど、誰が看破できるであろうか。

「無用なことを申す暇があるなら、一人でも多くの敵を屠れ」

家季と悪七の尻をたたくように、為朝は眼前に立つ侍の脳天を貫いた。

「為朝様っ」

余次三郎の声が左方から聞こえる。

郎党の輪を潜り抜け、長刀を構えた敵が為朝を狙って迫ってきた。その瞳は他の敵のように恐れを宿していない。為朝を大将と見定めての冷静な襲撃だった。

為朝を守らんとする余次三郎と紀平次が左右から敵の躰を薙ぎにゆく。それを男は華麗な手さばきで長刀を操り、一瞬のうちに叩き落とした。そしてそのまま踏み込んで為朝との間合いを詰める。

為朝が弓だけしか手にしていないことを、眼前の敵はすでに見抜いているようだった。広い間合いを有する長刀を床に放り、敵は腰を深く落として太刀を抜く。

「なにやってんだっ」

悪七が余次三郎たちに怒鳴る。為朝を守ろうと、輪を崩そうとしていた。

「御主はそこに留まれっ」

為朝は悪七の動きを止めた。その目は迫って来る敵にむけたままだ。

下から太刀が迫り上がってくる。

一対一だ。獲物を狙う敵の目の奥で殺気の焔が揺らめいている。おそらく為朝の瞳にも同様の光が灯っているはずだ。これこそが為朝の望む武士の姿であった。戦い、敵に打ち勝ってこその武士。左手に弓を握りしめたまま、為朝は太刀と正対する。

「手出し無用」

背後から敵に迫ろうとする余次三郎たちに怒鳴る。

切っ先が閃き、思いきり躰を反らせた為朝の顎先を掠めた。その隙に間合いを詰めようと、右足の爪先に力をこめる。しかし床を蹴ろうとした刹那、背筋に怖気が走った。腹に力を溜めて息を止める。それと同時に躰を硬直させて、前進する勢いを殺す。

為朝の顔の前を駆け上がった刃が、驚くべき速さで下りて来た。もし為朝が少しでも間合いを詰めていたら、顔はふたつに割れていただろう。もう一撃来る。

それよりも速く……。

落ちた太刀の棟に為朝は右足を踏みこんだ。そしてそのまま躰の重さのすべてを、太刀を踏んだ足にかける。柄を握りしめたまま、敵が身動きを封じられた。

いつの間にか為朝と男の戦いを、その場にいるみなが注視していた。悪七たちだけではない。取り囲む敵までもが、二人の戦いを、固唾(かたず)を呑んで見守っている。

箙から矢を抜き、弓に番える。

歯を食いしばり悔しそうに為朝をにらむ敵の鼻先に鏃をむける。

「このような時にも弓を使うか」

敵が憎らしそうに問う。

「我は武士なり。弓のみあれば事足りる」

「なんという……」

男が笑った。その顔に拳ほどの穴が空く。

「こっ、惟茂様が討たれたぁぁぁっ」

為朝たちを囲む敵のなかから声があがった。

「この城の主だったようですな」

ほっとした様子で、家季が言った。

敵の大半が逃げてゆく。覚悟を決めてむかってきた敵も、悪七たちの刃の餌食となった。城に入ってから半刻あまりで、為朝の初陣は終わった。敵が消えた城に立ち、為朝は眼下の忠景の陣所に灯る松明の光を見下ろす。

「いかかでござりましたか」

隣に悪七が並び、にこやかに問うてきた。盗み働きは幾度もこなしてきたであろうが、本当の戦働きは悪七もはじめてであったはず。それでも年嵩の郎党は、慣れたようなふりをして為朝の隣に立っている。

「今度は夜襲が功を奏しただけ。まだまだ戦がなんたるかはわからぬ」

「為朝様らしき御言葉でござりますな」

言って悪七がひざまずく。

「某が為朝様を御守りいたしまする故、思うままに御働きくださいませ」

己に忠誠をちかう郎党に答えずに、為朝は眼下の火を見下ろしている。松明よりも激しい焰が胸に灯っていつまでも消えなかった。

やはり初陣だったのだ。

三

二年……。

為朝は菊池との戦いに明け暮れていた。

いくつかの城を落とし、数え切れぬ戦を経験した。肥後の菊池経直といえば、為朝の舅である阿多忠景などと並ぶ九州屈指の武士である。その経直の領地を侵し、戦をすること十数度。にらみ合いの末にどちらからともなく退くことはあっても、為朝が敗れることは一度もなかった。

為朝の名は九州に鳴り響いている。しかし足りなかった。目の前を走る者の存在を知り、為朝は日々焦りのなかにある。

義朝……。

兄は弟よりも先に生まれる。後を追う弟は、何倍もの試練を潜り抜けなければ、追い抜くことはおろか、隣に並ぶことすらできない。

一歩でも前へ。焦る為朝の想いを悟ったかのように、彼を背に乗せた白馬が足を速めた。隣に並ぶ家季も、為朝に追いつくために己が馬に鞭(むち)を入れる。

束の間の休息であった。阿多の己が屋敷を出て、郎党たちとともに遠駆けに出ている。家季や悪七は戦場でも騎乗するから馬の扱いには慣れていた。日頃は為朝に徒歩で従う城八たちではあったが、そこいらの薩摩武士より上手に手綱を捌(さば)いている。

忠景たちが住まう町を抜け、田畑に囲まれた一本道を駆け、遠くに見える山を目指す。薩摩半島の南東端、海に突き出た開聞岳(かいもんだけ)だ。気ままな遠駆けではあるが行く方くらいは決めねばならぬと言う家季に求められ、目についた物を適当に答えた結果であった。辿りつくまで走るという堅苦しい道程ではない。忠景の元から離れ久しぶりに昔からの仲間だけで過ごす気ままな旅だった。

「ひゃっほうっ」

一番先頭を駆ける悪七が、背後に迫る城八たちを振り返りながら叫んだ。左腕を高々と挙げ、みなを挑発している。

「転げ落ちるぞ」

隣で家季が小姑(こじゅうとめ)のような小言を吐く。為朝はそれを聞き流しながら、馬上で戯れる郎党たちを微笑ましく眺める。

「落ちちまえっ」

叫んだ紀平次が懐から飛礫を取り出して、悪七の背に放った。声を聞いた元盗人の悪童は、気配を悟り躰をかたむけて避けると、肩越しに紀平次をにらんだ。

「てめぇっ、本気で投げやがったな」

「当たり前だっ」

「当たってたら、頭の骨が砕けてたぞっ」

「あんなのも避けきれねぇような奴なら、為朝様の役になんかたつもんか。死んじまったほうが為朝様のためだ」

「言いやがったなっ」

紀平次との問答に夢中の悪七の脇を、余次三郎の馬がこっそりすり抜けてゆく。気を殺して先頭に躍り出た仲間を、城八の太い人差し指がさす。

「おい悪七。抜かれたぞ」

躰の大きい城八は、はなから先頭になることを諦めているようだった。

「こそこそすんじゃねぇっ」

紀平次から顔を背け、悪七が余次三郎を追った。

「へへへへっ」

　悪七に舌を出しながら、余次三郎が肩越しに挑発してみせる。身軽な鼠顔の郎党が駆る黒毛の馬は、なかなかの速さであった。悪七が必死に追いすがろうとするが、思うように差は縮まらない。

「舌を嚙むぞっ」

　余次三郎のおどけた姿に、家季が本気で叫んだ。それに気付いた鼠顔が、ぴくんと激しく震えて肩をすくめた。

「せやっ」

　ちいさな気合を為朝は背後に聞いた。みなのやり取りを最後尾で静かに見守っていた源太が、為朝と家季の間をすり抜けて走り出す。

「おい、源太。御主までっ」

　止めようと右手を差し出す家季に目もくれず、源太は昼下がりの人気のない一本道を真っ直ぐに駆け抜けてゆく。馬の首に抱き付かんばかりに躰を前のめりにして、馬とともに風を切る。

「ほう……」

　あまりに華麗な源太の手綱さばきに、家季が息を吞む。為朝は口許に笑みをたたえたまま、黙って郎党たちを見守る。

　城八、紀平次、悪七、一気に三人を抜き去った源太が、先頭を走っていた鼠顔の上に乗った烏帽子を左手でぽんと叩いた。

「ふん」

軽く抜き去った四人を肩越しに見遣って、源太が鼻で笑う。悪七が肩をいからせたのが、後方からでもわかった。

「調子に乗るなよぉぉぉっ」

喉から甲高い声を絞り出して悪七が叫んだ。あまりにも素っ頓狂な声に、みながどっと笑う。為朝も堪え切れずに噴き出してしまった。そんなことには構いもせず、悪七が源太を追う。

「まったく形は大人じゃが、中身は童じゃ」

呆れた口調で家季が毒づく。

形は大人だと言っても、家季と同年の悪七は二十五だ。悪七とともに都で悪さをしていた者たちは、彼より若い。そして為朝はこのなかでも最年少の十五である。忠景の郎党に紛れれば、彼等はまだまだ子供であった。

そんな為朝たちが、この二年の間に阿多の武士よりも多くの武功を挙げている。武勇は年齢ではない。為朝はそう断言できる。心底から命を預けることができる者は、目の前を行く悪七たち以外にいなかった。

有難い……。

思いはするが決して口には出さない。為朝がやるべきことは、感謝を言葉にして聞かせることではないのだ。

馬腹を蹴り、手綱を緩めた。

「行け」

腹の底に溜めた気を、言葉と一緒に馬に叩きつける。

「た、為朝様っ」

うろたえる家季の声を背に受けながら、為朝は悪七たちを目指す。

いや……。

その先を。

城八の呆けた声を左に聞き、紀平次の叫び、余次三郎の笑い声が過ぎてゆく。悪七の驚く顔をやり過ごした時には源太の背中は背後に遠く過ぎ去っていた。

誰よりも速く。

戦って戦って道を開く。それこそが為朝がなすべきことなのだ。

「置いてゆくぞっ」

振り返りもせず為朝は吠え、遠くに見える開聞岳の黒い峰を目指した。

仁平（にんぺい）三年の夏が終わろうとしている。秋が訪れようとしているというのに、なおまだ暑い薩摩の晩夏にも大分慣れた。忠景の館の敷地内に与えられている為朝の屋敷に、郎党たちが集っていた。

「筑前の原田が、筑後の草野、三毛らと結託し、我等を討つと申しておると忠景殿が申しておられました」

　車座になった郎党のなか、悪七が言った。この二年の間に悪七は、家季とともに為朝と忠景の間を取り持つようになっている。舅と仲が悪いというわけではないのだが、相手のほうが為朝に遠慮してなかなか屋敷を訪れようとしない。結果、家季や悪七が忠景からの話を為朝に言伝するようになっていた。

「筑前に行くぞ」

　為朝は迷わずに言う。戦に次ぐ戦によって躰は以前よりも引き締まり、無駄な肉がない躰となっている。背丈と腕はさほど伸びていない。十二のころにはすでに人並み以上であったのだ。これ以上伸びたら、日々の暮らしに支障を来す。いまの背でも程よいとは言い難かった。

　しかしこの背が戦場では大いに役にたっている。遥か遠くからでも見える為朝の姿は、大将としてこれ以上ないほどの雄々しさであった。味方にとって為朝は、戦の恐怖に打ち克つための支柱である。強弓が獲物を貫くたびに、味方は奮い立ち、敵は震えあがる。為朝がいるだけで味方はみずからの持てる倍以上の力を戦場で発揮するのだ。

「為朝様」

　筑前の原田を攻めると言った為朝に、家季が穏やかな声を吐く。

「度重なる菊池との戦で、阿多殿の兵もいささか疲れておりまする。肥後、筑後を越えて筑前を攻めるとなると、満足に戦えるか……」

「そう舅殿が申しておるのか」

「さにあらず、某の一存にて」

「菊池を黙らせても、原田のごとき者がおる。九州を平らげるまでは我は止まらぬ。そう言ったはずだ」

「焦っておられるのよ」

　悪七が割って入る。二人の視線が己にむくのを見計らい、盗人あがりの郎党は女のように紅い唇を震わせた。

「関東の国人どもを平らげて鳥羽院の近侍となって都に戻られた兄上のことを考えておられるのじゃ」

　図星であった。

　この年の三月。義朝が下野守（しもつけのかみ）に任じられて鳥羽院の近侍となって都に戻った。父の為義は検非違使、左衛門尉。その父を飛び越え、兄は下野守となった。義朝の雄飛には、従えた坂東の国人たちの力添えがあったはずだ。

反目した息子の立身に焦った父は、次兄の義賢を坂東北部へと遣わした。義賢が荘官として下向した上野国多胡荘は、坂東南部に根を張る義朝の手が及ばぬ地である。父と子の相克は、兄弟の争いへ発展しようとしていた。

「九州の国人たちを従えて、為朝様も兄上のように……」

「心得違いだ」

軽口を叩く悪七を制し、為朝は続ける。

「都に取り入り立身を果たそうなど、我は微塵も思うておらぬ」

「ならば何故、為朝様は九州の地を乱されるのです」

悪七がにやけ面を崩さずに問う。乱すなどという挑発の言葉を吐きながら、悪七は楽しんでいる。郎党の遊びに付き合うつもりはない。為朝は本心からの言葉をただ吐くだけだ。

「勝ち続けることが武士の生きる道。それだけじゃ」

「くくく」

鼻の穴を、鉤状に曲げた人差し指で塞ぐようにして、悪七が口許を隠して笑う。主を挑発してなお楽しそうな悪七を、他のみなが呆れ顔で見守る。

「父上の官職を超える立身をするために戦うわけでも、父上に命じられて荘官の任を果たすわけでもなく、ただ勝つためだけに為朝様は生きておられると」

「そうじゃ」

「戦に明け暮れ、勝ち続けたその先には、いったいなにが待っておるのでしょうや」

「我にもわからぬ」

そこで悪七がそれまで以上に大声で笑った。胡坐をかいたまま手を後ろにやって床につき、顔を天井にむけて大口を開けている。

「おい悪七っ」

あまりの姿に城八がたしなめるが、悪七は聞かずに笑い続ける。

「無礼であろう」

家季が言うと、やっと悪七は笑うのを止めて為朝を見た。

「某はそういう為朝様だからこそ、ここにおるのでしょうな。承知いたしました。原田を攻めましょう。阿多殿のことは某と家季殿でどうにかいたしましょう」

言った悪七が家季を見て舌を出した。朴訥(ぼくとつ)な乳母子は、邪な視線から逃げるように瞑目(めいもく)し、深い溜息を吐く。

誰がどう言おうと、為朝は原田を攻めるつもりだった。己一人であろうとである。

勝つ……。

それだけしか考えていなかった。

為朝を恐れる菊池は、肥後を通る阿多の軍勢を静かに見守った。背後から攻められることを考えて薩摩にも兵を残したのは忠景の策である。そのようなことはせずに持てる限りの兵を動かせばいいものをと為朝は思う。菊池に退路を断たれたならば、原田を倒した後に討てばよいのだ。退路を断つという卑劣な真似をするのなら、経直の首を落とせばいい。

肥後から筑後に入ると、三毛と草野を引き連れた原田の軍勢が待ち構えていた。筑後の南部を進み筑後川を渡れば、太宰府は目前である。九州の都ともいえる太宰府を蹂躙されてはならじと、為朝の前に立ちはだかった。

原田を中央に据え、三毛と草野が左右に陣を布く。

「三方から我等を挟むつもりでござろう」

馬を並べる忠景が言った。為朝は答えずに敵を見据える。

「いかがなさりまするか婿殿」

この二年間の度重なる戦によって、戦場での忠景は、すっかり為朝の郎党同然になっていた。

「数はむこうに分がありまする」

忠景の言うとおり、相手は倍以上の兵を引き連れている。

「このまま正面からぶつかれば、揉み潰されてしまいましょう」

「我等が揉み潰されるよりも先に」

「まったく」

言わんとしていることを悟り、忠景が婿の言葉をさえぎって鼻から勢いよく息を吐いた。そして胸を張って家臣たちにむかって叫んだ。

「真正面から敵とぶつかるぞっ。一丸となって原田の兵を縦に割るのじゃ。道は婿殿が開いてくれる。我等は婿殿が開いた道を左右に押し広げるのだ。ふたつに割った後は、一方の敵の背後を衝く。そうなれば、後は原田がどこまで耐えられるかじゃ」

忠景の言葉に、薩摩の兵たちが喊声(かんせい)をあげた。戦を識(し)る者にとっては、無謀過ぎる策である。しかしそれを誰一人毛ほども疑ってはいない。為朝はそれだけの成果を、この二年間で見せている。

忠景がゆっくりと右手を掲げた。

「行くぞ」

叫んで馬腹を蹴る。それを合図に為朝と六人の郎党が真っ先に飛び出す。こちらが動いたことで、敵が慌ただしく揺らぎはじめる。駆ける為朝の前に味方はいない。従う兵たちは為朝を先頭にして左右に広がり、鏃のごとき形となった。為朝は鏃の切っ先となってひた走る。野戦での最初の一撃は、つねに為朝からだった。六人の郎党だけでなく、忠景の兵たちも為朝の放つ矢に絶大な期待を寄せている。みなの逸る気持ちを背に感じながら、為朝は右手を手綱から離した。弓をにぎる左手は元より手綱を手にしていない。

「我こそは源八郎為朝なりっ」

名乗りを上げた。原田の兵のなかから幾人かが名乗るのが聞こえたが、為朝は聞き流しつつ箙から矢を取る。名乗りを上げた者たちが、為朝同様に弓に矢を番えた。

敵は間合いを測っている。本来ならば矢が届く間合いではなかった。いつものように為朝は淀みなく弓弦を弾く。八尺五寸の弓から放たれた矢の先に付けた鏃は鑿（のみ）と見紛うほどに太く、たやすく貫けるよう油が塗りこめられている。もちろん通常の鏃などとは比べものにならない重量があったが、それくらいの重さがあったほうが為朝の弓力との均衡が取れるのだ。

狙った敵の鎧のど真ん中に幅広の鏃がめり込んだ。躰を貫かれた敵は、倒れながら弓弦をつかむ指先の力を失った。敵の矢が天にむかって飛んだ。

そんな物をのんびり眺めている暇はない。箙から矢を取り、名乗りを上げた別の侍を狙う。まだ敵の矢の射程には入っていない。

三人ほど貫いた時、やっと敵の間合いに入った。しかし為朝の放つ矢の凄まじさに、敵はすっかり臆している。それはもはや見慣れた光景であった。

怯んだ者たちに、原田の陣の深くから怒号が飛ぶ。将であろう。為朝の戦いぶりを目の当たりにしていないからこそ、気楽に叱咤（しった）できるのだ。しかしそんな将も、すぐに前線の兵と同じ恐怖を知ることになる。

敵の矢が飛来するようになったころには、すでに為朝は十人以上の武士を屠っていた。

騎乗の武士の脇に侍る者たちは近習(きんじゅ)であり、みずから戦うことはしない。従う主を失えば、さっさと戦場から逃げる。

為朝には腑抜けた近習はいない。周囲に侍るのは命を預けることのできる六人の郎党のみ。いずれも並の武士などより腕の立つ者たちである。為朝が敵の群れに突進すると、周りで家季たちも戦いはじめた。

為朝とその郎党によって敵が次々と討ち取られてゆく。名乗りを上げて正々堂々一騎打ちなどという悠長な戦ではなかった。

「我こそは……」

為朝を討たんと名乗りを上げる者がいても、名を心に留めることなく聞き流す。相手が矢を番えて構えるころには、相手の兜の下の眉間を狙っている。そして敵が弓弦を弾く寸前に矢を放つ。

それで終わり。二矢はない。敵がこちらに矢を放つこともなかった。

時に骨のある近習もいる。主を討ち取られても逃げずにその場に留まり、太刀を抜いて馬の足を薙ぎに来る。そういう敵も為朝は見逃さない。原田の家中にもやはりいた。乗り手をなくした馬の前に座って、腰のあたりで太刀を構えている。為朝の行く手に留まり、己が身もろとも馬を仕留めようとしていた。

命を賭してむかってくる者から目を背けるなど武士にあるまじき行いである。

為朝は馬を止めることも、太刀から逃げることもしなかった。腰を落として己を冷酷な眼差しでにらむ敵にむかって、真っ直ぐ駆けてゆく。こういう時、為朝の郎党たちはわかっている。手助けなどという無粋な真似はしない。みなが為朝の身を案じながらも、みずからの敵と相対している。為朝の駆る馬の寸前に太刀が迫った。爪先を鐙（あぶみ）にかけて腰を浮かせる。右足を鞍（くら）に持ち上げ、馬の背を蹴るようにして敵にむかって飛んだ。もちろん左手には弓を持ったままだ。為朝の巨軀が太刀と敵の頭上を越えてゆく。みずからの腹のあたりに定められていた切っ先を、愛馬が器用に避けた。宙空で箙から矢を取り、そのまま着地する。

項（うなじ）に矢を突き刺された名も知らぬ近習が短い悲鳴をあげて絶命した。首から矢を引き抜き立ち上がると、脇を走り抜けようとしていた愛馬に飛び乗り再び駆け始める。

為朝たちが道を開き、忠景の兵がぐいぐいと左右に押し広げてゆく。

戦場で疲れを感じたことがなかった。都での鬱屈が嘘のようである。ここが己の生きる場所、我が身がこの世に存在する意味だと心の底から感じていた。父のために戦うのではない。もしかしたら己のためでもないのかもしれない。為朝は心の赴くままに戦っている。源家や理（ことわり）すら頭にはなかった。

そんな真っ直ぐな為朝の心が顕れたかのごとく、忠景の兵たちが敵中を一文字に貫いてゆく。彼等に触れた敵は、すでに潰走をはじめていた。あまりにも容易く分断したために、前線で戦う者たちと、まだ為朝たちに触れていない敵の間に微妙な士気の差がある。割られてゆく敵は戦う気を失い逃げようとするのだが、それを押し留めるように、背後の敵が為朝たちにむかって割れまいと前進するのだ。

逃げる兵と前進する兵の間で膠着が生まれている。敵の動きが鈍ったのは為朝たちにとっては有難いことだった。為朝が敵の背へと抜けた。箙の矢を使い果たすほど武士を射たが、誰一人として名前も知らない。大将がいたかもしれないが、それすらどうでもよかった。逃げぬ敵は殲滅するのみ。大将を討たれても戦場に留まり続けるのならば、いくらでも相手をしてやればよい。

「家季っ」

背後にむかって空の箙を差し出すと、家季によって新たな箙と取り換えられる。二十四本の矢が入った箙を腰につけ、馬を右方に曲げて割れた敵の背後に食らい付く。為朝が目指したほうへと味方も進路を取る。

ふたつに割れた敵の一方のど真ん中を貫くころには、原田の兵たちが敗けを悟って潰走をはじめていた。挟み討とうとしていた草野と三毛の両軍が、いまさらのように原田の後詰となって為朝たちを押し包もうとする。

「無様なものよ」

為朝は悪辣な笑みとともにつぶやくと、右腕を上げて叫んだ。

「草野の陣を割るっ」

やることは変わらない。正面から打ち砕くのみだ。三度敵を貫く。勢いにのった為朝を止められる者はいない。草野の兵たちは一度の分断で早々と敗けを悟った。三毛にいたっては、一戦もせぬまま草野の潰走を目の当たりにして退いた。

「追うな」

兵たちに命じる。悪七が為朝の隣に馬を並べた。

「阿多に戻るのですか」

「城をいくつか落としてからだ」

「このあたりは三毛の領内。原田と草野を蹂躙した我等の力を目の当たりにした三毛の武士どもは、抵抗いたしますまい」

悪七と二人で逃げてゆく三毛の兵たちを見つめていると、忠景が馬を走らせて寄ってきた。

「いつもながら見事な勝利でござりましたな」

満面に玉のような汗を浮かべながら、忠景が褐色の顔に笑みをたたえる。

ろくに戦いもせず兵たちの後方にいた舅を横目で見ながら、為朝は問うた。

「御疲れになられましたか」

首を左右に振りながら、忠景は肩を大きく上下させている。馬に乗っているだけでも、そうとう疲れているようだ。薩摩平氏の棟梁として阿多荘で家臣たちを前にしている時は精悍な忠景であったが、いざ戦場となるといささか及び腰であった。それは忠景に限ったことではないように思う。菊池も原田も、大宰府の威光を受け、みずからの領内にある時は威勢が良いが、いざ戦となると為朝の敵ではなかった。

「舅殿」

「なんでござりましょう」

「このまま太宰府に攻め上ってはいかがか」

忠景が喉に唾の塊を詰まらせて唸った。

かまをかけてみただけだ。

為朝もそんな無謀な行軍をしようとは思っていない。薩摩から筑後までの行軍だけで兵は疲れはてている。戦に勝って安堵している今、筑後川を渡り太宰府を攻めるなどといったら逃げ出す者が続出するだろう。

太宰府は九州の都である。帝の政の中枢だ。攻めれば国賊となる。将門、純友のごとく征討の軍が起こされることになってもおかしくはない。為朝の口許に不敵な笑みが浮かぶ。

「それも面白いかもしれぬな」

己の考えにみずから答える。

「お、御止めくだされ。ここはひとまず」

狼狽した舅が声を張った。

為朝は忠景にうなずきで答える。

「わかっておる。この辺りの城をいくつか落としてから、薩摩に戻りまする」

額を流れる汗を拭い、舅が安堵の笑みを浮かべる。それを横目で見ながら、為朝は国賊という甘い響きを心の裡で繰り返していた。

四

戦場はすでに筑後、筑前へと広がっている。為朝の武名は九州全土に広がっていた。いまや九州随一の武士といっても過言ではなかった。しかし為朝自身はなにひとつ満足していない。九州に並ぶ者はいないと目の前で言われたこともある。だが耳を貸さなかった。なにをもって九州一なのか。そのようなことを言う者は、決まって為朝に追従しようとする卑しい心根の持ち主だった。

九州にきて三年。為朝は飽き始めていた。

新たな火種が欲しい。もっと激しく燃え上がる戦の焔が見たかった。己の武運をぎりぎりまで試せる戦場を求めていた。しかしそれは九州にはないという予感がある。燃え上がる火種が小さい。大宰府ではどうにもならないのだ。

父の言葉を思い出す。いまの都は鳥羽院の力のみで支えられておる。鳥羽院の身になにかあれば、宮中にくすぶっておる火はたちまち燃えあがるであろう。

「鳥羽院が崩ずれば良いのじゃ」

昼下がり。居室で漫然と寝転がり、為朝はひとり不遜な言葉を吐いた。

都で火の手があがれば、すぐにでも駆けつけるつもりだ。都には源家と平家がある。帝がいる。摂関家がある。九州の国人たちと争うのとは比べものにならない戦が起こるに違いない。

幼いころに見た兄、義朝の姿を思い出す。あの武人は果たしてその時、為朝の味方となるか敵となるか。どうせなら敵として相見えたかった。義朝ならば、己の武を正面から受け止めてくれるのではないかという淡い希望が胸に湧く。

「為朝様」

転がるようにして家季が居室に入ってきた。床板の節で爪先をひっかけ頭をぶつけた。そのまま平伏するような形となり、為朝の前に落ち着く。

「珍しいではないか。御主がそれほど狼狽しておるのは」

屋敷じゅうに響いた家季の声と足音を聞き付けて、悪七たちが集まって来た。

「み、みなもここに」

家季が手招きすると、悪七たちがぞろぞろと為朝の居室に入ってきて車座になった。

「家季殿がそこまで焦っておる姿は、はじめて見ましたぞ」

気楽な口調で言った悪七を、家季が真剣ににらみつける。

「そのように笑っていられるのも、いまのうちだ」

鬼気迫る乳母子の物言いに、さすがの悪七もただならぬ気配を感じたようで、顔を引き締めて家季の言葉を待った。

「為朝様」

顔を紅潮させて家季が荒い息を鼻から吐く。為朝は悠然と家季の言葉を待った。

「先刻、忠景殿に呼び出されて屋敷に参ったのでござりまするが」

「舅殿が身罷(みまか)られたか」

「ならば、他の者も騒いでおりましょう」

生真面目な答えを返してから、家季が言葉を継ぐ。

「まだ誰にも話しておらぬのだがと、前置きをなされて忠景殿が某にお話しくだされたのでござりまするが」

「勿体ぶらずに話してくだされ」

悪七が茶々を入れるのを無視して、家季が喉をおおきく上下させた後、ゆっくりと言葉を吐きだす。

「為朝様に出頭の宣旨(せんじ)が下りました」

「ついに来たか」

　悪七がつぶやいた。家季は怒る気にもなれぬのか、聞き流して為朝を見つめる。

　この三年間、国人衆の領内を散々に荒らし回ったのだ。大宰府かどこぞの国人が、都に注進したとしてもおかしくはない。

　家季が重苦しい声を吐く。

「これまでの為朝様の御所業について、都で直々に詮議したいとのこと」

「話など聞いてどうするというのだ」

「おそらく大宰府あたりから為朝様のことが都にも伝わっておるのでござりましょう。為朝様の口から弁明を」

「弁明するようなことなどなにもないぞ」

　為朝がきっぱり言うと、悪七が笑った。さすがにそれには家季は一度悪意の眼差しをむけてから、気を取り直してふたたび主を見る。

「国人たちは大宰府の官人として、それぞれの地で荘園を預かっております。そのような者たちの領内に兵を進め、幾度も打ち負かし、いくつもの城を落としておるのです。為朝様のなされておられることは、都の政に背く行いと見られて当然のことかと存じまする」

　家季が珍しく語調を荒らげて言った。為朝の行いを正面から否定するのもはじめてのことだ。あまりのことに悪七たちも驚いた顔をして、家季をながめている。誰も口を挟もうとする者はいなかった。為朝も黙ったまま、乳母子が腹の裡に溜まった想いを吐き出しつくすまで待つ。

「為朝様は悪七に、義朝殿や義賢殿のようにはならぬと仰せになりました。ただ戦をし、勝つのみだとも。勝ち続けることが武士の生きる道、それだけだと仰せになりました」

家季の目がうるんでいる。みずからが吐いた言葉が刃となり、家季自身の心を静かに傷つけてゆくのだ。長年、為朝に仕え続けた忠臣は、それでも止めなかった。

「守るもののため、止むに止まれぬもののため、武士は戦をするのでございます。つつましく生きる者を襲い、その領地を侵すのは武士ではない。賊にござりまする」

「我は賊か」

「為朝様がみずからの御言葉通りに心底より思われておられるのであれば、そう申さざるを得ませぬ」

家季の言う通りなのかもしれない。家季が賊と言うのであれば、己は賊なのだろう。しかし、為朝はみずからの生きる道を譲るつもりはなかった。誰に後ろ指をさされようと、武士の生き方を貫くだけである。

「都に行き、頼長様に取り成していただき、帝に頭を御下げなされませ。九州での所業を詫び、許しを乞われませ」

「都へは行かぬ」

拳で床を叩いて、家季が腰を浮かせた。家季には家季なりの理がある。源家の子息として の為朝の名をいかにして上げるかを、身命を賭して考えてくれている。だからこそ、家 季の言いたいことも痛いほどわかった。

それでもなのだ。

「出頭の宣旨に従うつもりはない。我には我の理がある。御主はつつましく生きる者と申したが、大宰府の官人を名乗る国人どもは、表向きは帝に忠を尽くしておるような顔をして、裏で私腹を肥やしておる。奴等が腹に溜めこんだ物を、我の刃で斬り裂き吐き出させておるだけぞ」

「それを帝は御許しにならぬと仰せなのです」

「帝に許されずともよい」

「本心からそのようなことを申されておられるのですか」

「御主に嘘偽りを申したことはない」

腰を浮かせたまま言葉を失い、家季が固まった。為朝は続ける。

「我はこの地に来て、心底から落胆しておる。武士などと申し、刃にて民を従える者たちが、いかに脆弱(ぜいじゃく)であることか。腰に太刀を佩き、日頃は大手を振って歩いておるが、いざ戦となれば、命惜しさに逃げ回るだけ。そのような者を果たして武士と呼べるのか」

「為朝様の申されるとおりよ」

珍しく城八が言葉を吐いた。中腰の家季がにらみつける。為朝の次に大柄な城八は、生真面目な乳母子の視線を無視しながら為朝に語る。

「儂は幼いころに親を殺された。不作で米がとれず、来年まで待ってくれと頼んだのに、武士どもは許してくれなんだ。命乞いするおっ父とおっ母を、容赦なく殺しやがった。儂は武士が憎い。いまでも憎い。それでも為朝様に従うのは、為朝様が他の奴等と違うからじゃ。いま為朝様が仰せになられた言葉を聞いて、なにが違うかはっきりと解った。儂が嫌いな武士は、下の者を虐げ、ふんぞり返っておる奴等なのじゃ。そういう奴を戦場で、為朝様は容赦なく射貫く。そういう為朝様が儂は好きじゃ」

「某も城八と同じ想いよ」

悪七がぼそりと言った。そして家季に目をむけ穏やかに語る。

「家季殿の申されておることも解る。が、帝に忠を尽くすだけが武士ではあるまい。偽りの武士がはびこる世に、為朝様が真の武士の姿を示されておるのじゃ」

みなの視線を避けるように、家季が目を伏せた。小鼻の脇に皺を寄せ、不服を露わにしながら、どかりと尻を床に落ち着ける。

「勝手になされませ。私はどのようなことがあっても為朝様から離れはいたしませぬ」

それだけ言うと、家季はみなに背をむけた。

「有難く思うておる」
為朝の言葉に家季は答えなかった。

繁る松の葉から漏れる陽光に照らされながら、為朝は静かに弓を構えている。限界まで弦を引いたままの姿勢で、かれこれ四半刻あまり留まっていた。丹田に気を溜め、心と躰双方が充実していることを心地よく感じながら、遥か遠くに見える幹に鏃の切っ先を定めている。邪念はひとつも浮かんでこない。矢と己と木だけしか存在しない地平に、ただひとり立っていた。

肉も骨も溶けて、森の木々に染みだしてゆく。為朝という容(かたち)は胡乱(うろん)なものとなり、どこまでが己で、どこからが森なのか判然としない。視界の真ん中に居座る鏃だけが、この世に存在するただひとつの異物であった。異物ではあるのだが、嫌悪すべき物ではない。長年ともに暮らして来た肉親以上の存在である。

いつまでもこうしていたかった。日が落ちるまで、いや一日中。もしかしたら数日このまま立っていたとしても、疲れひとつ感じないのかもしれない。それほど躰じゅうに気が満ちている。

裏腹にすぐにでも矢を放ちたいと思っている自分がいた。眼前にある幹に突き立つ矢を見てみたいと心が叫んでいる。

わずかに右手の指先の力を緩めた。拘束を解かれた弦が弓へと戻ってゆく。為朝を包む静寂を斬り裂くように唸り声をあげながら、矢が一直線に飛んでゆく。

乾いた音をたてて、太い松の幹に矢が突き立った。鑿のごとき鏃が深々とめり込み、幹に行く手を遮られた衝撃で矢がゆらゆらと揺れている。ゆっくりと弓を下ろし、小さな息を鼻から吐く。

十七になっていた。妻をもらい、数え切れないほどの戦場を経験し、為朝は九州の地で幼さを捨てた。肥後の菊池、筑前の原田らとの激闘の末、為朝の名を知らぬ武士は九州にはひとりもいなくなっている。為朝が動いたという噂を聞けば、誰もが恐れ慄く。

武士……。

戦い、敵に打ち克ち、進む者のことだ。為朝は敗けを知らない。だから今も武士であり続けていられる。

箙から二本目の矢を取り、そっと弓に番える。両腕を胸の前に突き出し、静かに掲げ、左右に引いてゆく。たったこれだけのことが、幼いころには満足にできなかった。

幹に突き立つ矢に構えた鏃の切っ先を定めながら、為朝ははじめて弓を取った日のことを思い出す。するとかならず長兄、義朝の雄々しい姿も同時に蘇ってくる。あの時、義朝が放った矢は、巻藁ではなく為朝の心を貫いた。白拍子だった母と乳飲み子の時に別れ、父の元で暮らしていた為朝は、兄たちの蔑みの視線を総身に受けながら、己を示すこともできず縮こまっていた。源家の子息であるという自覚すらなく、ただ漫然と日々を過ごす。義朝が現れたのは、そんな時だった。分厚い胸板を露わにして、幼い為朝の背丈の倍以上もあろうかという弓を構えて悠然と立つ姿は、いまでも鮮烈に覚えている。自信に満ちた兄が矢を放った瞬間、脳天から足の裏へと雷が駆け抜けた。理由はわからない。ただ、これだと思った。武士として生きることすら考えていなかった幼い己に、義朝は道を示してみせたのである。

気付いたら弓を取っていた。

満足に飛ばぬ矢を幾度も幾度も放ち、両手が痺れてもまだ弓弦を弾き続けた。呆れた兄が吐き捨てるように言ったものだ。

あのように人の話を聞かぬ者は武士としては使い物にならぬ。弓への執着は大した物じゃと思うたが、勿体無きことよ。あれは父上がどこぞの白拍子に産ませた子だ。兄へのあの物言いは、下賤な血のなせる業か……。

下賤な血。

武士として使い物にならぬ。

兄の言葉は深紅の傷となり、心に刻まれた。あの日から十年以上の歳月が流れてもなお、為朝の躰の真芯には兄の残した傷が残っている。決して癒えはしない。むしろあの時よりも克明に、そして深く心を蝕んでいる。

下賤な血を授かって生まれた源家の子。それが為朝だ。兄たちとは違う。だからこそ、その身をもって武士の道を示す以外に道はないのだ。勝って勝って勝ち続けて、為朝こそが日ノ本一の武士であるとみなに認めさせなければ、生まれてきた意味はない。

戦にむかう時、為朝はつねに兄と戦っている。己を下賤な者と言い、武士として使い物にならぬといった義朝を否定するために、為朝は誰にも放てぬ無双の矢を放つのだ。

果たして為朝は兄に勝てたのか。

兄は都にいる。父の官位を飛び越え下野守となり、いまは鳥羽院に仕えているはずだ。一方、為朝は九州の南の果てで国人どもを相手に戦っている。都からの出頭の宣旨を黙殺し、官位など望むべくもない。

立身に興味はなかった。身分で兄や父を超えようとも思わない。ただ武士として、武の道に生きる者として超えたかった。

弓弦を弾く。先刻よりわずかに下に矢が突き立つ。先の矢を割るつもりで射た。つまり狙いを外したということだ。己への憤りが舌打ちとなって口から漏れる。

「外すなど珍しい」

背後から聞こえた声に、為朝は弓を下ろし振り向いた。悪七が立っている。どうやら気配を殺して、為朝をうかがっていたらしい。

誰にも言わずに屋敷の裏山に入った。ここで矢を射たこともない。どうしてこの場所がわかったのかと不思議に思ったが、問いはしなかった。

「山に入られる御姿を見ましたので、失礼ながら後を追うてまいりました」

どうやらつけられていたらしい。気配を殺していたとはいえ、悪七に気付かなかった己が忌まわしい。

「弓の修練をなされるのは、いつ以来でござりましょう」

「九州に来てからは戦に明け暮れておったから、こうして矢を射ることもなかった」

「四年……。あっという間にござりましたな」

悪七は穏やかに言った。こうしていると都にいたころのことを思い出す。あのころはまだ悪七は盗人の気配が消えぬ荒くれ者であった。それがいまや、すっかり為朝の郎党である。為朝とともに戦場で戦う悪七の勇猛さを忠景の家臣たちは恐れていた。悪七が表を歩けば、阿多の侍たちは黙って道を譲る。それほどの武士に、悪七はなっていた。

「為朝様」

悪七が目の前の真新しい松の切り株を掌で指し示した。為朝は弓を手渡し、示された切り株に腰を落ち着ける。露わになった年輪から衣を伝って湿気が尻を冷やす。弓を構えて熱を帯びた躰に、心地良い冷たさだった。

為朝の前にあった切り株にみずからも座して、悪七が笑う。土も臣もない。二人で同じように座っていると、仙遊寺の荒れた境内で語らい合っていたころのことが蘇ってくる。

「昔は毎日のように、御主等と会うておったな」

満面に笑みをたたえて悪七がうなずいた。

「盗賊を捕らえに行きましたなぁ」

「父上に任せろと家季は怒っておった」

「某もずいぶん責められました」

「家季はいまも怒っておる」

「それ故、眉間の皺が深うなり寝ておっても消えぬようになっておられる」

二人して笑う。思えばこのように平穏な時を過ごすのは、久方ぶりのことだった。菊池と原田を散々に攻め、各地の国人たちがすっかり大人しくなり、戦をしようにも相手がいない。もし攻めるとすれば、あとは大宰府くらいしかなかった。

悪七が後ろに手をついて胸を張り、顔を天にむける。そして深く息を吸ってゆるやかに吐いた。風に揺れる松の葉を見つめながら、為朝に言葉を投げる。

「迷うておられるのですか」

為朝は答えない。すると盗賊あがりの郎党は、すかさず言葉を継いだ。

「このまま九州に留まっておっても、為朝様の敵はおりませぬ。そろそろ新たな敵を求めておられるのではござりませぬか」

悪七という男は、飄然（ひょうぜん）とした眼で人の心の芯を見抜く。無駄に抗う必要もないと、為朝は観念して正直に答える。

「兄が都にいる」

「下野守殿」

悪七が背を伸ばして為朝を見る。

「都に戻られまするか」

漠然と思っていたことを、悪七が言葉にした。都に戻る……。しかしその後、どうすればよいのか。都には父がいる。義朝以外の兄もいる。帝も、公卿も。義朝と戦いたいという気持ちだけで、果たして戦が起こせるのか。

「迷われませ」

言って悪七が腰を浮かせた。片膝ついて弓を掲げる。為朝が手に取ると、笑みをたたえて声を吐く。

「どのような御答えを出されようと、我等は為朝様の御そばにおりまする。それだけは御忘れなきよう」

小さくうなずくと、悪七は満足げに笑って立ち上がった。

「あまり長いこと留守をなされまするると、家季殿が心配いたす故、ほどほどに」

悪七は山を下りていった。

五

珍しく為朝の屋敷に現れた忠景が、顔を真っ青にしながら言葉を吐いた。

「いかがなされた」

為朝は毅然と問う。鏃のごとき鋭い視線から逃がれるように、忠景が床に目を落とす。そしてもごもごと口を震わせる。武人として、薩摩平氏の棟梁として、九州南部に覇を唱える男とはとても思えない姿だった。

「我になにかござりましたか」

「大宰府が……」

為朝から目をそらしたまま、それだけをなんとか言うと忠景はまたも口籠った。

「出頭を命じてきましたか」

「いや」

首を激しく左右に振って、舅は意を決したように顔を上げた。

「度重なる騒乱の元凶であるとして、婿殿追討の命が九州の官人たちに下された」

家季たちが忠景の言葉に慄然とする。しかし当の為朝はいささかも動じることなく、舅を見つめ続けた。

「大宰府の命となれば、官人どもは大義名分を得たも同然。このままでは九州全土の武士が為朝殿の敵となろうぞ」

出頭の宣旨を無視したことで、大宰府が動いたのであろう。

九州全土の侍が敵になる……。自然と為朝の口の端が上がってゆく。それを見た忠景が、なにかを悟ったように目を赤くする。

「まさかとは思うが、婿殿は大宰府と一戦交えようと考えておるのではないか」

「それ以外の道があるのか」

「御止めなされっ」

喉が潰れたのか、忠景が耳ざわりなほど高い声で叫んで立った。両の拳を握りしめ、腕を震わせながら為朝を見下ろす。

「我等が加勢をしたとしても、九州全土の官人どもを迎え撃つには数が足りぬ。敗北は必定。大宰府から下される兵に弓を引いたとあれば、為朝様も某も逆賊。捕らえられれば死罪もありうる」

嵯峨(さが)天皇が死罪を禁じる詔(みことのり)を発してから三百年あまり。斬首となった者は少ない。天慶のころの平将門と藤原純友といった逆賊くらいのものだ。もし為朝が逆賊となれば、忠景が言うとおり死罪となることも十分に考えられる。舅にしては珍しく、感情を露わにしたまま荒々しい言葉を吐き続けた。

「これまでは官人どもの私領を突くだけであった故、某も従ってきたが、大宰府に弓引くとあれば、もはや……」

「従えませぬか」

　忠景は揺るがぬ決意を態度で示すように、力強くうなずいた。つまり、もし為朝が大宰府に抗っても、忠景は動かない。ここにいる六人とともに九州全土の武士を敵に回すことになる。

　それも良い……。躰の芯が熱を帯びる。

「為朝様」

　激昂する舅をそのままにして、家季が静かに声を吐いた。見下ろす忠景の視線を外すように、目だけを乳母子にむける。それを合図と受け止めた家季が、淡々とした口調で語りはじめた。

「我等は為朝様にどこまでも従う所存にござりまする。為朝様が九州の武士を相手に戦をなされると申されるのであれば、よろこんで太刀を取りましょう。しかし、あまりにも多勢に無勢。どれだけ為朝様が武に愛されておられるとしても、御一人で数千の武士を相手にはできますまい。我等も同様にござります。敵に果てはござりませぬ。打ち払っても打ち払っても、湯水のごとく湧いてまいりまする。一人また一人と欠けてゆき、最後は為朝様も討ち取られましょう。そは果たして戦と呼べましょうや。都におわす父上が、為朝様の御所業を聞かれた時、果たして存分に戦ったと褒めてくれましょうや」

「父上は関係なかろう」

悪七が家季に言葉を投げた。しかし忠実な乳母子は動じることなく、為朝に続ける。

「誰よりも武士であることを望んでおられる為朝様にござりまする。理も分も無き戦いに臨み、力無き者たちに押し潰されるがごとき死に様を望んでおられるとは、某には到底思えませぬ」

「もはやこれまで。あとは御好きになされよ」

憤りを隠しもせずに、忠景がそれだけ吐き捨てて背をむけた。

「舅殿」

立ち去ろうとする背に声をかけると、忠景は足を止めた。振り返らずに為朝の言葉を待っている。

「世話になった」

答えもせずに忠景は屋敷を去ってゆく。為朝と郎党六人だけが部屋に残された。

「さて、どうなさりまするか」

腕を背の後ろにまわし床に手をつきながら、悪七が気楽な口調でつぶやいた。

「九州の武士を敵に回して戦っても良いぜ」

悪戯な笑みを浮かべて城八が言った。紀平次が同調するようにうなずく。

「謝れば許してくれるんじゃねぇか」

気弱な発言をした源太に、余次三郎が怒りの眼差しをむけて声を吐く。

「為朝様は帝の宣旨を無視してんだ。いまさら謝ってもどうにもならねぇよ」

「だったらみな揃って嬲り殺されるしかねぇってのかよ」

「だからいま、そうならねぇように考えてんじゃねぇかっ」

余次三郎が腰を浮かせる。

「止めろ」

為朝の言葉で二人が固まる。

「座れ」

悪七が呆れ顔で余次三郎をたしなめると、二人はうつむいて動かなくなった。

為朝はなんとなく清々している。群れなければ為朝ひとり討つこともできない武士どもを相手に戦うことに、疲れ果てていた。九州の地に留まっていても先はない。そう思っていた矢先の、追討の命であった。

渡りに船とはこういうことか……。

「決めたぞ」

為朝の言葉にみなが身構える。

「大宰府にゆく」

「それは戦うということにござりましょうや」

　家季の問いに首を振る。

「我ひとりで大宰府にゆく」

「出頭する御積もりか」

　悪七が目を見開いて問う。為朝はこれにも首を振って答える。

「官人どもに下された命は、我の追討だ。大宰府からは出頭の命はもたらされておらぬ。我はただ大宰府に行くだけぞ。大宰府に行き、我をどうするつもりかを問う」

「もし首を刎ねると言われれば」

　悪七の問いに、為朝は不穏な笑みを浮かべて答える。

「承服できねば、大宰府にて一戦あるのみ」

「大宰府の官庁のなかで戦うと……」

　家季が声をかすれさせながら、うわごとのように言った。悪七はただ大声で笑っている。城八たちは理解できぬ主の言葉に驚いていた。

「御主たちも連れては行かぬ。我ひとりで行く。単身参った我を見て、大宰府はどのような手を打つか見てみたい」

「それもまた戦でありましょう。為朝様らしい戦い方じゃ」

　天井を見上げながら悪七が笑い声で言った。

「大宰府までの道程。御供仕りまする」

家季の言に、六人は黙ってうなずいた。

この日、為朝は薩摩を後にし大宰府へとむかった。忠景の郎党でありながらも、為朝を慕っていた二十二人が同道を乞うたため、それを許した。付き従うのは男ばかり。

肥後に入るころには、妻の顔も忘れていた。


単身、為朝が現れたと聞き大宰府の政庁がある都府楼(とふろう)は上も下もなく大騒ぎとなった。追討の命を下した相手であるはずの為朝を、官人たちは丁重に扱った。源家の子息であり、九州全土に武名轟く為朝を、大宰府に仕える男たちは恐れを顔ににじませながらも、礼を尽くしてもてなしたのである。

これには為朝もいささか拍子抜けであった。都府楼に立ったと同時に縄をかけられることも覚悟していたのだ。どういう状況に置かれようと、戦えるだけの心構えだけはしてきたつもりであった。

もちろん愛用の弓は携えてはいない。家季に預けていた。得物などなくてもどうとでもなる。弓など大宰府に行けば政庁内にいくらでもあるのだ。覚悟を秘めての訪問だった。

これでは肩透かしである。

「大宰少弐(だざいしょうに)、筑前守藤原清成(きよなり)でござる」

丸顔の男が、常から線のように細いであろう目を弓形にして言った。政庁の石畳の床に胡坐をかいた為朝は、上座の清成にむかってわずかに頭を下げる。

清成は大宰少弐だ。都にいる権帥の代わりに大宰府にて政を行う者である。

「長旅、さぞやお疲れになられたであろう」

にこやかな笑みを絶やさずに、清成が問う。こうして相対していると、目の前の男が己を征伐せんとしているとは思えない。為朝は胸を張り、脂の浮いた清成の顔を正視する。

「ねぎろうてもらうために参上仕ったわけではござりませぬ」

為朝の言に、清成は手にした尺を口に当ててちいさく笑った。上座にある己を襲う者などいないと、心の底から油断しきっている。為朝が床を蹴って飛べば、肉におおわれた清成の首の骨など容易く折れるのだ。目の前にいる男が、みずからの敵だということを清成はわかっていない。

ひとしきり笑った後、清成は細い目を為朝にむけて厚ぼったい唇を震わせる。

「噂に違わぬ武骨な御方でありまするな。鎮西八郎殿は」

聞きなれない名で呼ばれ、為朝は眉間に皺を寄せた。目聡くそれを認めた清成が、肉が付いて丸くなった瞼を重そうに上げて、この男にとっては精一杯に目を見開いた。

「其処許のことをみながどう呼んでおるのか、御存じないようじゃな。西を鎮めし八郎……。つまり鎮西八郎じゃ。なんとも不遜な異名ではあるまいか。みだりに諸国に兵を進めておきながら鎮西とはのぉ。しかしまさか呼ばれておる本人がそれを知らぬとは。これはなんとも可笑しきことよ」

　またも清成が笑う。妙に甲高く、それでいて芯に野太さのある癪に障る声だった。

「官人の遣り様を快く思わぬ者らにとって、其処許は英傑であるようじゃ。このような昨日まで童であったような者を……。民というのは度し難きものよな」

　また笑う。苛立ちが胸の奥で怒りの焔を灯す。このまま清成と対峙を続けていても仕方がないと思えた。いっそのこと高慢な大宰少弐の首を折って、都府楼に火を点けてやろうか。戦の狼煙があがれば、太宰府の地で息を潜めている家季たちも立ち上がる。三十人たらずで大宰府を攻め落とすのも悪くはない。

「おぉ、そうじゃ」

　大袈裟に手を叩いて清成が耳ざわりな声を吐く。

「其処許の父上が解官されたのは、御存じであるか」

　知らない。驚きで身を硬くしてしまったが、悟られまいとすぐに平静を取り繕った。

「昨年の十一月のことじゃ。帝直々の綸旨によって、左衛門尉、源為義殿が検非違使を解官された」

　義父からはなにも聞いていなかった。為朝のことをおもんぱかって報せなかったのかもしれない。父は長年、検非違使として都を守ってきた。それが何故、とつぜん解官されてしまったのか。

「何故じゃと思う」

為朝の心を見透かしたように、清成が言った。そして手にした尺でゆるゆると虚空を掻き回した後、その先端で為朝の顔を指した。

「其処許のせいじゃ。鎮西八郎殿」

「まさか」

「そうよ。そのまさかじゃ」

清成が尺を手にしたまま、手を叩いた。

「其処許の所業が、帝の御耳に入り、その責めを為義殿が受けられたのじゃ」

己のせいで父が検非違使の任を解かれた。左衛門尉という決して高くない官職にある父にとって、検非違使であることは己が力を示せる数少ない場所であった。地道に地歩を固め、公家から政を奪おうとしていた父の道に、為朝は立ち塞がったのである。

「其処許はなんのために戦うておられるのじゃ。各地の官人たちを襲い、二十数度の戦、十を超す城を奪い、どこに行こうとしておるのじゃ。御主の所業のせいで父上は解官され、舅であった阿多忠景は、九州の官人を敵に回すほどに追い詰められた。こうして大宰府に参られ、なにをするつもりであられたのじゃ」

語り過ぎて乾いた唇を舌で潤してから、大宰少弐は勝ち誇ったように問いを重ねる。

「さぁ鎮西八郎殿。ここへ参られた理由を御聞きいたそう」

清成が尺を叩くと、それを合図に鎧を着けた数十人の武士が、それぞれ得物を手にして入ってきた。そして懐刀ひとつ持たない為朝を囲む。

「この者たちは、鎮西八郎殿によって親しき者を討たれた者ばかりにござる。其処許に遺恨を持っておる者は、大宰府だけでもこれだけの人数がすぐに揃う」

憎しみに満ちた無数の瞳が為朝を射る。

「己が武名を挙げんがためだけに官人たちの所領を荒らしまわった其処許に対する恨みは、九州全土に広まっておる。もはや其処許の居場所は、九州にはない」

清成の勝ち誇った笑顔が、武士の輪の隙間に見える。むせかえるほどの殺気をよそに、為朝は清成をにらみつづけた。

「この筑前守がひと声発すれば、其処許は終わりじゃ」

「我に遺恨を抱きし者たちだそうだが、それでも誰かの命が無ければ動けぬか」

清成をにらんだまま、武士たちに告げる。

「殺したいと思うほどに我を憎んでおるのであろう。御主たちが失ったのは、親兄弟それとも子か。いずれにしろ我を殺したとしても晴れぬほどの恨みであろう。ならば何故、この男の命など待たずに襲うて来ぬ」

為朝の言葉に一番驚いていたのは、清成であった。武士たちの怒りの焔に油を注ぐ所業など正気の沙汰とは思えぬのだ。

「お、大人しゅう九州から離れれば、いっさいの罪を許そう。都に戻り、父上に詫びられるが良い」

「我の行く道は我が決める。御主ごときが口を挟むことではない」

「そのような物言いをしても良いのか」

「どうした、まだ決心はつかぬか」

清成を無視して武士たちに告げる。

一人の武士が震える手で太刀を振り上げた。それがきっかけとなって、数人の武士が得物を構える。それを見て清成が叫んだ。

「まっ、待てっ。儂はまだっ」

為朝は頭上から降ってくる太刀をかわすようにして、清成のほうへ駆けた。戸惑う者たちを巨体で押し退け、一気に間合いを詰める。包囲を逃れたことに男たちが気付いた時には、為朝はすでに清成の背後にまわり右の手首を取って後ろに回した。

「動かぬように命じぬと、腕を折るぞ。それだけではない。首を折り、殺すことも我には造作もなきこと」

「やっ、止めろっ。動くでないっ」

死ぬ覚悟など無いままに為朝と相対した清成は、間近に死が迫り、獣と化した。もはや我が身のみしか眼中にない。

「動くでないぞっ。わかっておるなっ」

　敵を罵るかのごとく怒鳴る。

「どうした。我が憎いのであれば、この男ごと貫けば良い。その手に持っておる刃は、見せかけか」

　清成の腕をしっかりとつかみ、男たちに問う。

「ち、鎮西八郎殿。い、いや為朝様。御無礼を御許しあれ。どうか、どうか……」

　清成は涙を流しながら哀願する。丸い頬を流れた涙が為朝の指を濡らす。ぬめりを帯びたそれは、腕を搾った故に溢れだした油かと錯覚するほどにねばついていた。

　大宰少弐だ筑前守だなどと言ってはいても、ひと皮剝けば我が身が可愛いだけの愚物ではないか。己ごと貫かせ、大宰府に刃向かった逆賊を始末するという気概はない。これでは武士とは呼べぬ。落胆が為朝の躰を倦怠へといざなう。

「我は都に戻る」

「はへ」

　呆けた声を清成が吐いた。得物を手にした男たちは、なおも殺気を緩めない。

「九州を出るまで御主が導け」

「よ、喜んで御供仕りまする」

まるで為朝の郎党にでもなったかのように、清成が追従の声を吐いた。

どこまでも矮小な男である。

「行くぞ」

「動くなよっ。儂を死なせたくなければ、みなにも動くなと伝えよっ」

清成の首をつかんだまま、為朝は武士の壁に近付く。怒りを満面にみなぎらせた男たちが、悔しそうに道を開いた。

「さらばじゃ」

為朝は大宰府を後にした。

参　戦乱

一

「久しいの」

五年振りに会った父の顔は、為朝の脳裏にある物とはすっかり変わってしまっていた。齢六十一。頭は完全に白くなり、顔は皺でおおわれている。そしてなにより変わったのは、疲れが目にまでにじんでいることだ。猜疑の色が濃かったとはいえ昔は光に満ちていた瞳が、灰色にくすんでいる。下座の為朝を見つめているのだが、虚空をにらんでいるように思えるほど焦点が定まっていない。年のせいなのか。それとも為朝のせいで検非違使の職を解かれたからなのか。

「大宰府で暴れたそうじゃな」

為朝はちいさくうなずいた。

「儂のところにも報せが来た。だが、一年あまりも前のことじゃ」

為朝が清成を質に取って大宰府を出たのは久寿二年の四月のことだ。年は改まり号も保元となった。すでに六月。大宰府を出てから一年以上もの歳月が経っている。

「なにをしておった」

「急ぐ旅でもございませぬ故、諸国を経巡っておりました」

清成とともに大宰府を出て家季たちと合流すると、大宰少弐の身を案じた官人たちを連れながら九州を北上した。壇ノ浦を渡るところで清成を解放し、為朝は船に乗った。長い間捕らわれていた疲れと我が身の無事に安堵した清成は、追手を差し向けることすらなく、為朝たちは無事に九州を離れた。

それからは本当に気のむくまま流れに身をまかせて旅を続けた。一年もの時が過ぎたことに為朝自身驚いている。もちろん修練は続けていたが、己がそれほどの長い間、無為な日々を過ごしたのだと思うと、それはそれで新鮮だった。

都という檻に戻ることを、ためらっていたのである。義朝と戦いたいと願ってはいるが、それがいつになるのかわからない。周防や安芸ならば、火の手が上がればすぐにでも駆けつけることができる。ならばと思い、ゆるりと旅を続けた。

「何故、早う戻って来なんだ」

「急ぐこともなかろうかと」

同じ答えを吐いても、父は別段気にも留めなかった。昔は細かいところに気が行く父であったが、心が散漫になってしまっているように為朝には見える。

「御主がおれば……」

為義は重い息を腹の底から吐き出した。

「いかがなされました」

「義賢が死んだ。昨年八月のことよ」

義賢は、長兄への抑えとして上野北部、多胡荘に下向したのではなかったか。義朝は下野守に任じられ、いまは鳥羽院に仕えるために都にあるはずだ。義朝が領していた上野南部、下野の地は息子の義平（よしひら）が受け継いでいる。

「義賢は武蔵国秩父（むさしのくにちちぶ）平氏の棟梁、秩父次郎大夫（だいぶ）重隆（しげたか）の養君として、武蔵国比企郡（ひきぐん）にある大蔵館（おおくらやかた）におった」

どうやら義賢は、上野から武蔵国へと手を伸ばそうとしていたらしい。

為朝の脳裏にある義賢は都を出て戦ができるような男ではなかった。悪左府頼長の情けを受け、公卿に侍るくらいしか能のない兄だった。それが武蔵の国人の養君となり、兄がみずからの腕で築いた領国を侵さんとするような真似をしたとは、およそ信じがたい。それでも父がそういうのなら、事実なのだろう。

「大蔵館は都幾川（ときがわ）と鎌倉街道が交差する要衝。下野から南下せんとする義平にとっても、どうしても落としておくべき場所であった」

それが災いした、と父は沈鬱な表情でつぶやいた。

「八月十六日であった。義平が大蔵館を急襲し、義賢と重隆両人を討ち取ったということじゃ。戦とも呼べぬ有り様であったそうじゃ」

やはりあの青白い肌をした脆弱な兄には、武士は務まらなかったか。為朝には父のような苦しみはない。兄が死んだということに、なんの感傷もなかった。愚か。そのひと言につきる。

「叔父を討った義平は、坂東で鎌倉悪源太(あくげんた)と呼ばれておるらしい」

「悪源太……」

「義平は十六。御主とさほど年は変わらぬ」

躰の芯が震えた。

二つ違いの甥(おい)が、あの兄を討ったということに血が沸きかえる。会ったことのない甥の姿を夢想した。きっと長兄のごとき、豪壮な体軀をした荒武者なのだろう。あの長兄の血を受け継いでいるのだ。義賢などひとたまりもなくて当然である。

「儂が会(お)うた時は、ほんの赤子であった。あの猿のごとき顔をした子が、義賢を討つとは会うた時には思いもせなんだ」

父が鼻をすする。果たして父は、このような気弱な姿を息子に見せるような男だっただろうか。数えるほどしか触れ合ったことのない父ではあるが、為朝は一度として涙するところを見たことはなかった。

「義賢に御主の半分ほどの武勇があれば、死なずに済んだものを。あれを殺したのは儂じゃ。上野に行けなどと命じた故、義賢は」

「御止めくだされ」

なおも泣こうとする父に、為朝は声に圧をこめて言った。息子の言葉に頬を叩かれた父は、怒られた童のように目をしばたかせながら背を正す。

「死んだ者は戻っては来ませぬ。どれだけ父上がお嘆きになろうとも、兄上はもはやどこにもおりませぬ」

「わかっておるわ」

鼻の脇に驚くほどに深い皺を刻み、父が涙を堪えながら答えた。そして、心の乱れをそのまま言葉にして舌に乗せる。

「嫡男と見込んだ息子の死を憐れまず、我が身を解官に追いこんだ愚息の帰還を喜べば良いのか」

容赦のない皮肉に、為朝は思わず口角を吊り上げた。忘我のうちに浮かんだ笑みを見て、為義の涙で紅く染まった瞳に怒りが閃く。

「いま頃戻って来て、なんのつもりじゃ。大宰府は御主を捕らえたと都に報告しておるぞ。御主が九州での所業を悔い、都へと戻れという申し出を甘んじて受けた故、許したとな」

嘘だ。清成の必死の命乞いと哀願こそが、大宰府で起こったことのすべてである。都に戻るのを決めたのは為朝自身だ。

「痴れ者がっ」

父がいきなり叫んだ。それと同時に立ちあがり、懐にあった扇を為朝にむかって投げた。

「九州に出す時に儂はなんと言った。力を蓄えよと申したではないかっ。それがなんじゃ。みだりに戦を繰り返し、国人どもを敵に回しただけでは飽き足らず、帝の宣旨に従わず、逆賊がごとき扱いを受ける。それでよくもおめおめと儂に顔を見せられたのぉっ」

いったいなにが父をここまで矮小な男にさせたのか。怒鳴られながらも為朝は、父の哀れな変貌ぶりに驚愕していた。

「なんとか申せ為朝っ」

謝るつもりはなかった。たしかに父が解官されたのは、己の所業に因があったかもしれない。しかし謝るということは、みずからの信じた道を否定するということ。為朝は己の信ずる武士の道を貫くために九州で戦った。理非のためではない。たしかにきっかけは父の想いにあったのかもしれないが、そんなことは九州に着いてすぐに頭から消えた。

間違いなく言えることがある。九州での戦いが為朝を強くした。都で弓の修練をしていた時とは比べものにならないほどに、己の裡に内在する茫漠たる力の量が何倍にも大きくなっている。だから父の小ささが痛くわかった。目を背けたくなるほど、父は小さく、また老いている。

「父上」

激昂する父に穏やかな声を投げる。少し怒鳴った程度で激しく肩を上下させている哀れな父に、揺るぎない言葉で答えようと思った。

「たしかに我は九州の地で数多の武士を屠り申した。結果、帝から出頭の宣旨を戴き、それを黙殺いたし申した」

父は怒りで鼻の穴を大きく膨らませながら、息子をにらんでいる。いっこうに殺気を感じない老いた視線を受けながら、為朝は心の底にある想いを紡ぐ。

「我は幾多の戦場に立ち申した。多くの敵を我が弓で屠り申した。都におったころの我とはもう違いまする」

「それがどうした」

「父上は御気付きになられませぬか」

「なにがじゃ」

「真にそう申されておられるのでありましょうや。それとも兄上が死に、憎き我が戻ってきたことが許せぬ故、あくまでも皮肉を申されるおつもりか」

「問答など無用じゃっ。はっきりと申せっ」

どうやら父は本当に理解していないようだった。もはや武士の心すら、老いた躰に残っていないのか。虚しさを心中で嚙み砕き、為朝は父に語って聞かせてやる。

「我一人おれば、九州の地にて培うはずであった力など無用と存じまする」

己を大きく見せるつもりも、父に嘘を言うつもりもない。本心からの言葉である。

為義は口を開いたまま固まった。

「我より強き武士は九州にはおりませぬ」

「御主一人が九州に住まうすべての武士と同等じゃと申すのか」

まがりなりにも武士ならば、息子の姿を見れば真贋(しんがん)を見抜くことができるはず。為朝は父にうなずきもせずに丹田にありったけの気を溜める。しばらくあんぐりと口を開けて息子を眺めた為義が、小刻みに鼻から息を吐き、眉を八の字に歪めた。

「驕(おご)りおって」

力無い声をひとつ吐き、父は為朝から目をそらした。

「父上」

呼び止める声に足を止め、肩越しに息子を見た父は憎しみを露わにした声を吐いた。

「千人万人の値という御主の力。使うことになるのもそう遠いことではないやもしれぬ。その時には精々この父を守ってくれ。頼んだぞ鎮西八郎」

それだけ告げて父は消えた。

己の力を使う日はそう遠くはない……。

父に厭われたことよりも、最後の言葉が為朝の心に深く突き刺さった。

紅に燃える陽の光を浴びながら、騎馬武者が近づいてくる。朱雀門より南に真っ直ぐ伸びる朱雀大路の真ん中を、従者ひとりを供として悠然と進む。夕陽を受けてもなお鮮やかな紺地の素襖を着た武者の行く手を塞ぐようにして、為朝は往来に立つ。従者が為朝に気付いた。腰に佩いた太刀の柄に右手をかけながら、こちらを見ている。その足は、武者が駆る馬に合わせて前に進んでいた。両者の間合いが縮まってゆく。為朝は道を譲ろうとしない。堪えきれなくなった従者が、柄をつかむ手に力を込めながら威嚇の声を吐く。

「どこの御家中の方が存じませぬが、御退きなされませ」

為朝は聞き流して烏帽子の下の武者の顔を見る。十三年振りに見たが、昔とまったく変わらぬ良い顔だった。陽光を受けた武者の顔は、為朝からはっきりと見えている。しかし陽を背にした為朝の顔は陰になり、武者からは見えていないはずだ。間合いが抜き差しならぬほどに縮まっている。従者が数歩駆けて太刀を抜けば、為朝の鼻先を掠めるほどの近さであった。不意に武者が馬を止める。

「おぉ、その顔は覚えておるぞ」

為朝を見下ろし、武者が覇気のみなぎる声で言った。その目が嬉しそうにたわんでいる。

「久しぶりだな為朝」

陰になった為朝の顔を、はっきりと知覚しているようだった。主の言葉に従者が驚き、馬上と為朝の顔を交互に見ている。馬へと歩を進め、太刀を手にしたまま固まっている従者の前まで間合いを詰めた。

「御久しゅうございます兄上」

馬上の武者は義朝であった。兄は鳥羽院の命を受け、内裏の警護を任されている。こうして大路で待っていれば、務めを終えた義朝に会えると思い待っていた。

「満足に矢を放てもせぬくせに、儂が止めよと申しても弓を離さなかったあの童が、逞しゅうなったものよ」

手綱をつかんだ兄の胸が衣の上からでも分かるくらいに厚く盛り上がっている。襟から覗く首も、常の人のふたまわりは太い。背は為朝のほうが勝っているが、肉の量でいえば兄が上だ。弛緩した肉ではない、みずからを苛めぬいて培った本物の肉である。

勝てるか……。

為朝は息をするように殺気を放つ。兄はそれを見過ごすような鈍ではなかった。九州では武勇を誇る武士どもを何度も震え上がらせてきた為朝の殺気である。馬の脇で太刀の柄をつかんだままの従者は、息も絶え絶えで額には大粒の汗を浮かべていた。しかし兄は、まったく動じることはない。さすがはそんな兄の愛馬である。殺意のこもった気を肌で感じながら、黒く濡れた瞳を為朝にむけていた。

「御主の武名は坂東の地にも届いておったぞ」

義朝に言われ、胸がちいさく脈打った。刹那でも喜んでしまった己を戒めるように、為朝は顎を突き出し兄を見上げる。

「兄……」

「九州の国人どもを相手に、なかなかの戦ぶりであったそうではないか」

腹の底から吐いた圧のこもった声で為朝の言葉を断ち切りながら、義朝が馬の首へと上体を預けて顔を近づけた。手を伸ばせば、兄の顎をつかめるところまで両者の間合いは狭まっている。己に殺意をむける弟に無防備な顔を晒しながらも、兄は嬉しそうであった。長い間欲していた宝物を愛でるような、輝く瞳で為朝を見つめている。

「鎮西八郎為朝。良き名ではないか」

「愚弄しておられるの……」

「戯けたことを申すな。心底から思うておるのよ。西国を鎮めた源家の八郎。真に良き名ではないか」

ことごとく為朝の言葉を断ち切る兄に、苛立ちを覚える。このまま手を伸ばして頭の骨を砕いてやろうか。そこまで考えた時に、義朝が今度は胸を反らして天を見上げて大声で笑った。こちらの考えのいっさいを見透かしているような兄の身のこなしに、為朝は思わず固唾を呑んで喉を鳴らす。

「良き武士となったな為朝」

藍色に染まり始めた空を見つめながら言った兄の言葉に、為朝は思わず気を抜いた。脳裏では幼き日に義朝に言われたことがぐるぐると巡っている。

あのように人の話を聞かぬ者は武士としては使い物にならぬ。弓への執着は大した物じゃと思うたが、勿体無きことよ。あれは父上がどこぞの白拍子に産ませた子だ。兄へのあの物言いは、下賤な血のなせる業か……。

「だがっ」

不意に目の前で声が聞こえて為朝は我に返った。いつの間にか兄が馬を下りて眼前に立っている。

不覚。

もし兄が太刀を手にしていたなら、いまの瞬間、為朝は刺されていた。

兄の胸を突き間合いを取るため腕を動かそうとしてみたが、心が動いただけで、躰は言うことを聞いてくれない。両手はだらりと下がったまま、為朝は兄の前に無様に立っている。笑みの形に歪んだ兄の唇の隙間から黄色い牙が覗いていた。本当に嬉しそうに兄は為朝を見つめる。

「鎮西八郎よ。御主がどれだけ武名を挙げようと、この兄には敵わぬぞ」

「義朝っ」

ぎらついた兄の瞳に射竦められて、身動きができない。こんな経験ははじめてのことだった。まるで陰陽師の妙なまじないに嵌まりでもしたような心地である。

「儂は嬉しいぞ」

固まる為朝の肩をにぎり、兄は激しく揺さぶった。止めろと叫びたいのに、喉がつぶれて言葉が出ない。

「やっと儂と血肉を分けた者のなかに心底から争える者が現れおった。なにが嫡男じゃ。義賢の相手なぞ、義平で十分じゃ。あの凡庸な父も同様。儂の武を試すことのできる者など一生現れぬものと諦めておったのじゃ」

それがどうじゃっ、と叫び、義朝が両腕を広げた。兄の奇行に大路を行く人々が足を止める。しかし巨大な武士が見合っているのを認めると、足早に去ってゆく。

動け。為朝は己が身に命じる。拳をにぎった右腕が震えていた。

「寒いか為朝」

六月。蒸し暑いくらいだ。兄のわざとらしい言葉が、焦る為朝の心を逆撫でする。

恐れているのか……。

硬直の正体がわからない。恐れているとしたらなにを。

死。

心の奥底で兄には敵わないと悟ってしまっているのか。殺されたくない、死にたくないと心が必死に叫んでいるのか。心の悲鳴を聞きつけた躰が、為朝の動きを封じているのか。

「戯けめが」

「ん、どうした」

　みずからを叱咤する為朝の言葉に、義朝が小首をかしげる。

　動けっ、動かぬと殺してしまうぞっ……。

　心中でみずからに叫ぶ。

　腕が軽くなった。

「義朝っ」

　殴りに行く。右の拳が分厚い掌に包まれた。兄は為朝の拳をつかんだまま、己の頬に当てて跳ねる声を吐く。

「戦の匂いを嗅ぎつけて九州からやって来たか。良いぞ為朝ぉ。御主だけが頼りじゃ。儂を存分に喜ばせてくれ」

「なにを言って……」

　拳を放した兄が、為朝の耳元に口を寄せた。

「鳥羽院は長くない。院が身罷られれば、天は崇徳院と帝のふたつに割れる。都は荒れるぞ」

　義朝が笑いながら、軽やかに騎乗した。

「その時は必ずや父の加勢をいたせ。わかったな為朝」

高笑いを残し、兄は悠然と大路を去ってゆく。その後ろ姿を呆然と見やりながら、為朝は先刻の感覚を思い出していた。

動けなかった。

数え切れぬ戦場を潜り抜け、多くの敵と相対した。何倍もの敵に囲まれたことも一度や二度ではない。死の色が濃ければ濃いほど、為朝の身は軽やかだった。心が解き放たれ、戦うことのみに想いが収斂(しゅうれん)してゆく。それがなにより好ましかった。

兄はそんな為朝の想いをすべて吸い込んだ。幼いころに見た義朝とは別の生き物であった。

勝てるのか。

わからない。わからないが戦いたかった。あの男の横に並んで戦場を駆ける己を夢想できない。命を奪い合うことが自然に思える。

「待っておれよ」

見えなくなった背につぶやいた。

二

保元元年七月二日、鳥羽法皇が崩御した。

白河院が亡くなった後、治天の君として宮中を支えてきた法皇の死は、それまで皇族と摂関家にくすぶっていた争いの種を一気に芽吹かせることとなったのである。

最初の異変は、法皇が病床にあったころにすでに起こっていた。

鳥羽法皇が病の床にあった六月三日のことである。その病状を案じた崇徳院が、法皇の病を見舞おうと安楽寿院御所（あんらくじゅいんごしょ）に赴いた。しかし法皇は、崇徳院に会おうとはしなかった。やむなく崇徳院は安楽寿院御所に入ることなく引き返したのである。

臨終の際にも同様であった。法皇の容態がいよいよ芳しくないと知った崇徳院は、すぐに安楽寿院御所に駆けつけたのだが、この時もやはり御簾（みす）の前で止められ、法皇の寝所に入ることは許されなかったのである。先の治天の君、白河法皇の子ではないかと疑われた崇徳院は、父の臨終の際にまで遠ざけられた。そして崇徳院は法皇の葬儀に出席することをみずから拒んだ。葬儀に赴かなかった崇徳院は、鳥羽田中殿（たなかでん）に籠った。

鳥羽法皇が愛した近衛天皇はすでに死に、崇徳院の弟である後白河帝が皇位に就いている。後白河帝即位には、鳥羽法皇がもっとも寵愛した美福門院の力が多分に影響していた。

息子である近衛を失った美福門院は、己の養子であった守仁（もりひと）に皇位を継承させたかった。そこで守仁の父である後白河帝に白羽の矢が立ったのである。後白河帝はあくまで中継ぎという立場だった。

この即位を支持した者がもう一人いる。

関白、藤原忠通だ。

近衛帝に后を送り外祖父の立場を狙っていた忠通であったが、近衛帝が崩御し、その夢が崩れ去ると、次の手を打つ必要に迫られた。父、忠実そして弟である氏の長者の頼長と暗闘をつづける忠通にとって、帝という後ろ盾は欠かせない。忠通は近衛の死後、皇位を誰に譲るか悩む鳥羽法皇に後白河帝を推した。

関白忠通、美福門院という宮中の実力者二人によって後白河帝は帝位を得たのだ。

この流れは、もうひとつの結託を生む。

崇徳院と藤原忠実、頼長親子の接近である。両者が結びつくきっかけとなったのは、これもまた近衛帝の後継問題に絡んでいた。崇徳帝にも重仁（しげひと）という子があった。この子も美福門院の養子となっており、後白河帝の子、守仁同様、皇位継承の権利があったのである。

頼長は兄が推す守仁の即位を阻むため、崇徳院に接近した。

皇室と摂関家の葛藤が後白河帝を生み、鳥羽法皇の死後まで続く相克へと発展したのである。

乱の兆しは法皇の死から三日後の七月五日にあらわれた。この日、後白河帝が都の武士の取り締まりを、検非違使に命じたのである。

崇徳院と頼長が謀反を企んでいるという噂あり……。

後白河帝はそう言って、武士たちの監視の目を強化した。つまりは崇徳院と頼長に、謀反の嫌疑をかけようとしたのである。

明くる六日、東山法住寺周辺で大和国の武士、源親治なる者を捕らえた。都へと武士が集まっているということで、後白河帝は両者の謀反の嫌疑をさらに強めていったのである。


四人の兄、一人の弟とともに為朝が父の部屋に呼ばれたのは、七月十日の朝方のことであった。

鳥羽法皇の死後、都じゅうの武士たちが張りつめている。検非違使が主だった武門の屋敷に見張りを置き、監視と取り締まりを強化していた。もちろん為義の屋敷も、検非違使が目を光らせている。崇徳院と悪左府が謀反を企てているという噂は、すでに為朝の耳にも入っていた。

「先刻、新院が白河北殿に入られたそうじゃ」

誰の顔も見ず、父は伏せた目を虚空に彷徨わせながら言った。

新院とは鳥羽院に対して崇徳院を呼ぶ時の呼称である。

法皇の葬儀を欠席した後、崇徳院は鳥羽殿内の田中殿に籠っていたのだが、九日の夜半、わずかな供の者だけを連れて抜け出し、都の北東に位置する白河北殿に入ったのである。

「関白忠通様、大宮大納言（おおみやだいなごん）、伊道（これみち）様、春宮大夫宗能（とうぐうのだいぶむねよし）様が参内なされ、十一日に頼長様を薩摩へ配流なさることをお決めになった。それを知った新院は、自ら御動き召されたのじゃ」

頼長を失えば崇徳院は後ろ盾を失ってしまう。後白河帝により謀反の嫌疑をかけられているのだ。いま行動を起こさなければ、敗けはみえている。

父は瞳を右に左にと忙しなく動かして、息子たちを見ようとしない。

「父上」

為朝が腹から吐いた声に、しぼんだ肩を震わせた父がおもむろに頭をあげた。顔は為朝にむいているが、視線はわずかに右にずれている。それでも構わず、為朝は問うた。

「新院はわずかな供しか御連れになられておらぬのでございましょう。いまは帝の命により都じゅうを検非違使どもが闊歩しておりまする。謀反の噂すらある新院が、法皇の喪も明けぬうちにみだりに居を移されたとなれば、帝はどのように思われましょうや。検非違使どもに命じ、新院を」

さすがに捕縛と口にするのははばかられた。

「わかっておる」

小鼻に深い皺を寄せて、うっとうしそうに父が答えた。

「御主の考えることなど、新院ははじめから御承知あそばされておる」

不平を露わにして父が吐き捨てた。

「新院が儂を御召しになられた。白河北殿の警固をせよとの命じゃ」

白河北殿の警固。つまり崇徳院の味方になれということだ。

「ならば、すぐにでも」

為朝は腰を上げようとしたが、父をはじめ兄弟たちは誰一人として動こうとしなかった。

「待て」

父が言うより先に、みなの姿を見て為朝は立ち上がろうとしていた躰を止めていた。

「まずは座れ」

浮いていた尻を床に落ち着ける。

「何故、待たねばならぬのです」

新院から直々の御召しなのだ。武士ならば当然、すぐにでも馳せ参じるべき栄誉である。出世や栄達に目がない父や兄たちにとって、これ以上の餌はない。しかし父も兄弟たちも、激する為朝から目を背けて動こうとはしなかった。

「一刻を争う事態にござるぞ。新院が捕らえられれば、左大臣も無事ではおりますまい。

そうなれば、これまで父上が築き上げてきた摂関家との縁も水泡に帰しましょうぞ。父上が御出世なされる機会は皆無となりましょう」

摂関家と繋がってきたといっても、為義が接近していたのは頼長とその父、忠実である。頼長親子が中央より排除されれば、為義の立身の道は完全に断たれてしまう。

「わかっておる」

口を尖らせて父が答えた。

「わかっておる、わかっておると申されまするが、真に父上は事の深刻さがわかっておいでなのでしょうや」

「口が過ぎるぞ八郎」

この場で一番年嵩の兄である四男の頼賢がたしなめた。義賢よりはすこしは肉の付いた体軀ではあるが、為朝や義朝にくらべれば哀れなくらいに細い。

頼賢は武蔵国で死んだ義賢とことのほか仲が良かった。源家の嫡男の扱いをうけていた義賢と親子の契を交わし、兄が義平に殺された後はみずから上野へ下向し、義平や長兄、義朝と敵対する姿勢を見せている。しかし直接争うことは避けられ、頼賢は都に戻っていた。

もし義朝や義平と争っていればと為朝は夢想する。この兄では長兄には逆立ちしても勝てない。頼賢は命拾いをしたのだ。

「御父上には御父上の考えがおありになる。出過ぎた真似をするでない」

頼賢が父の肩を持つ。

「どのような考えなのか、御聞かせ願いたいと存じまするが」

兄に臆せず為朝は父に言った。

「八郎っ」

頼賢が腰を浮かせる。為朝は座ったまま、激昂する兄の気迫を受け止めた。

「口が過ぎるぞ」

「我には理解出来ぬ故、どのような御考えが父上にあるのか聞きたいと申すのが、それほど出過ぎたことでござりましょうや」

「白拍子の子が……」

言ったのは頼賢のすぐ下の兄、頼仲であった。頼仲は為朝の右隣に座っている。為朝は正面に座る父を見たまま、拳のみを右方に突き出した。人差し指の付け根の芯が正確に兄の頬骨の中心を射た。

短い悲鳴をひとつ吐き、頼仲が派手に吹き飛んで部屋の柱に背をぶつけて止まった。

「なにをするか八郎っ」

これには頼賢が立ち上がって怒鳴った。為朝は悠然と座したまま、怒る兄を見上げる。

「無礼を働いた者を討ちましてござる」

「兄に手を上げるとは」

「兄であろうと、親であろうと、我に刃を振り上げる者は、討ち果たすまでにござる。これが、武士の道にござろう」

「御主という奴は」

声を震わせる兄をしっかりと見据えて、為朝は続ける。

「振り上げた刃は下ろさねば止まりませぬ。検非違使による都の武士の監視と取り締まり。左大臣殿の薩摩配流の処置。すでに帝は刃を上げられておられる。これを御理解なされておられるが故に、新院はひそかに敵の掌中より御逃れあそばされ、白河北殿に入られたのです。つまり、帝が振り上げた刃に、新院は刃をもって立ち向かわれようとなされておられる。新院は父上を我が刃に御選びになられたのですぞ」

兄を見てはいるが、父に聞かせている。

「頼仲の兄上は我に刃を振り上げた。それが不用意であろうと、刃は刃。振り上げた以上、斬られても文句は言えぬものと存ずる。もし兄上に不服があると申されるのであれば、我は存分に御相手仕りまする」

言って頼賢から目をそらして、まだ柱の脇にうずくまっている頼仲を見た。

「いかがか」

圧を声にして頼仲を射る。

「い、いや」

殴られた頬を押さえて、頼仲が目を伏せる。

「座れ頼仲」

うんざりした様子で父が言った。その目は一度も為朝を見ようとしない。

父に言われて頼仲が恐る恐る為朝の隣に座った。しかし頼賢の方はまだ納得していないらしく、立ったまま為朝をにらんでいる。

「頼賢」

父が着座をうながす。目を剝く兄を、為朝は端然と見上げる。どんな動きを兄が見せたとしても、為朝は刹那のうちに制する自信があった。ここに集う父を含めた肉親たちの誰も、為朝には勝てない。

「座れ頼賢っ」

父が怒鳴る。腹の据わった父の声を、為朝は久しぶりに聞いた。

「覚えておれよ」

頼賢が歯嚙みするようにして言って腰を下ろす。

いちいち遺恨を覚えていられるほど、為朝は暇ではない。戦場では無数の遺恨が交錯する。そのひとつひとつに気を留めていたら、戦えるはずもない。為朝ならば遺恨が生じた時に決着をつける。己が頼賢の立場ならば、この場でどちらかが死ぬまで戦う。そういう腹積もりで生きていないから、怠慢な余裕が生まれるのだ。後で晴らす遺恨など、大した物ではない。いま晴らせぬから、先延ばしにしているだけなのだ。要は大した物ではないか、晴らせないかのどちらかなのである。為朝と頼賢との間で生じた物に関しては後者だ。どれだけ卑劣な手を使おうと、頼賢が為朝との遺恨を晴らすことはできない。

もはや頼賢に興味はなかった。為朝はもう一度、父を見据える。射貫くような息子の視線をそらしながら、父が語る。

「おそらく頼長様はいま、宇治より新院の元へとむかっておられるはずじゃ」

「それを待たれると」

「それからでも遅うはあるまい」

「しかし」

「儂は立たぬとは申しておらぬ。二日のうちには答えが出よう。それまで待て為朝。それが不服とあらば、下野守に与みすれば良い。おそらく奴は帝の元へ馳せ参じるであろうからな」

だからだ。義朝が帝の元へ馳せ参じるからこそ、父とともに崇徳院に寄るのである。

「承知いたしました。明日まで御待ちいたしましょう」

為朝が言うと、顔に疲れをにじませた父はちいさくうなずいた。

頼長は十日の晩頭、白河北殿に着いた。そして為義が崇徳院の召し出しに応じていないことを知ると、すぐに六条堀川の為義の屋敷までみずから駆けつけた。

広間の上座の頼長を前に、為義とともに為朝は平伏している。兄弟のなかでなぜか為朝だけが、頼長との面会の場に呼ばれていた。

「何故、白河北殿に来ぬのじゃ為義」

左大臣の声には焦りがにじんでいた。

もしかしたらと為朝は思う。頼長は崇徳院の行動を把握しきれていなかったのではないか。鳥羽殿を出て洛北の北殿に移ることは、寝耳に水だった。だから急いで宇治から駆けつけたのだ。頼長が描いた絵図ならば、崇徳院とともに北殿に入ったであろう。

いきなり始まった帝とのにらみ合い。焦るのも無理はない。

「某はすでに検非違使を解官された身にござりまする。戦に出たのも二度ばかり。一度目は十四の時、源義明(よしあき)が討たれた際、その父であり某の叔父である美濃守義綱(みののかみよしつな)が朝敵となり近江国甲賀山(おうみのくにこうかさん)に籠りましたのを攻め、出家した義綱を都に連れ戻りしこと。そしてもう一度は十八の時にござりまする」

父が延々と身の上話をしている。何故にこの期に及んでそのような言い逃れのような繰り言を長々と話すのか。言葉を挟んで父を止めたいという衝動に駆られながらも、為朝は黙して聞き流している。

「それ故、某は一軍を率いる器量にはござりませぬ」

長い昔話の末に、父はみずからのことをそう結論付けた。

「しかし、御主は源家の嫡流。八幡太郎義家の孫ではないか」

「それと将器は別儀にござりまする」

「院の召しであるぞ」

言を左右してのらりくらりとかわし続ける父に、頼長が怒りを露わにする。父は左大臣の剣幕にも動じることなく、言葉を連ねる。

「我が息子にも将の器量を持ちし者が幾人かござりまする。一人は長子である義朝。此奴めは坂東にて育ち、引き連れておる郎党も坂東の荒武者揃いにござりまする。しかれども義朝は帝に召し出されておりまする故」

「知っておる、義朝は敵じゃ」

敵……。頼長が言葉にしたことで、為朝のなかで義朝が明確に敵として認知された。その瞬間、背筋を雷が駆け抜けた心地がし、為朝は身震いした。

「それともう一人」

言った父が、為朝を見た。

「この者は九州にて数多の戦を潜り抜け、鎮西八郎と呼ばれし剛の者にござりまする。この者の使いし弓を引ける者は、都にはおりますまい。出来得るならば、この為朝を某の代わりに御召しくださりませ」

「鎮西八郎為朝の名は聞き及んでおる。帝の出頭の宣旨に従わず、大宰府によって捕らえられたのであろう。都に戻っておったか」

為朝は頼長を一瞥した。父はなおも語る。

「源家の家宝である八領の具足が四方に散る夢を見申した。某が加われば、源家が散るという夢告かと存じますれば、何卒この為義のことは無き者と御思いくださりませ」

「夢はあくまで夢であろう。まだ真となったわけではない夢を恐れて、帝の召しに従わぬというのはいかがなものであろうかのう為義」

「もはや某は六十一。老齢にござりますれば物の役にも立ちますまい」

頼長が手にした尺を叩き折った。

「御主は源家の棟梁じゃ。その御主が味方するということが、いかなることか解ったうえでそのような繰り言を申しておるのか。断るのならば、それも良かろう。だが、屋敷にいながら上皇の御召しを断るというのはいかがであろうな。麻呂にその繰り言を帝の前で代弁せよと申すのか」

「それは……」

「できぬと申すのであれば、北殿に参れ。上皇の御前にていまの繰り言を申してみよ。それが出来るのであればな」

断れぬと頼長は言っているのだ。父の顔に苦悩の色がありありと浮かぶ。

「郎党を引き連れ北殿に参れ。為朝とその兄弟たちも連れてじゃ。わかったな為義」

父が頭を垂れる。これで本当に義朝は為朝の敵となった。

三

十日のうちに崇徳院のいる白河北殿に武士たちが集結した。

長年、崇徳院に仕える散位平家弘、大炊助平康弘、右衛門尉平盛弘、兵衛尉平時弘、判官代平時盛、蔵人平長盛、源為国ら七人の武士。忠実、頼長親子に仕え、頼長とともに北殿に入った平忠正と源頼憲。そして頼長によって召し出された為義とその六人の子供たちもわずかな郎党を掻き集めて北殿に入った。

対する後白河帝は、崇徳院の北殿への移動を知るとすぐに武士たちを召集。内裏高松殿に軍勢が集結したのは十日の夜のことであった。まず伊勢平氏の棟梁、安芸守平清盛。源義康、源頼政、源重成、源季実、平信兼、平惟繁が続く。

そして。

為朝の兄、下野守源義朝。

悪左府頼長の兄である関白、藤原忠通もその日のうちに内裏に入った。両軍は半里ほどの距離をへだてて、にらみ合ったのである。

　為朝は家季と悪七をつれ、大炊御門（おおいのみかど）大路から西へとむかった。道はすぐに鴨川の河原にさえぎられる。河原の手前に馬を並べ、三人は川のむこうにある内裏へと目をむけた。闇夜に黒い瓦屋根が浮かびあがっている。絶やさず焚かれている無数の松明の火が、帝の住まいを煌々と照らしていた。あそこに兄がいる。為朝が心の底から求める敵がいる。

「平清盛、そして為朝様の兄上。この二人が敵にまわったのが痛うござりまするな」

　鞍の上に右足だけ胡坐をかき、その膝に肘を置きながら悪七が言った。その言葉の通り、平家一門の棟梁である清盛と、坂東の国人たちを引き連れた義朝の軍勢は強大であった。

「清盛殿の母上、池禅尼（いけのぜんに）殿は新院の御子、重仁様の乳母であらせられるというに……」

　重い息とともに家季がつぶやく。それに悪七が言葉を返す。

「池禅尼殿は清盛殿の母上ではあるまい」

「義母ではあるが、それでもじゃ」

「まぁ、実子である頼盛（よりもり）殿も内裏にむかわれたようだから、平家は一門で帝につくと清盛殿が決められたのであろう」

「そこからこぼれたのが清盛殿の叔父御であらせられる忠正殿ということか」

　頼長とともに北殿に入った平忠正は、清盛の叔父にあたる。

「源家も平家も親族が敵味方となり、争うことになりましたな」

悪七が主をうかがうように、顔を横にむけた。しかし為朝は、松明に照らされて赤黒く浮かぶ内裏の甍を見つめたまま答えない。

血を分けているということは、為朝にとってはなから争うものだった。互いを思いやり慈しむなどという考えがはじめからない。

物心ついた時には母と離れ、己を蔑む兄たちとともに暮らしていた。白拍子の子よ、下賤な血よと陰口を叩かれるのが、兄弟というものだった。父は猜疑の色を瞳にたたえ、為朝に言葉をかけることもない。

おそらく為朝が血を分けた者たちにはじめに抱いた感情は憎しみだった。

「御覚悟は定まっておられますか」

家季が静かに問う。

「愚問」

苛立ちが声を震わせた。機敏に悟った乳母子は、謝意を表すように小さく頭を下げる。

「我の弓の師は」

二人に言うでもなくつぶやいた。

「兄であった」

家季と悪七が黙って続きを待っている。

幼いころに見た義朝の矢を射る姿を脳裏に思い浮かべた。

「我は兄の幻を追いながら、無心に矢を射た。どうすれば兄のごとき矢が射られるのかと、そればかり考えて弓を取った」

毎日、毎日、六条堀川の屋敷から鴨川を渡り仙遊寺の奥の森へ通った。

「思えばあの時より、我にとって最大の敵は兄であったのやもしれぬ」

「敵……。でござりまするか」

家季の問いに、為朝はうなずきで答えて、言葉を継いだ。

「兄が我を見て言ったことを、御主は覚えておるか」

隣に並ぶ乳母子に言った。

「もちろん」

家季がつぶやく。為朝は口を閉じて、その先をうながした。すると幼いころを思い出すように、家季がゆっくりと語りはじめた。

「あのように人の話を聞かぬ者は武士としては使い物にならぬ。弓への執着は大した物じゃと思うたが、勿体無きことよ。あれは父上がどこぞの白拍子に産ませた子だ。兄へのあの物言いは、下賤な血のなせる業か。と」

一言半句、為朝が覚えている文言と違わなかった。為朝より十も年嵩である。あの時、すでに家季は十五であったのだ。少年だった家季は、矢を射ることもできぬほどに疲れ果てた為朝の躰を抱き、泣いていた。

「どうして忘れることができましょうや」

悔しそうに言った家季に、悪七が小さく笑った。そして気楽な口調で割って入る。

「為義様が白拍子に産ませ、下賤な血を持ち、武士としては使い物にならず、人の話を聞かぬ童……。それが九州の武士どもを斬り従え、鎮西八郎と恐れられる立派な武士となったとは。その時の義朝殿に今の為朝様の姿を見せてやりたいものよな」

為朝が今の己を見せてやりたいと思ったのは、五歳のころの自分自身であった。

案ずるな。恐れるな。悲しむな。御主はこの先、我のような男になる。どうじゃ御主の目に映る我は、武士であるか。

問うてみたかった。

「為朝様の真の敵……。是非とも戦場で相対してみたいものですな」

言った悪七の声はいつもより重く響いた。

「為朝様っ」

城八の声が聞こえ、三人が同時に振り返った。巨軀を激しく揺らしながら、城八がみずからの足で駆けてくる。馬の首に手を置き、悪七が前のめりになって叫ぶ。

「どうした」

「新院と頼長様が為朝様を呼ばれておられる故、連れて来るようにと御父上様が」

駆けながら言った城八の言葉を聞き、為朝は馬腹を蹴った。悪七と家季が後に続く。

「そんなぁ」

駆けてゆく馬を汗まみれで見遣りながら、城八が踵(きびす)を返す。その時すでに為朝は、御所の前まで戻っていた。


御簾のむこうで揺れる灯火が、ぼんやりと純白の袍(ほう)を照らしている。光が届かぬところに顔があるから、目鼻立ちまでは正確にはわからない。ただ丸い顔だということだけがかろうじてわかる。

これが帝であった者の姿か……。

為朝は広間で崇徳院と対峙していた。

一段高くなった御簾で区切られた上座のかたわらに、束帯(そくたい)姿の公卿がいる。その顔は為朝も見知っていた。悪左府頼長である。新院と為朝が向かい合うように座っているのに対し、頼長は為朝に横を向いて座っていた。新院と頼長は御簾をへだてた近い場所にいるのだが、頼長と為朝の間には大きな隔たりがある。

「来たか」

下座に目をむけることなく、頼長が言った。為朝は胡坐をかいた膝の横に手をついて、深々と頭を下げる。伏せたままの頭に、平坦な口調の頼長の言葉が降って来た。

「これよりの合戦の手筈を其方の父に問うたのだが、それならば其方に聞いたほうが良いと申すので、そうさせてもらう」

「なんなりと」

辞儀の格好で為朝は答えた。

やけに甘い匂いがする。女子が衣に焚く香の匂いだ。木が焦げるような匂いのなかに、甘ったるい物が絡み、なんとも鼻に付く。これならば焼ける城の匂いを嗅いでいたほうがましだと為朝は思った。

「其方は九州にて多くの合戦を行ったのだな」

うなずきだけで答える。

「二十数度戦い、敗けを知らぬ。それは偽りではないのだな」

「その通りにござりまする」

顔を上げて胸を張った。そして御簾のむこうに座る崇徳院を見る。

「無礼であろう」

頼長がわずかに声音を高くした。どうやら怒っているらしい。怒りを露わにする時も公家というものは雅であると、為朝は心の裡で笑っていた。

顔を伏せようかと為朝が思っていた時、頼長が御簾のほうへと顔を寄せた。そして幾度かうなずいた後、深く頭を垂れてから為朝へ目だけをむける。

「そのままで良いと院は仰せじゃ」

為朝は顎だけでうなずく。その様にも頼長は引っ掛かったらしく、為朝に見えるほうの眉尻をひくりと一度震わせた。

手にした尺で口を隠し、頼長は小さな咳をひとつしてからふたたび為朝に問う。

「御主は戦に敗けぬか」

「敗けませぬ」

断言すると、頼長が目を見開き顔ごと為朝にむけた。

「真か」

「我の思うままに兵を動かすことを許していただければ、必ずや勝ってみせましょう」

「大した自信じゃの」

「それだけの勝ちを得ておりまする故」

新院だろうが悪左府だろうが退かない。

御簾のむこうから声がしたのだろう。ふたたび頼長が崇徳院のほうへ顔を寄せた。為朝は口をつぐみ、二人のやり取りが終わるのを待つ。ひと言ふた言、言葉を交わしてから、頼長が為朝に問う。

「年は幾つじゃ」

「十八にござります」

「そのような若さで、すでに二十数度の合戦を行い、すべてに勝ったと申すのか」

「左様」

胸を張り頼長を無視するように、御簾の向こうへ気の満ちた声で答えた。為朝が言ったのと同じ調子で、御簾がわずかに揺れる。それを見て、頼長が驚いたように目を見開いた。

「およそ信じ難きことよな」

疑いの眼差しをむけてくる頼長に、為朝は毅然とした態度で答える。

「勝ちを得た故、帝より出頭の宣旨を頂戴いたしました」

「従わなんだは何故か」

「科人にあらずと思うたが故にござりまする」

「出頭の宣旨が下ったということは、科人である疑いがあるからであろう。それに従わぬとは、みずからを科人であると示す行いではないのか」

「その罪をいまここで裁かれまするか」

退かない。頼長が御簾へと顔を寄せる。忸怩たる想いを目の奥に秘め、悪左府はちいさくうなずいた。

「いまはそのような話をしておる時ではない。事は急を要す。いかにして敵を討ち果たすのか。それを聞かせてもらおう」

崇徳院の代弁者となった頼長が、為朝の無礼に耐えながら言った。

　背を正し、御簾の奥に座る崇徳院を直視しながら、為朝はみずからの想いを包み隠さず口にする。

「二十数度戦に臨みましたが、夜討ちに勝る術はございませなんだ。夜が明けきらぬうちに高松殿に攻め寄せて、三方より火をかけまする。火をかけずにいる一方から逃れ出てくる敵に矢を射かけて攻めまする。おそらく耐えうる者は、義朝以外におりますまい。しかし義朝は我が必ず仕留めて御覧にいれましょう」

「清盛はいかに」

「義朝に比ぶれば、物の数にござりませぬ。我でなくとも討ち果たすことはできるかと」

　息を呑む頼長に、為朝はなおも続ける。

「帝は戦火を逃れ、他所へ御移りになられましょう。その時、我がみずから帝の鳳輦（ほうれん）の御輿（みこし）に矢を射かけまする。駕輿丁（かよちょう）どもが御輿を捨てて逃げた後、この御所へと行幸いただき、退位なさっていただく。そして新院様にふたたび皇位に御就きになっていただきまする」

　己でも驚くほどにすらすらと言葉が出て来た。為朝自身が驚くよりも、聞いていた頼長のほうが呆気に取られている。すぐに言葉を返すことができずに、手にした尺を前後に揺らしながら考えを巡らしていた。

　為朝は黙ったまま答えを待つ。

　敵は多勢。勝つためにはこの策しかない。かねてから考えていたものではないが、求められて咄嗟に出た策にしては上出来であった。

「夜討ちをいたすと申すか」

「それしか道がございませぬ」

「夜討ちをせねば敗けると申すか」

　無言を答えに代える。帝にも己にも物怖じしない為朝の態度に、頼長が怒りを隠さない。尺の揺れは最前よりも激しくなり、白粉を塗った顔がひくひくと震えている。

「父も前右馬助(うまのすけ)の忠正も散位の家弘も差し置いて、みずからに全軍を任せよと申したな」

「申しました」

「さすれば勝てるとも申したな」

「左様」

　紅を塗った頼長の唇が吊り上がり、隙間から黒々とした歯が覗く。

「それほどの大言を言い放っておきながら、院に奏する策が夜討ちとは笑わせおる」

　頼長の声に、為朝への明らかな蔑みがある。

「すでに敵は高松殿に揃うております。敵と我等の間は半里ほどしかございませぬ。先を取られれば御殿を囲まれるは必定にござる。先に仕掛け、高松殿を囲うて戦うが上策でありまする」

「解ったような口を利いてはおるが、まだまだ幼い。故にそのような愚劣な策しか思いつかぬのじゃ」

「愚劣とは無礼なり」

「控えよ、上皇様の御前なるぞ」

頼長の冷淡な声が為朝を制す。裂帛の気を放ち吠えた為朝であったが、御簾のむこうに見える純白の袍は微動だにしなかった。余人の刃があの御簾を越えることなど世が翻ってもないと、心の底から思っているのだろう。心の底まで覗いてみても、恐れという感情はないのかもしれない。死んだ鳥羽院や、高松殿にある後白河帝への憎しみだけが、御簾のむこうにあるかつて帝であった男の心には宿っているのだ。

恐れを知らぬという意味では、悪左府も同様である。たった半里ほどのところに敵が迫っているというのに、このような悠長な軍議など開いている暇などない。半里など馬ならひと駆けである。待てば待つほど、敵に攻められる危険が高まるのだ。

「機先を制さねば、勝てませぬぞ」

「思慮浅きことばかりを並べ立ておって」

尖った顎を突き出し、細めた目で為朝を見下ろしながら頼長は続けた。

「夜討ちなどというものは十騎、二十騎の小競り合いで行うことよ。こは皇族の戦である。九州の官人どもとの戦とは違うのだぞ為朝。天下の帰趨(きすう)を決する戦をなんと心得おる。天(あま)照大神(てらすおおみかみ)の末であらせられる上皇様の軍に夜討ちをせよなど、二度と申すな」

「戦は殺し合いにござる。建前や体面にこだわっておっては、敵に寝首をかかれまするぞ」

「上皇様の御前でなんということを」

「この為朝。どこでだろうと、どなたの御前であろうと、己を曲げるつもりはござりませぬ。今宵、夜襲をかけることが、この戦に勝つための最善の一手にござります」

気付かぬうちに拳を床につけて、身を乗り出していた。頼長が尺を右手に持ち、その先を為朝のほうへむける。

「控えぬか無礼者。斯様な田舎者に全軍を任せることなどできるわけがない。とにかく夜襲などせぬ。明日には南都の僧兵も来る。興福寺の信実と玄実が将となり千余騎で馳せ参じるはずじゃ。信実らを待ち、明後日の朝、高松殿にむかい勝負を決すればよい」

これ以上の問答を拒むように、頼長が尺を振った。去れという合図である。

「頼……」

「退がれ」

鼻から息を吐きつつ、腰を上げた。

「おぉ、言い忘れておった」

背をむけようとしていた為朝を、頼長の声が止めた。立ったまま言葉を待つ。

「其方は夜中、この御所を警固いたしておれ」

「承知つかまつりました」

為朝が言葉にこめた殺気すら悟れずに、頼長が鼻で笑った。

「あぁ、我も申しておきたきことを忘れておりました」

「もう良い」

頼長の拒絶を無視し、無礼を承知で立ったまま語る。

「敵の大将、源義朝は戦を知る者にござりまする。あの者が夜を黙って過ごすわけがありませぬ。御味方が夜襲に慌てぬよう、備えだけは抜かりなくと命を下されたほうが宜しかろうと」

「去れ」

頼長の声が耳に入った時には、為朝は振り返って部屋を後にしていた。

四

七月十一日の寅の刻。まだ夜も明けきらぬ早暁、はじめて異変に気付いたのは寝ずの番を行っていた各将の見張りの兵たちであった。

「鴨川のむこうに敵が見えまするっ」

明日の出陣のために休息を取っていた武士たちは、あわてて戦支度を整えた。そしてそれぞれに御所を出て、四方の門を守る。

為朝は父や兄弟たちとともに、鴨川河原に面した門へとむかった。

「儂はこのなかで一番の年嵩ぞ。それに儂は義賢の兄上とは親子の契を交わした仲じゃ。義朝にはひとかたならぬ遺恨がある。先陣は儂が仕ろう」

そう言って頼賢がみずから先陣を買って出ると、戦の気に呑まれたのか、我も我もと兄弟たちが手をあげる。

先陣は武士の誉。

たしかにそうかも知れない。が、本当に大事なのは一番はじめに敵と戦うことではないと為朝は思う。どれだけ多くの敵を屠るか。どれだけ多くの敵に、畏怖の念を抱かせるかであろう。

「だから儂が」

「いやいや我も」

「言い合っておっても始まらぬ。ここは籤にて……」

こうしている間にも、敵は白河北殿に迫っているのだ。ここで兄弟たちの愚かしい争いを眺めているような余裕はない。

「どなたが先陣となられるかは存じませせぬが、危うくなられましたれば、すぐにこの為朝に御任せあれ」

それだけ言い残すと、為朝は大炊御門大路へと繋がる西門へと馬をむける。そこは為朝と郎党たちが守ることを任された門であった。

なおも言い争いを続ける兄たちを尻目に、為朝は家季たちが待つ場所へと急いだ。

「来たぞ」

大炊御門大路を東にむかって駆けて来る騎馬の群れをしっかりと見定めて、為朝はつぶやいた。

「あの赤い旗は平家にござるな」

悪七がつぶやいた。平家が赤い旗を戦に用いるのに対し、源家は白い旗を用いる。

眼前に見える敵は、二条大路から鴨川の河原へと出て、川を渡って東堤を北上してきた平清盛の軍勢であった。

為朝は六人の郎党と、九州から連れてきた者たち総勢二十八人とともに西門を守る。

大路を埋め尽くす敵は数百。力で押し寄せられればひとたまりもない。だが、そんな無粋な真似は都の武士たちはしなかった。為朝の視界のなかで、五十騎ほどの敵が群れから突出する。後続の敵は動きを止めた。

「先陣か」

為朝のつぶやきに家季がうなずいて答える。兵たちとともに五十騎の到来を待っていると、そこからまた一騎のみが突出して、門に迫ってきた。そして矢の届かぬ位置まで単騎で来ると、馬を止めて声を上げる。

「そこな門を守るは、どなたであろうっ。源家か平家か。高家なるや、それとも何処かの党の御方か。名乗り給え。こう申すは、今日の大将軍、安芸守殿の御内、伊勢国住人、伊藤景綱なりっ」

郎党たちを分け、為朝は騎乗のまま弓を片手に進み出た。

「我は源為朝なり。平氏の郎党ならば退かれよ。清盛であっても我は敵とは思わぬものを、郎党など矢を射るに及ばず。退かれよ」

為朝が答えると、景綱は大笑して答えた。

「古来源平両家は朝家に召されし日ノ本の両大将。平家が源家を、源家が平家を射るはいまにはじまったことではない。平家の郎党が射る矢、果たして源家の身に立つやっ」

言い終わると同時に、景綱が箙から矢を引き抜き、素早い動きで射た。飛来した矢が為朝へと届く。そして大鎧の草摺に突き立った。小札を割りはしたが、肉はおろか袴にすら届かない。景綱と同時に五十人の敵も矢を放った。為朝は馬手で手綱を絞ったまま動かない。矢は一本たりとも為朝に当たらなかった。景綱を見つめ、口角を吊り上げる。

「それほど我の矢が所望だと申すのなら、良かろう。馳走してやろうではないか」

草摺に刺さった矢をそのままにして、背から十八束の矢を一本取り、弓に番えた。そして素早く弦を引く。

矢を射るのは久方ぶりである。九州から都に来てからというもの、忙しさに流されて矢を射る暇もなかった。弓を構えると、長年住む家に戻って来たような安堵を感じる。

都での大戦。帝と上皇による天下の趨勢を決する戦いである。この戦で為朝が放つ最初の矢だ。なのに心は、不思議なくらいに澄みきっていた。

選んだ鏃は細く鋭く仕立てた征矢だ。

己の器を郎党たちに示すためか、景綱は為朝の前に居座っていた。東の空は薄暗い。夜明けにはまだ間がある。闇夜に浮かぶ景綱の顔は、遠くからでもわかるくらいに強張った頬に、べったりと恐れが張り付いていた。

「逃げるなよ」

景綱に聞こえぬ声でつぶやく。

おそらく景綱は逃げない。清盛から先陣を許され、正々堂々名乗りを上げたのだ。敵の矢を前にして逃げたとあっては名が廃る。

なんとも滑稽な戦ではないか。為朝には武士の戦の作法が悠長なものに思えてならない。矢で狙われているのだ。逃げればいい。矢を逸らし、隙だらけの敵にみずからの矢を馳走すれば良いではないか。名乗りなど上げる必要がどこにある。名乗らなければ手柄がわからぬということもない。打ち取ったあとに、その顔を知る者に聞けば良いことではないか。

とにかく逃げない敵を射るなど、為朝には造作もないことだった。愚かな敵にむかって、為朝は迷わずに弓弦を弾いた。

「景綱様っ」

張り詰めた気に耐えきれずに、二人の騎馬武者が景綱の前に立ちはだかったのは、為朝が弦から指を放す直前のことであった。

景綱を狙った矢が、前にあった鹿毛の馬に乗った男の鎧を貫く。貫かれた瞬間、若い騎馬武者は小さく震え、そのまま固まり螺鈿（らでん）の鞍から転げ落ちて絶命した。

悲鳴を上げたのは、後ろにあった男のほうである。前方の若武者を鎧ごと貫いた矢は、後方の男の左肩を射貫き、鎧の射向（いむけ）の袖に突き立っていた。

「ひっ、退け」

景綱が叫ぶと、袖に矢を突き立てた男と他の郎党たちがいっせいに大炊御門大路を逃走しはじめた。胴を貫かれた若武者の骸が、道の真ん中に虚しく転がり、動かない頭に鹿毛の馬が口を当てている。

「もう少し後ろの敵がずれておれば、三人仕留めることができましたな」

悪七が背後から言った。三人。立ちはだかった二人と、景綱である。

戦場でも気楽な調子の郎党に答えずに、為朝は闇に消えてゆく敵を見送った。すでに五十人は、赤い旗の群れに紛れてしまっている。

「清盛に御注進というわけか」

悪七がまた気楽な声を吐く。それから間もなく、敵がじりじりと大路を西に進みはじめた。そして、どこぞの角を曲がって見えなくなった。為朝は弓を脇に挟んで、馬首を返す。

そしてみなのところに戻ると、誰にともなく言った。

「見切りが早すぎるな」

「為朝様の矢の凄まじさを見れば、怖気づくのは致し方ござりまするまい」

悪七が言い終わらぬうちに、家季が言葉を重ねた。

「闇のなかを駆けておるうちに、この門に当たったのでござりましょう。意図せぬ敵と出会い、その弓の勢いを目の当たりにして、戦わぬのが良いと断じたのでござりましょう」

「同じことを言うておる気がするが」

「違う」

きっぱりと言い切って、家季は為朝をしっかりと見据えて口を開いた。

「御油断めされまするな。清盛の軍勢を見ても、やはり我が方が寡兵であることは間違いありませぬ。いつまでも為朝様の弓のみにて退けられはいたしませぬ」

「わかっておる家季」

その時である。

薙刀を担いだ一人の徒歩(かち)武者が、門にむかって駆けてくるのをみなが認めた。雄叫びを上げて西門へと走る男の鎧には肩をおおう逆板などなく、足は草鞋履き、頭には鉢金が巻かれているのみである。どう見ても、武士の近習であった。

「なんじゃあれは」

息を切らして駆けてくる男を見て、城八が言った。

「平家の郎党に仕える下人であろう」

悪七のつぶやきを耳にした為朝は、大路に転がったままの鎧武者のことを思った。

「あの者の下人では」

為朝の想いを家季が代弁した。

「主を殺された故に、己もという訳か」

悪七が数歩馬を進めた。

「なにをする」

「なればその望みを叶えてやるまで」

為朝の問いに答えると、悪七は腰の太刀を抜いて馬腹を蹴った。

「俺一人で十分だ。囲んでやるな」

仲間たちに叫んだ悪七が男にむかって駆ける。

「為朝様の矢を見て、騒ぐ血を抑えきれぬようになったのでしょう」

駆ける悪七の後ろ姿を見ながら、家季がつぶやいた。下人にむかって悪七は駆ける。郎党は誰一人追わない。為朝も馬上で悪七の背を見つめ続ける。

下人が叫んだ。馬を駆る悪七へ、薙刀を振り上げる。悪七は馬の右方に下人をとらえ、右手で太刀をにぎりながら間合いを測り、狙いを定めた。交錯。火花が朝靄(あさもや)に閃く。

家季が思わずといった様子で声を吐いた。それに続いて、眼前の悪七が為朝にも聞こえるほど大きな舌打ちをひとつする。

下人が立っていた。

決して悪七が嬲っているわけではない。一撃で仕留めようと、太刀を振った。下人はそれを亀のごとくに首をすくめてかわしたのである。反撃するような余裕はなく、走り去る悪七を後方へとやり過ごす。

反転する馬に合わせて下人が振り返る。その無防備な背中に、弓が得意な源太が鏃の切っ先を定めた。

「止せ」

為朝は源太を律する。

「あの下人は死ぬ気でさ。ああいう奴は死を恐れないから、万が一ということもある。もしかしたら悪七の兄貴が」

「その時はその時だ。悪七はそこまでの男だったということだ」

手出しをするなということは、殺されても文句を言わないということだ。相手は徒歩、己は馬上。悪七のほうに利はある。それで敗けたとなれば救いようがない。

「黙って見ておれ」

為朝が言うと源太は矢を下ろした。

二撃目が下人を襲う。首筋を狙った悪七の刃を、長刀の柄で防ぐ。しかし馬が駆ける勢いを借りた斬撃には抗しきれず、下人は大きく後ろに仰け反った。

馬が行き過ぎる瞬間、悪七が腰から上を後ろに回して、仰け反った下人の背筋を下から切り上げた。鎧の無い首筋から頭の後ろにかけて一直線に血飛沫（ちしぶき）が舞う。

長刀を杖がわりにして下人が数歩前のめりになって歩む。止（とど）めを刺さんと、悪七がふたたび馬を反転させた。下人は振り返る力もなく、長刀に躰を預けながらやっとのことで立っている。首筋を狙い悪七が太刀を振り上げたその時、呆然と立ち尽くしていた下人が長刀の柄を軸にしてくるりと躰を回転させた。そしてそのまま尻餅をつくようにして座る。さっきまで下人の首筋があった場所には、長刀すらなかった。

太刀が空を斬る。座った下人がそのままの体勢で長刀を振った。

喉笛を横薙ぎに割かれようとした悪七がとっさのところで身を反らしてかわす。

馬が嘶（いなな）いた。高々と振り上げた栗毛の前足が、笑う下人の頭を踏み抜く。一度激しく震えた下人の躰から力が失せた。太刀をぶら下げたまま、悪七が西門へと戻って来る。

「馬に助けられたな」

「面目次第もござりませぬ」

為朝の言葉に悪七はそれだけ答えると、顔を逸らしながら門まで下がった。

「源為朝殿と御見受け申すっ」

下人の骸のそばに、ひとりの騎馬武者が姿を現した。

「なんじゃあれは」

騎馬武者を見つめて家季がつぶやく。

為朝は弓を手にして騎馬武者の言葉を待つ。

「この者は某の従者なり」

「景綱の郎党の下人ではなかったのですな」

騎馬武者の声を聞き、家季がささやく。

為朝はわずかに馬を進めて、郎党たちの群れから抜ける。そして大路の真ん中で弓を持つ武者に問う。

「従者一人を先に行かせ、なにをしておった」

「この者の死で決心が付いたっ」

まっすぐに為朝を見つめて武者が続ける。

「某は安芸守の身内、伊賀国(いがのくに)住人、山田小三郎是行(やまだこさぶろうこれゆき)と申す。齢二十八っ。某は安芸守の郎党の末席を汚す者でござらば、名を聞いても覚えはありますまい。為朝殿に御会いするのも今日がはじめてにござるっ」

名を聞いても覚えがない。清盛の郎党らしかったが、みずから末席を汚しているというのだから大した家柄ではないのだろう。

「安芸守は我の矢を恐れて退いたぞ。命が惜しくば御主も去ね」

言った為朝に、是行は笑みを返した。

「某、物の数にも入らぬほどの武士なれど、その昔、鈴鹿山（すずかやま）の盗賊、立烏帽子（たてえぼし）を帝に奉りし山田庄司行季（しょうじゆきすえ）が孫なり。山立（やまだち）、海賊、夜盗、強盗を絡め取ること数知れず。大事の合戦に三度出て、一度たりとも不覚を取ったことは無しっ」

緊張した面持ちで叫ぶ是行に思わず笑みがこぼれる。己よりも十も年嵩であるというのに、どこか幼さを覚えた。

「三度出て一度も不覚を取ったことはないとは、それは結構」

悪戯な気持ちが芽生え、為朝は是行をおだてた。しかし気を張り続ける是行は、為朝の言葉を聞きもせず想いを吐き散らす。

「位が高きも卑しきも老いも若きも関係ござらんっ。弓矢に優れ豪胆なる者は、互いに惹かれ合うもの」

暗に己を弓矢に優れ豪胆であると喧伝している是行の愚直さが、なんとも好ましい。為朝は口の端が自然にほころぶのをそのままにして、是行の必死の名乗りに耳を傾ける。

「噂に聞こえし鎮西八郎殿をひと目見たいと、安芸守の陣を離れ参上仕り申したっ。一矢を受けて死すれば冥途(めいど)にて今生の誉となしまする。生きて帰れば、現世の誉といたしたい」

「一矢を受けて死する……。か」

この言葉は気に入らない。

矢を交える前から敗けることを考えるとは。

「家季」

為朝は背後に語りかける。

「奴は死ぬ気だ。悪七に斬られた下人と同様、死を恐れぬゆえ、矢に迷いはなかろう。が、我は奴の一の矢を受け、その後に二の矢を放たせずに射殺そうと思うが、どうじゃ」

「そのようなことを私に聞かれるとは」

家季がちいさく笑った。そして悪意はいっさい感じさせぬ声で答える。

「御好きなようになされませ。あのような者に、為朝様が敗れるわけがござりませぬ」

うなずき是行へと顔を戻した。そして馬を数歩前にやり、郎党たちから突出する。

腹に気を込めて蛮勇の若武者に叫ぶ。

「清盛の郎党に山田なる者の名を聞いたことがあるっ」

嘘だ。己との一騎打ちにのぞむために味方から離れた是行を称えた。

「我は筑紫八郎源為朝じゃっ」

言った瞬間、是行がすばやく矢を構えて放った。為朝にむかって飛んだ矢は、左の草摺を掠めた。是行が箙から二本目の矢を取ろうとする。その時、為朝はすでに弦を引き絞って狙いを付けていた。

「御主の純心に一矢授けよう。この矢を受ければ御主は生きてはおるまい。今生の誉じゃと、冥途の鬼どもに語って聞かせるが良い」

矢を番えようと焦る是行めがけ、為朝の矢が飛ぶ。鞍の前輪（まえわ）を砕いた矢が、そのまま是行の下腹を貫いた。乾いた音が是行の躰の後ろで鳴る。どうやら矢は鞍の後輪（しずわ）で止まったらしい。

「くっ……。くく」

射貫かれてもなお、是行は矢を番えようとする。腕を震わせながら、筈を弦に掛けようと幾度も幾度も弦と矢を交差させた。

家季が駆け寄ってくる。

「大事ない。好きにさせておけ」

己を守ろうとする家季に声をかけ、為朝は二本目の矢を取りもせずに是行を見守る。

蛮勇の若武者の顔から血の気が失せてゆく。

ついに矢を落とした。上瞼に吸い寄せられようとしている瞳を、顔をかたむけて為朝に定めた是行は、上目遣いのまま笑う。

「お、御見事」

笑みの形のまま固まった唇の端から、血がこぼれた。弓が落ちる。是行は絶命した。しかし矢で鞍に繋がれたままの躰は、馬上に留まっている。死した主を乗せたまま、馬が踵を返した。そして是行とともに走り去ってゆく。

大路から鴨川べりへ行かんと角を曲がる刹那、主が鞍から落ちたが、馬はそのまま走り去った。

五

新手が大炊御門大路に面する西門に現れたのは、是行の馬が走り去って間もなくのことであった。

白旗……。

源家である。

「来たか」

身中の血が沸くのを、為朝は抑えきれない。百騎ほどの騎馬武者が、徒歩の従者を引き連れて大路に広がる。

一人の壮年の武者が群れから躍り出た。手綱を握らぬ右手になにかを持っている。為朝は目を凝らしてそれを見た。矢だ。中程から折れている。

「某は下野守、源義朝の郎党、鎌田次郎正清なりっ。其方等に聞きたきことがあり罷り越した。この矢は主を失うた馬の後輪に刺さっておった物じゃっ。これを射た者はこのなかにおられるかっ」

是行の鞍に刺さっていた矢だ。為朝はひとり歩み出る。

「某が放った物だ」

「其方は」

「筑紫八郎源為朝」

「おぉ、其方が鎮西八郎殿かっ。やはり矢を放ったは八郎殿であったか。我が主もそう申されておった。いや……」

正清が唇を吊り上げる。

「己が矢の勢いを喧伝するために、謀にて作りし物じゃと申された」

「謀じゃと」

「真か謀か、試してまいれと、某を御遣わしになられた」

怒りの火が為朝の胸にゆらりと宿る。

矢の威力を知りたければ、みずからが来れば良い。なのに義朝は、このような不遜な郎党を寄越してきた。怒りを押し殺し、為朝は正清をにらむ。

「敵味方に分かれたとはいえ、御主は源家に仕えし郎党だ。我に弓を引くということは、主に弓を引くも同然。この場は去れ」

矢を投げ捨て、正清が大笑した。

「この期に及んで、主、郎党などと筋目を語るとは片腹痛し。御主等は帝に弓を引く凶徒。主筋の者に、郎党の矢が当たるか当たらぬか。御主の身で試してみよ」

吐き捨てて正清が弓を構えた。

「こは某の放つ矢ではない。伊勢大神宮、石清水八幡宮の力が宿りし神の矢ぞっ」

正清が叫ぶ。風を裂く音を為朝は聞いた。耳元でなにか硬い物が割れる。

兜だ。

左の頰が熱い。触れた。血。為朝の左の頰を掠めた矢は、兜の隙間を縫って半頭の隙間から突き出て吹返の先端で止まっていた。

悔しがりながら、背後の箙に手をかける正清をにらむ。為朝の心を怒りが支配した。すべての景色が真っ赤に染まってゆく。兜から矢を引き抜き、二十八人の郎党たちに叫ぶ。

「矢で射殺すのは惜しい。奴は馬から引きずり下ろし組打ちにして生け捕りにせよっ」

為朝は我先にと正清めがけて馬を駆る。それに負けじと悪七と家季が続く。

「西国の田舎武者は頭に血が上ると見境が付かなくなるようじゃっ」

挑発の言葉を吐き、正清が手勢とともに退く。

「追えっ、奴を逃がすなっ」

門の守りを残しもせず、為朝は正清を追って大路を駆ける。

鴨川の河原へと出た正清は、そのまま下流へと二町ほども逃げた。容赦なく馬に鞭を入れ、しきりに鐙で腹を蹴りながら、義朝の郎党たちは必死に駆け続ける。

「どこまで逃げるつもりじゃ鎌田っ」

憤怒の叫びを正清の背に浴びせ掛ける。しかし為朝の頬を裂いた義朝の郎党は、振り返りもしない。

「為朝様っ、このまま追い続ければ、門の守りがおろそかになりまするっ」

家季が叫んだ。為朝は馬を止め、みなを見る。どの馬も息切れしていた。

「家季の申すとおりじゃ。門を空にしてはおけぬ。それに父や兄も心配じゃ。老いた父は戦に耐えきれまい。兄や弟どもは日頃は賢しいが、無勢で多勢は抑えられまい。退くぞ」

「賢明な御判断かと」

「久しぶりに御主に褒めてもろうたぞ」

家季に笑いかけて、為朝は大炊御門大路に面する西門へと急ぐ。本当ならば、あのまま正清を追いたかった。奴が戻る先には、義朝がいる。心の底から勝ちたいと願う相手がいるのだ。九州で戦っていたころならば、迷わず追っていた。為朝の戦だったからだ。己が兵を挙げ、忠景を巻き込み起こした戦である。みずからの思うままに兵を動かすことができた。戦の勝敗は己にあった。為朝が死ねば敗ける。だから勝ち続ければ良い。九州での戦は今にして思えば解り易かった。

今回の戦はなにもかもが違う。

己の戦ではない。上皇と帝、摂関家の父と弟と兄。そして武士の双璧たる源平内の肉親同士の争い。無数の思惑が絡み合った戦なのだ。為朝もそのなかの駒のひとつに過ぎない。為朝にとっての敵は兄、義朝だ。しかしそれは、すべての味方の敵とはいえない。義朝を倒したとしても、為朝が守る西門が誰かに抜かれたらそれで終わりなのだ。

己に与えられた務めをこなし、駒としての役割をまっとうする戦いのなんと煩わしいことか。柵の鎖が躰じゅうに絡みつき、為朝を拘束している。

義朝……。

朱雀大路で相対した時の巨大な幻影が、いまも為朝の脳裏にははっきりと残っている。対峙して動けなくなるなど、生まれてはじめての経験だった。あの化け物と戦場で相見えるために、都に戻ってきたのだ。そしてそれが、天の導きによって叶えられようとしている。柵の鎖など振りきってしまいたかった。

「為朝様っ」

背後で悪七が叫んだ時には、為朝は背後を流れる鴨川を渡って追ってくる敵を認めていた。

　白色の旗……。

「義朝か」

　為朝は馬首を翻した。

　主の動きに機敏に反応した家季が、馬を返しながら叫んだ。

「二百といったところかと」

「構わぬ、打ち砕けっ」

　二十八人すべてが反転を終えるころには、敵は川を渡って為朝の郎党へ矢を射かけようとしていた。

　いたるところで敵が名乗りを上げていたが、義朝の名はなかった。

　為朝は吠える。

　箙から三本同時に矢を取った。人差指と中指の間に一本、中指と薬指の間に一本、薬指と小指の間に一本挟んで弓に番える。そして大弓を寝かせて水平に構えた。三本が別々の方向に鏃をむけて留まる。

　敵は味方の十倍。しかし数の利がむこうにある戦など、九州で幾度も経験している。恐れることなどなにもない。

　騎乗の武士に狙いを定めた。三本が同時に離れるように、指を開く。矢がそれぞれの敵にむかって飛んだ。

鎧武者の兜が、立て続けに三つ吹き飛ぶ。とうぜん兜の下には顔があり、為朝の矢が貫いたのは、その鼻である。馬上にあった躰が三つ、兜とともに鞍から跳ねあがり、そのまま敵の群れのなかに落ちた。

なにが起こったのか解らないといった様子で、三人の周囲の敵が固まる。為朝はすでに新たな矢を一本番えていた。今度は別の敵の肩に狙いを定める。男は為朝から見ると真横を向いていた。肩をおおう射向の袖の奥にある肩を頭に思い描きながら射る。

突然襲った激痛が、男の喉から拍子外れの叫びとなって吐き出された。呆然と目を見開いた敵が、鞍の上でくるりと回転して一度為朝に正面を見せてから落ちる。射向の袖を貫いた矢は、そのまま男の躰の一番分厚い場所を通り抜け、右肩を覆う大袖から中程まで飛び出ていた。

義朝の郎党たちの顔が凍り付く。

常人とはかけ離れた戦いをしているのは、為朝ひとりではなかった。はるかむこうでは身軽な余次三郎が、敵の馬に飛び乗って背後から首を絞めて引きずり落としている。落ちた敵は味方にまかせて余次三郎は狙いを付けた新たな騎馬武者のほうへと駆けて行く。

為朝の間近では、城八が主を守るようにして太刀を振り回していた。侍たちには見向きもしない。武士に付き従う徒歩のみを狙っている。馬は苦手と城八はつねに己が足で為朝を追う。巨軀でありながら、素早さは余次三郎にひけを取らない。

為朝の足に取りつこうとしていた敵の首を、城八の太刀が刎ねる。躰を全力で回転させた渾身の一撃であった。敵の首を斬っても城八は止まらない。勢いに乗ったまま躰を回して、太刀を振り上げて二人目を袈裟懸けに斬る。

「まだまだぁっ」

血飛沫を上げながら城八が叫ぶ。この男がいるおかげで、為朝は雑兵たちを気にすることなく矢を射ることができる。

わずかな手勢に手間取っている味方を叱咤する、竜の鍬形の兜を着けた男めがけて、矢を番えた。為朝が射るよりわずかに速く、男の鼻が弾ける。激痛に耐えかね、馬上で前のめりになりながら顔を押さえた男の掌に童の拳ほどの大きさの飛礫が炸裂した。

紀平次である。

鼻を押さえた掌を砕かれた男が、手を顔から離した。そこに新たな飛礫が飛来し、折れて肉が露わになった鼻に炸裂する。今度は頭の骨までやられたらしく、派手な兜の男は気を失って馬から崩れ落ちた。紀平次は弓も太刀も長刀も持たない。石ころはどこにでも転がっているから、無くならねぇと言って、いっさいの得物を信用しなかった。飛礫を投げる腕は、為朝の弓に負けず劣らずの正確さである。

敵と一番深く交わっている辺りでは、悪七が傍若無人に太刀を振り回していた。騎馬も徒歩も関係ない。みずからは馬上にありながら、目に付いた敵を片っ端から斬りまくる。仕留めたかどうかなど考えてはいない。たえず動き続ける悪七とその愛馬は、敵を斬るとすぐにその場から消える。相手が見失った時には、すでに悪七は別の敵と相対していた。的確に鎧の継ぎ目や露わになった脇や首筋を狙いながら、己はいっさい傷を受けない。どれだけいっせいに刃が降り注いでも、目を凝らして一瞬にして避けるのだ。そうして悪七が駆けた後には傷を受けた敵が残る。

逆に確実に敵を屠ってゆくのは家季だ。足元の徒歩などにはいっさい目もくれない。名乗りもしない。敵の数を減らすことのみを考え、確実に騎馬武者を狙ってゆく。しかも太刀と弓、両方を器用に使う。間合いが遠ければ、弓を。馬同士がぶつかり合うほどの近間であれば、太刀を抜き、打ちあう。矢には為朝のような勢いはないし、太刀の打ち込みに城八のような力強さもない。しかし双方とも、腕前は人並み以上であった。また一人、家季の太刀の餌食になった敵が為朝の視界から消えた。

「為朝様っ」

城八の声に、為朝は目を見張った。

矢だ。

為朝を狙って飛んでくる。

虚空で矢がふたつに折れた。飛来した彼方に射手を見つける。箙に手を伸ばした時、男の頭を矢が横から貫いた。虚空で矢を折ったのは、横から飛んできた別の矢である。射手の頭を貫いたのも、同じ方向から飛んできた矢だ。みずからを救った矢の射手を見る。薄墨色の馬に乗った源太が、為朝に顔をむけていた。一瞬、うなずいた源太が、弓を手に馬を駆り敵のなかに消えてゆく。

源太の弓の腕は、郎党のなかで為朝が唯一認めるものだった。弓勢は為朝のほうが何倍も勝るが、狙いの正確さだけならば、もしかしたら源太のほうが上かもしれない。そう思わせるだけの腕を源太は持っていた。

飛ぶ矢を横から狙って折るなどという芸当は、果たして為朝にもできるかどうか。為朝ができないのであれば、日ノ本でそんな真似ができるのは源太一人ということだ。

荒武者と噂に聞く坂東の武士を相手にして、為朝の郎党たちは誰一人ひけを取っていない。二十を超す九州での戦が、為朝だけではなく彼等も強くしていた。寡兵であることなどいっさい感じさせず、為朝たちは義朝の郎党を圧倒している。

箙から矢を抜く。この戦いを一番遠くから見ている鎧武者にむかって鏃を定める。あの男が何者かなど知りもしない。些末（さまつ）な武功に興味はなかった。ただこの激戦のなかで安穏としている姿が気に入らなかった。

「そこにおれば無事だなどと思うておるのなら、それが御主の今生最後の過ちじゃ」

語りかけながら弦を放す。敵の群れの間をすり抜け、矢が奔（はし）る。なにが起こったかわかりもせずに、喉を射られて男が落ちた。

「ここを守っておるのはいずれの兵かっ」

いま為朝が射殺した敵よりも遠くから、聞き慣れた声が薄暗い空に響き渡った。

「源氏かっ、それとも平氏かっ。いずれの御方の兵であるかっ」

敵も味方も何事かと腕を止めて声に耳を澄ましている。為朝は味方を叱咤することなく、弓を握りしめて笑っていた。躰の芯が熱を帯びて、鎧が苦しいほどである。

「やっと来たか」

つぶやいて歯を食いしばる。口の奥のほうで、ごりごりと鈍い音が鳴った。

「かく申すは今度の大将軍、源義朝であるっ」

声を耳にした時からすでに解っていた名を、見えぬ敵が吐いた。

為朝は丹田に気を込めて、一気に吐き出す。

「我は其方と同じ氏、筑紫八郎為朝なりっ」

いつの間にか家季が間近に戻って来ていた。

「下野守の新手が寄せてきております。このままでは敵に囲まれて押しつぶされてしまいまするぞ」

家季の声は耳には入らない。

「為朝かっ。儂と其方は兄弟。同じ父を持つ者同士が戦うこともあるまいっ。兄に弓を引くような者には神仏も味方はせぬ。ここは大人しく儂に従えっ」

義朝は姿を現さない。味方の群れの奥に隠れて、声だけで為朝を威圧する。

「戦うこともないじゃと」

つぶやき、弓をつかむ手に力をこめる。

朱雀大路で会った時の兄の言葉を忘れてはいない。

やっと儂と血肉を分けた者のなかに心底から争える者が現れおった。なにが嫡男じゃ。義賢なぞ、息子で十分じゃ。あの凡庸な父も同様。儂の武を試すことのできる者など一生現れぬものと諦めておったのじゃ……。

兄は肉親と戦うことを忌避するような男ではない。いや、むしろ望んでいる。ならばいまの言葉はなんなのか。坂東から引き連れてきた郎党たちの手前、懐柔もせずに弟を襲うことをためらったのか。

ならば……。

兄の望み通りの答えをくれてやろう。為朝は鞍に弓を突き、それを杖代わりにして馬上に立った。そして男たちの波のむこうにある兄を捜す。いた。誰よりも煌びやかな鎧と、金色の兜を着けた兄が、敵のなかでもひときわ大きな体軀を見せつけるようにして獣の群れのなかに聳(そび)えている。

「兄に弓引く者が仏罰を受けると申されるのなら、父に弓引く者はいかにっ」

言って鞍の上に立ったまま弦を絞る。

義朝は馬上で、己に弓引く弟を見つめていた。その顔はやはり満面の笑みである。兄は戦いたくて仕方がないのだ。

「そうかっ、そこまで申すのならば致し方ないのぉっ」

義朝が右腕を上げた。

為朝の足を家季がつかむ。

「我等だけではなく、白河北殿に集まった兵も敵の数には敵いませぬ。我等が門を、西門を守らねば後詰はありませぬっ。兄上と戦いたければ西門にて存分に刃を交えましょうぞ」

「家季殿の申す通りにござります。ここはいったん西門まで退きましょうぞ」

敵深くから戻ってきていた悪七が叫ぶ。

「為朝様っ」

家季の叫びに目を伏せ、為朝は矢を箙に収めた。

「戻る」

命を待っていたように、郎党たちが西門めがけていっせいに走りだした。

六

義朝の軍勢は為朝たちを追いながら、西門に殺到した。下野守の軍勢は我先にと馬を乗り捨て、三十に満たない為朝たちを一気に押し潰そうと門に押し寄せる。

「こうなれば我等も馬を」

言った悪七が馬を下りて、敵にむかう。城八たちは、すでに敵の群れに踏み込んでいた。

為朝は家季とともに、門を背にして馬上にある。門を開かんとする敵の刃の海のむこう、白河北殿と道を挟んだ場所に立つ宝荘厳院（ほうしょうごんいん）の北門の前に、弓を杖のようにして立っている義朝の姿が見えた。

兄は笑っていた。味方に檄を飛ばす姿が、なんとも嬉しそうである。戦自体を楽しんでいるのか、それとも為朝と戦うことを喜んでいるのか。とにかく長兄は笑っていた。

「義朝ぉぉぉっ」

為朝は叫んだ。天を震わす鎮西八郎の声に、兄が気付いた。そして弟に目をむける。為朝の言葉に答えずに、義朝は杖代わりにしていた弓を高々と挙げた。余裕に満ちた笑みが、為朝を荒ぶらせる。

「落ち着きなされませ。機は必ず訪れまする」

「わかっておる」

家季に、苛立ちをにじませた声で答える。

敵味方入り乱れる戦場を掻き分けながら走ってきた二頭の馬を、為朝の目がとらえた。鞍を蹴るようにして馬から下りた武者が二人、為朝たちの前に立った。

二十半ばと思われる若い男と年嵩の男の二人が、為朝と対峙して名乗ったが、頭に血が上っている耳には届かない。

「家季」

弓を手にこちらを見る兄弟に目を留めたまま、かたわらの乳母子に言った。無言のまま家季は、為朝の言葉を待つ。

「鏑矢（かぶらや）で仕留める」

家季が黙ってうなずくのを見てから、為朝は箙に用意していた鏑矢を取った。

朴（ほお）の生木を削らせ常人が使う物よりも大きな鏑を作り、矢竹に取りつけている。そして鏑よりわずかに突き出た矢の先端には二又に分かれた雁股（かりまた）の鏃を十文字にして差し込んでいた。普通の射手は構えるだけで手が震える物を、為朝は軽々と番えて構える。

こちらの動きに反応し、年嵩の男が鏃を為朝にむけた。どうやら若い男は戦いを見届けるつもりのようである。

年嵩の男が鏃の切っ先を為朝に定めた。

遅い。為朝は射る体勢に入っている。空を震わせ鏑矢が鳴った。戦場に甲高い音が響き渡る。

聞こえるか義朝……。

鏑矢は兄への叫びだ。己はここで戦っているぞと、矢の声を借りて告げたのである。地を這うようにして飛んだ鏑矢は年嵩の男の膝を雁股の刃で斬り、足に当たったことで軌道を変えた。そして背後の馬の鐙を下げた力革を裂いてその腹を貫く。馬の躰に激突した鏑は、矢から離れて砕けた。絶命した馬が倒れ、年嵩の男はその下敷きとなる。

「兄上っ」

若い男が年嵩の男を馬の下から引きずりだし、みずからの鞍に乗せた。手負いの男を見て、為朝の郎党たちが仕留めようと駆け寄る。弟は太刀を引き抜き、乱暴に郎党たちを払う。無闇矢鱈（やたら）に振り回すから、誰も近寄れない。

「良いのですか」

新たな矢を番えようともせず二人の様を見守っている為朝に、家季が問うた。太刀を振りながら、若い男が馬に乗ってその腹を蹴る。年嵩の男とともに敵味方を馬で割りながら、鴨川のほうへと逃げて行く。

「家季」

為朝は己の手を見つめながら先刻の矢を思い出す。

「我はあの者の鎧を砕くつもりで射たのだ」

それがなにを意味するのか理解した乳母子は、驚きを目にたたえながら為朝を見た。

「あの者は余程、武勇に恵まれておるとみえる。この為朝に矢を打ち損じさせるとはな」

うなずいた家季がとっさに弓を構えた。戦いの群れのなかから、一人の男が突出してこちらに駆けてくる。

「相模国住人、海老名源八季貞っ」

細身の顔に貧相な髭を生やした男が、声を裏返して叫んだ時には、家季の放った非情な一矢によって膝を射貫かれていた。

足の力を失った季貞が斜めに倒れる。しかし為朝の乳母子は二矢を射ようとはしない。悲鳴を上げ続ける相模の武士は、従者に抱えられながら二人の前から消えた。

「御主も射損じたか」

弓を手にした左手をゆっくりと下ろしながら、家季が笑う。

「お笑いになっておられるような猶予はござりませぬぞっ」

敵を断ち割りながら、悪七が姿を現した。二人の前に立ちはだかるようにして立った悪七は、全身血塗れである。肩で激しく息をしていた。余程の敵を倒してきたのであろう。

敵が名乗りながら、悪七にむかって長刀を振り上げ駆けてくる。太刀を右手にぶら下げた盗賊あがりの郎党は、己の眼前に刃が迫っているというのに微動だにしない。

名乗りを上げた敵が、一度長刀を大きく右に振って、悪七の首めがけて横薙ぎに振った。刃が兜の吹返に触れた刹那、悪七が膝を折ってしゃがんだ。緩やかな動きで太刀を一閃すると、敵は膝から下を失っていた。立ち上がった悪七は、するりと太刀を掲げ、切っ先を倒れた男の喉に定める。

　喉を貫かれた敵は天をつかもうと腕を上げ、指先を震わせながら絶命した。

「武蔵国住人、中条新五」

「新六っ」

「成田太郎っ」

「箱田次郎っ」

　四人の敵が同時に名乗りながら、門にむかって襲って来た。悪七はちいさな溜息をひとつ吐き、肩越しにちらりと為朝を見て笑ってから、敵に立ち塞がるように両腕を広げた。

「ここからは一歩も進ませぬっ」

　一太刀目で中条新五の喉を斬り、切り返した二太刀目で新六の草摺ごと股を割り、ひるがえした三太刀目で成田太郎の鎧の隙間から胸を抉る。淀みない太刀さばきで瞬く間に三人を仕留めた悪七の背後に、箱田次郎の槍が迫った。振り返った悪七の兜の脇を、一条の光が駆け抜ける。

　槍を突き出した格好のまま、箱田次郎は目と目の間に矢を突き立てて後ろに倒れた。

「忝（かたじけな）し」

弓を構える家季に、悪七はそう言って頭を下げた。そして目を主にむける。

「このままでは数で押す下野守の勢いに負けまする。どうにかせねばこの門は破られましょうぞ」

悪七の言葉通り、味方がどんどんと門の近くに集まってきていた。

敵の圧力が増している。為朝は宝荘厳院の門の下に立つ兄を見た。やはり笑顔を浮かべながら戦を眺めている。

「悪七」

「はっ」

「ここは御主に預けても良いか」

悪七は一瞬戸惑いの表情を浮かべてから、覚悟を決めたようにうなずいた。

「御主はこれより騎乗し、みなとともにここを支えろ。家季」

「従いまする」

命じられるより先に為朝の言いたいことを悟った乳母子が、そう言って弓を放り腰の太刀を抜いた。

「周囲に群がる者は、某の太刀で払いまする故。兄上を目指し、駆け抜けてくだされ」

箙のなかの矢を確認し、弓を手にして二人を交互に見遣った。

「頼んだぞ」

　家季と悪七が同時にうなずいた。気合をひとつ吐いて馬腹を蹴り、敵の群れへと飛び込んだ。名乗りなど上げはしない。ただひたすらに一直線に駆け抜ける。先刻の言葉通り、周囲の敵は家季の太刀が正確に斬り払ってくれる。為朝は迷わず馬を走らせてゆく。敵の群れの隙間から義朝が見える。

　間合い十分。

「義朝ぉぉぉぉっ」

　手綱を放し、箙から征矢を引き抜いた。為朝に気付きながらもまだ、兄は笑っている。矢を番える。弦を絞った。周囲に群がる敵が消える。視界が白色に染まってゆく。義朝の顔がどんどん膨らむ。鏃すら消えていた。白い靄を押し退けながら、為朝の目いっぱいに兄のにやついた顔が広がる。

　兜の下にある眉間を貫く。それは為朝の視界の、ど真ん中にあった。

　逝け……。

　右手を緩めた。鏃が空を斬る音が、為朝を現世に呼び戻す。鋭い音が宝荘厳院の門前で鳴った。為朝は馬を走らせながら、大きく仰け反った兄の姿を見た。

「なんとっ」

　為朝は舌打ちした。あれほど狙いすました矢は、兄の兜の鍬形に当たり、そのまま鉢の星を削り取りながら上に逸れて、門に突き立った。強烈な一矢に頭を打たれた義朝が、馬の上で躰をぐらぐらと揺らしている。

「まだだっ」

為朝は新たな矢を箙から抜く。ふらつく兄に鏃をむける。

「為朝様っ」

家季の叫び。見ると、乳母子の刃を逃れた敵が、為朝の馬の下まで寄ってきていた。その手には血に濡れた長刀がある。兄に定めていた鏃を逸らし、敵を射た。そして乳母子に目を移す。

「家季」

苦悶の表情で、家季が太刀を振るっていた。

「大事ござりませぬっ」

叫ぶ声が震えている。しかし今は、家季に構っている暇はなかった。

「このまま行くぞ」

「もとよりそのつもりにござるっ」

威勢良く答える家季の声に背を押されるようにして、為朝はもう一度、矢を手に取る。

「為朝ぉぉぉぉっ」

兄が叫んだ。為朝は矢を手にして、義朝を見る。

「西国一の弓取りじゃと聞いておったが、どうやら噂ばかりが大きゅうなっておったようじゃな。この義朝っ、御主に射られてもこうして無事であるぞっ」

兄が大笑した。常人ならば兜の鉢を打たれただけでも昏倒して動けなくなるほどの為朝の矢である。それを耐えて、ああして吠えることができるというだけでも、義朝は噂通りの武人であった。

矢を構えたまま馬を止める。家季が為朝の周囲を守るように、太刀を構えて敵を牽制した。兄にむかって叫ぶ。

「一矢目は兄であるため外し申した。しかし二度目はござりませぬ。狙い通りに射貫いてみせましょう。さぁ兄上、どこを射て欲しゅうござりまするか。どこでも望みの場所を申してくだされ。首の骨の節を割いて御覧に入れましょうか。それとも鎧ごと胸を貫きましょうや。その下の三段目の板がよろしゅうござりまするか。左脇の屈継はいかがか。肩の障子の板、右の脇盾、脇盾の壺板を外して射ましょうか。弦走、一、二の草摺、一の板、二の板。さぁ、いずれがよろしゅうござりまするか」

為朝が言葉を発するたびに、義朝の笑みが強張ってゆく。

「どこを射られて死にたいのじゃっ、答えよっ義朝ぉぉぉっ」

為朝は声に乗せた気で兄を射た。

「小癪な弟よ」

腹から鉛(なまり)の塊を吐き出すようにして、義朝が言った。硬い笑みを浮かべたまま、馬腹を蹴るのを為朝は見逃さない。

「坂東の荒武者どもよっ、命を賭して戦うのはいまであるぞっ。さぁ攻めよ、攻めぬかっ」

そう言って己は為朝の弓を恐れるように門の裏に隠れた。

「卑劣なり……」

「行きまするっ」

家季の叫びにうなずきで答え、二人は敵を裂きながら宝荘厳院を目指す。

死をも恐れぬ為朝の戦いぶりに、数で勝る敵が退き始める。九州でも幾度も味わったことだった。数の力で押し潰そうとする者は、心の底にみずからの勝ちを確信している。相手は怖気づき、こちらの為すがままになるだけだと戦う前から高を括っているのだ。そういう輩はかならず戦場を駆ける為朝を目の当たりにして恐怖する。こんなところで死ぬつもりはないと、身を強張らせるのだ。武士として常より死を覚悟している者ですら、数という大きな力を得てしまうと、みずからの命を惜しむものである。死にたくないという想いが、知らぬうちに躰を後ろへ後ろへと誘ってゆく。我が身の平穏のみしか頭になくなった坂東の武士たちを、家季とともに屠りながら突き進む。

「いずれも不甲斐なきことよっ」

為朝の行く手で次々と割れてゆく敵のなかで、ひときわ大きな声で叫ぶ者がある。男は為朝にむかって弓を構えて、立ち塞がっていた。

「我は甲斐国住人、塩見（しおみ）六……」

名乗り終わらぬうちに男は、首と兜を撃ち抜かれて馬から落ちた。塩見と名乗った武士の隣にいた男のほうは、みずから馬を横倒しにして射貫かれた振りをして為朝を見過ごす。

「命のいらぬ者はかかって参れっ。鎮西八郎の矢を馳走いたすっ」

咆哮が敵の群れに巨大な波となって伝播してゆく。坂東の荒武者たちは身動きできぬまま、為朝と家季をやり過ごす。

門が迫る。中程まで開かれた門扉より、白馬にまたがり太刀を手にした義朝が現れた。顔には笑みを貼りつかせている。決して恐怖に凍るような笑いではなかった。為朝を見つめる目は血走って真っ赤である。

「人の話も聞かぬのは相変わらずじゃが、恐ろしき強者に育ったものよなっ」

叫んだかと思うと、義朝は馬腹を蹴った。為朝も兄を目指して一心に馬を駆る。

「手出しはするな」

乳母子に告げる。家季は承服したように馬を止めて為朝を見送った。

両者の馬が全力で走るので、間合いは一気に詰まった。すでに為朝は矢を番えている。義朝も太刀を構えて己が間合いに入るのをいまや遅しとうかがっていた。これまで得たことのないくらいの気の充実を、為朝は己の身中に感じている。それと同じだけの覇気を、相対する敵から受けていた。

まだ太刀の間合いではない。

射る。義朝の目がかっと開いた。

「ぜぃぃやっ」

気合とともに太刀を振るった義朝の眼前で火花が散った。くるくると回転しながら、為朝の放った矢が孤を描いて宙を舞う。

二本目の矢を番った。しかしすでに義朝はみずからの間合いまで馬を走らせている。

「もらったっ」

叫びと同時に、兄が上段に振り上げた太刀を振り下ろす。矢を番えたまま素早く弦を戻し、左の肩を捻ってかわしたが、全力で振るった義朝の太刀は、草摺を掠めて鞍の前輪を削りながら馬の腹を斬る。

為朝の駆る馬が、痛みに耐えかね前足を大きく跳ね上げた。馬躰を触れ合わせるほどに接近していた両者の馬が激突する。

押されたのは為朝の馬だった。よろよろと後ろ足をふらつかせながら、倒れそうになる。揺れる鞍の上で、為朝は太腿で馬を締めながら放り出されぬように堪えた。しかしどうしても隙が生じてしまう。弦を引く余裕などなかった。

義朝が見逃すはずもない。

振り下ろした刃をくるりと反転させ、高く上がった馬の前足を切り上げる。細い左足が血飛沫を上げて舞った。倒れる馬から投げ出されながらも、弓だけは守る。体勢を整えた為朝の頭上に、容赦ない斬撃が迫った。

後方に跳んでかわす。

「為朝様っ」

家季の声。ちらりと肩越しに聞こえたほうを見ると、家季が馬を駆って近づいてきている。交錯する刹那、家季は馬から飛び降り、為朝は飛んだ。

新たな馬を得て弦を引く。兄の目が飛び出さんばかりに見開かれた。

射る。

「ぐぬぉぉぉっ」

鼻の穴を大きく開いた義朝が、己の眉間へと飛来する矢を左手でつかみ取った。

構わずもう一矢。

「無駄じゃぁっ」

つかんだ矢を投げ捨て、返す手で腹を狙う二矢目もつかみ取った。

「どうじゃっ」

口の端をにっと吊り上げ、義朝が吼えた。

矢をつかまれたことなどはじめてのことである。為朝の思考が一瞬止まる。

化け者か。いや。戦神。

「鎮西八郎の弓もこの程度かっ」

兄の叫びが現世に引きずり戻す。気付けば義朝が馬を駆って大きく間合いを詰めていた。

横薙ぎの一閃が迫る。

「この間合いでは矢を射ることはできまいっ」

勝ち誇ったように叫ぶ兄の繰り出す太刀筋を、為朝は気を引き締めて見極める。弓を庇いながら、上体を反らし、首の皮一枚ほどの隙間を空けるようにしてぎりぎりのところでやり過ごした。すかさず上体を戻し、鏃を義朝の顔に定めた。

「我は武士。弓があらば事足りる」

渾身の力で太刀を振り、無防備になった義朝の顔にむけて矢を放った。

尖らせた口から甲高い声をひとつ吐いた兄が今度はつかめないと判断したのか、為朝が弦を放す直前に顔だけを大きく反らせた。

矢が兜の吹返を直撃する。

衝撃で義朝の首が大きく曲がった。激しく頭を振られ、ふらつく兄の鎧のど真ん中めがけて、四本目の矢を番える。

刹那の間に十数度頭を振り、兄が正気を取り戻すが、すでに遅い。為朝は矢を放った。

兄が前のめりになって躰ごと弟にぶつかる。狙いが逸れた矢が、朝靄の煙る天へと飛んだ。

いまだ虚ろなままの義朝が、手綱を引いて馬を返した。すかさず馬腹を蹴って為朝から離れる。

「逃げるつもりかっ」

「逃げるっ」

問う弟に兄が素早く答えた。

「防げっ」

追おうとした為朝の前に、主を守らんと男たちが必死に壁を築く。

「御主と戯れておるような暇は無い。儂はこのようなところで死ぬわけにはゆかぬのじゃっ」

「戻って来い義朝っ」

叫ぶ為朝のそばに、敵より馬をうばった家季が侍る。

「深追いすれば危のうござりまする」

「どけっ家季」

義朝の駆る馬の蹄(ひづめ)の音が小さくなってゆく。

「主が去れば、敵も退きまする。ひとまず門は守り申した」

そういうことではない。兄との決着こそが為朝の戦なのだ。もう一歩だった。もう一歩で兄を討つことができたのだ。

なのに……。

「悪七たちは今も門を死守しておりまする。ここはひとまず退きましょうぞ」

立ち塞がる敵が矢を射かけてきた。家季が為朝の手綱を握り、退かせようとする。

乳母子の顔が苦悶に歪んだ。背に矢が突き立っている。

「家季っ」

「大事ありませぬ。某などどうでも良いのです。為朝様が生きておらねば、悪七たちはどうすれば良いのです。戻りまするぞ」

「わかった」

馬首を返す。矢の雨から逃れるように、為朝は西門へと退く。それを見届けた義朝の兵たちは、大炊御門大路を静かに去っていった。

七

為朝たちの戦いぶりの凄まじさが敵にも伝わったのか、義朝が退却して以降、大炊御門大路に面する西門を攻める者はいなかった。しばしの静寂のなかに為朝たちはいる。

「下野守は河原に面する西門を攻めておるようです」

西門を守るようにして為朝とともに馬に乗る悪七が言った。

「義朝殿は父上を攻めておりますな」

悪七の言う通り、河原に面する西門は、父と兄弟たちが守っていた。

「我等と戦い、父上や御兄弟にも刃をむけるとは……。義朝殿は御自らを源家の嫡流であると思うておられるのでしょうな」

源家の嫡流など、為朝にはどうでも良かった。もし己が義朝の立場ならば、為朝もおなじようにしただろう。弟を攻め、父を攻めたはずだ。勝ち続けるのが武士。敵がいる限り止まりはしない。それがたとえ血を分けた者であろうと、袂を分かてばもはや敵でしかないのだ。打ち払い、押し通るのみ。為朝は義朝の同類なのだ。

では先刻の兄との勝負はどうだったのか。義朝を屠る一歩手前まで詰め寄った。しかし心の底から勝ったとは言えない。第一、勝利を得たという実感が為朝にはなかった。では敗れたのか。それも違う気がする。西門を守り義朝は退いた。決して敗けてはいない。

「いかがなさりまするか」

黙考する主に悪七が問う。

「なにがだ」

「父上を御救いに行かれまするか」

義朝との再戦にはたしかに魅かれる物がある。しかし……。

「我はこの門を任されておる。父を助けに行き、門を抜かれては元も子もない。それに御主たちも疲れておろう」

門まで戻り敵が退くのを確かめるとすぐに、家季は馬を下りた。いまは門の脇で休んでいる。鎧を貫いた矢は肉まで達していた。この場で引き抜けば、傷口が開き血が噴きだしてしまう。戦が終わるまで矢はそのままにしておかなければならない。気はしっかり保っているし、言葉も明瞭だった。だが、もはや戦える躰ではない。

家季だけではなく、郎党たちも先刻の戦いで相当に傷ついていた。悪七ら都以来の郎党のなかでも余次三郎、源太のふたりがともに深手を得ている。

「某たちは、為朝様が行けと仰せになれば、何処へでも行きまするぞ」

傷を押してでも戦う。悪七の言葉が胸に染みる。思えばこれまで幾度も戦場に立ったが、郎党に気をやったことなど一度もなかった。みずから先頭に立ち、敵を崩し、郎党たちに蹂躙させる。それが為朝の戦だった。そう思えたのは何故なのか。

「我は甘えておったのだな」

為朝の独白に悪七が首をかしげる。敵の骸が転がる大炊御門大路を見遣りながら、悪七にはじめてみずからの想いを吐き出す。

「都におる時は、父や兄弟そして御主たちに。薩摩に行ってからは忠景殿や阿多の郎党たちもそこに加わった。我が行くと申せば、みな付いて来てくれた。それに我は甘えておったのじゃ。己が言えば、みなが従う。勝つことこそが武士だと申し、一人で戦っておる気になっておった」

「それで宜しいのではござりませぬか」

為朝よりも十ほども年嵩の郎党は、穏やかに答えた。黙って言葉を待つ主に、悪七は戦場とは思えぬ気楽な声で語る。

「誰もが恐れるような敵の只中に、将でありながら我先にと飛び出してゆかれる為朝様があったればこそ、我等も迷うことなく戦うことができる。困難な戦であっても、為朝様が道を開いてくれる。そう思うから我等は戦場を駆けることができる。甘えておるのは我等でござる。強き為朝様に、我等も甘えておる」

言って悪七が照れくさそうに微笑んだ。

「為朝様に賢しさは似合わねぇ。愚かでねえと、郎党どもが戸惑っちまう」

盗人であったころの口調で、悪七が言った。

「我は愚かか」

悪七は力強くうなずき、口調を元に戻して言葉を継ぐ。

「弓と向き合う時の為朝様はどこまでも真っ直ぐで、某も真似できぬほどに賢しゅうござります。しかし余人に目をむけると、とたんに愚かになられまする。が、愚かであるからこそ、我等は従っておりまする」

「良くわからぬ」

「愚かな為朝様にはわかりませぬ。わからなくて良いのです。そんな為朝様のことが、みな好きなのです」

ここに集った者たちに、無理矢理従わせた者はひとりもいない。悪七たちは郎党にしてくれと、元服間もない為朝に頭を下げた。他の者たちは都に帰ると言った為朝に従いたいと、阿多の家を捨てた。みな己で決めて為朝とともにいる。いや、ひとりだけ無理矢理従ったかも知れない者がいた。

家季だ。

母が乳母であったという縁だけで、家季は為朝とともにいる。もし母が義朝の乳母であったなら、いまごろ家季は為朝の敵としてこの地に立っていたかもしれない。門のかたわらに目をやる。矢が邪魔して壁に背を預けられず、うつむき座る家季は誰の目から見ても疲れていた。

御主は我に従ったことを後悔していないか……。そう問いたかったが、とても声をかけられるような状態ではなかった。

隣で悪七が鼻を小刻みに震わせる。

「煙」

つぶやいたのと前後し、北殿のなかから悲鳴と喊声が聞こえてきた。

「敵は火をかけ始めたようにございまする」

遅いくらいだと為朝は思った。頼長との軍議で夜襲が認められていたら、御所に攻め寄せ真っ先に火矢を放っただろう。敵は夜襲をかけてもなかなか門を落とすことができず、焦った末に火を放ったのである。もっと早く火を放っていれば、犠牲も少なかったはずだ。

「門を開くように中に伝えろ」

「しかし」

「御殿に火がかかれば、じきにどこかの門が破られる。もはや外で守っていても詮無きことだ。中に入り、押し寄せる敵から新院や頼長様を御守りすることこそ肝要ぞ」

「承知仕りました」

悪七が馬を下り、門扉の前に立つ。為朝も馬を下りて、家季へと足をむけた。血の気の失せた顔で、足元を這う羽虫をぼんやりと見つめている乳母子の前にしゃがんだ。

「痛むか」

「この程度の傷、大事ありませぬ」

「無理はするな」

「無理など……」

立ち上がろうとする家季の肩に手を置いて、首を左右に振る。

「御殿に火がかかった。じきに敵が中に雪崩れ込む。我はこれより門を開き、新院を御守りする。幸い門前に敵はいない。御主は馬に乗り立ち去れ」

「いかに為朝様の命であろうと、それだけは聞けませぬっ」

腰を浮かせて家季が叫んだ。腹に力を込めたことで背の矢傷が痛んだのか、歯を食いしばって眉間に皺を走らせる。為朝は肩をつかんだ手に力を込めた。

「もはや御主は戦えぬ。この場にいても何の役にも立たぬ。足手まといじゃ」

「そんなっ」

「我が素直に退いておれば、御主が傷を負うことはなかった。済まぬ」

「そのような御言葉、聞きたくはありませぬっ。なんと言われようと、某は最後まで為朝様に付き従いまする。決して足手まといになるようなことはいたしませぬ故、どうか……」

家季が頭を下げる。固く閉じた瞼の間から滴がひとつこぼれ落ちた。

「其方を死なせとうはない」

「死にませぬ」

「為朝様っ」

悪七の声に為朝は門のほうへと顔をむけた。

「開き申した」

「良し」

立ち上がる。家季も額に筋を走らせながら立ち上がった。

「退け家季」

「退きませぬ」

溜息を吐き、乳母子に背を向ける。

「其方は鎮西八郎為朝第一の郎党だ。死ぬことは許さぬぞ」

振り向かずに馬へと駆け寄り、鞍に飛び乗った。従者が捧げもつ弓を手に取り、為朝は郎党たちに叫んだ。

「御殿に入り、新院様を御守りする」

みなの雄叫びを受けながら、馬腹を蹴った。

白河北殿内はすでに敵で溢れかえっていた。為朝が守っていた大炊御門大路に面する西門以外の諸門が、ことごとく破られたようである。

辺り一面煙におおわれていた。

「これでは誰が敵で誰が味方かさえわかりませぬぞっ」

目を細めながら悪七が叫ぶ。馬を走らせることすら困難なほど、御殿内は人で溢れかえっていた。武士だけではない。刃を恐れ逃げ惑う白粉顔の公家たちや、その従者ども。彼等とともに白河北殿に入った女たち。命を下されたわけではなく、我が身のみを守らんと煙のなかを悲鳴を上げながら駆けまわる者たちに、敵が容赦なく矢を射かけている。新院や頼長を捜そうにも、どこから手を付けてよいのかわからない。

「とにかく敵と見れば迷わず射ろっ」

そう命じるのが精一杯だった。風が煙を巻き上げ、にやけ面のどこぞの郎党が目に入る。右手に太刀を持ち、空いた左手で逃げようとする女の衣の裾を握りしめていた。血と埃で汚れた口許を涎で濡らしながら、泣き叫ぶ女を必死に引き寄せようとしている。

「下衆め」

為朝は弓に矢を番える。狙いを定めた刹那、ふたたび煙が男の姿を隠した。喧噪渦巻くなかで、女の悲鳴と男の笑い声だけを聞き逃さぬように耳に気を満たす。

下卑た笑いにむかって矢を放つ。煙を掻き分け進む。ひときわ甲高い悲鳴を女が吐いた。射損じてはいない。男が死んで驚いているのだ。かたわらで女が腰を抜かしている。為朝の推測通り、男は首に矢を受け絶命していた。それ以上、手を差し伸べる必要はない。為朝は女と骸をそのままにして、御殿を目指す。

「新院はいずこにおわすっ」

叫ぶが、答えはない。

「為朝様っ」

背後で家季の声がした。馬を止めて、振り返る。両手で手綱を握りながら、家季が駆けよってきた。

「すでに新院様は少納言藤原成隆様に連れられて御殿を出られ、大炊御門大路の西門より出られたそうにございます。その一行のなかに左大臣様もおられた御様子」

逃れたのであれば捜すこともない。

「これよりいかがなさりまするか」

馬を並べた悪七が問うてくる。

「まだ敗けたわけではない」

新院と頼長は落ち延びた。御殿も燃えた。それでもまだ敗けたわけではない。

「御所に攻め入りまするか」

悪七の問いに為朝は黙ってうなずく。

「為朝っ」

煙のなかより声が聞こえた。父だ。兄弟とともに駆け寄って来る。

「御無事であられましたか」

「なんとかな」

この戦で父はいっそうやつれたように見えた。顔を煤で真っ黒にして目を伏せる為義の肩は、鎧を着込んでいてもわかるほどに下がっている。家季のように深手を負っているわけでもないのに、その手には弓も太刀もなく手綱を握っていた。戦うことは子や郎党に任せ、我が身のみを守ってきたのであろう。

「下野守に攻められたと伺っておりましたが」

「儂等の堅き守りを見て、退きおったわ」

どこまで本当なのか……。膠着を打開しようと御殿に火をかける献策をしに、兄は御所に戻ったのではないのか。だから父たちを激しく攻めることはなかった。そう考えるほうが為朝の思い描く義朝に近い気がする。

「こうなってはもはやどうにもならぬ。儂とともに逃げてくれ」

「申し訳ありませぬ。我は郎党たちとともにこれより御所を攻めまする」

「頼む八郎っ。どうかこの通りじゃ」

息子の腕に縋りつき、為義が頭を下げて泣き出した。

「儂等は逆賊になってしもうた。逃げても義朝や清盛が追って来よう。御主がおらねば守り切れぬ」

父の哀願を兄弟は黙って聞いている。為朝にむけられる目に蔑みはなかった。

「其方と其方の郎党だけで御所を攻めても、もはやどうにもならぬ。むざむざ死にに行くだけじゃ。頼む。父の今生最後の頼みと思うて、どうかともに逃げてくれぃ」

鼻水を垂らしながら父が嗚咽する。

「為朝様っ」

悪七が呼ぶ。おぞましい父から目を背け、郎党を見た。

「敵にござりまする」

赤い旗を掲げた大軍が、為朝たちを取り囲もうとしていた。

「御逃げくだされっ」

家季に引き連れられた為朝の郎党たちが、敵にむかって駆けてゆく。

「家季っ」

「為朝様を頼んだぞ悪七っ」

主の声には答えず、家季は敵を見たまま悪七に叫んだ。太刀を抜き、肩越しに為朝を見て家季は小さく辞儀をすると、ふたたび敵へと顔をむけた。

「応っ」

悪七は叫び、為朝と父に割って入る。その足元には城八と紀平次が従っていた。どうやら手傷を負った余次三郎と源太は、家季とともに行ったらしい。

「御父上とともに逃げましょう」

「しかし家季がっ」

「ここで死ねばそれまでにござる。生きておれば敗けではござらぬ。また戦えまするっ。家季殿の御心を無下（むげ）になされまするな」

「悪七」

どんな時にも笑顔を絶やさぬ悪七の目が歪み涙をたたえている。

「どうか某からも頼みまする」

父より深く悪七が頭を下げた。

「わかった」

答えて父を見る。

「走りまするぞ父上」

父や兄弟、彼等の郎党を先に走らせた為朝は、敵の群れを見た。家季たちの姿はすでに赤い軍勢に呑みこまれている。

「家季……」

想いを断ち切り、為朝は駆けた。白河北殿の総門が見える。鏑矢を取り出し番えた。怒り、憎しみ、悔しさ、悲しみ。ありとあらゆる感情を矢に収斂させ、放った。鋭い音とともに飛んだ鏑矢は、総門の方立(ほうだて)の板に突き立つ。

家季たち郎党への想いだけは、どうしても消えなかった。

八

白河北殿から逃れた崇徳院と頼長は、ともに北を目指して馬を走らせた。しかし敵の追撃は厳しい。供をしていた武士たちが追手を阻み必死に抵抗しながら院を守った。

この逃走の途次、頼長の馬が徐々に遅れ始める。そして誰が射たのかすらわからぬ流れ矢を首に受け、頼長は馬に乗ることすらできぬ躰となった。蔵人藤原経憲（つねのり）が頼長を守り、敵の目を逃れるために道中にあった小家に隠れたのだが、あまりにも傷が深い。もはや手の施しようがないと悟った経憲は、輿を手に入れ頼長の父、忠実がいる奈良へとむかった。ひと目だけでもと望む我が子の哀願を、連座の罪に問われることを恐れた父は拒絶する。手を差し伸べてくれる者を求めて頼長は彷徨い、南都、興福寺へと辿り着いた。賊を寺に入れることは憚（はばか）られ、頼長は興福寺のそばの小家で十七日の昼、少ない従者に見守られながらこの世を去る。三十七であった。


為朝に守られるようにして為義は、なんとか崇徳院との合流を果たした。

近江と山城（やましろ）の国境に位置する如意山（にょいやま）まで逃れてきた崇徳院の一行は、険しい山道をひたすら突き進む。崇徳院も馬を下り、みなと同じくみずからの足で山を登る。

父に従いながら、為朝ははじめて院の姿を目の当たりにしていた。白河北殿では御簾のむこうに隠れていた崇徳院が、目の前を歩いている。長い間歩き詰めで、細い躰に疲れがにじんでいた。神の血を継ぐ御方であっても、人のように疲れるのだと思うと不思議だった。

紫の袍が埃と煤に汚れてくすんでいる。糸鞋は泥に塗れて至る所が綻(ほころ)んでいた。それでもどこか近寄り難いと思わせるのは、院の躰から放たれる気のなせるものなのだろうか。あまりまじまじと見るのも恐れ多いと思い、為朝は山道の砂利に目をやり歩く。

「上皇っ」

とつぜん誰かが叫んだ。声のした方を見ると、崇徳院の間近である。今までいたはずの院の姿がなかった。抱きかかえられている。倒れたのだ。道の脇に布を敷き、院を寝かせてしばらく経ったころ、崇徳院が不意に上体を起こした。

「水が飲みたい」

目の前にいた散位の平家弘にか細い声で言った。斜面を切り開いた山道である。谷はあるがあいにく水は流れていなかった。

「三井寺(みいでら)の辺りまで行き、水を貰い受けてまいりましょう」

院の前にひざまずいて、平家弘が答えた。院はただうなずいて、辺りを見回す。その間、従う者たちは家弘同様、ひざまずいている。家弘が山道を駆け降りると、崇徳院は布の上に座りひと息ついた。そばに従う為義が目を伏せながら口を開く。

「まだまだ敵は追ってまいりましょう。御心を確かに持たれ、あと少し先へと参ったほうが良いかと思われまする」

「わかっておるが躰が動かぬ。我のことは良いから、御主等は何処へなりとも落ち延びよ」

「なにを仰せになられますするか」

老いた父が珍しく声を張って言い募るのを、為朝は感心しながら聞いていた。まだこの父の身中にも、猛る心はあるらしい。ならば何故、あの戦の最中に奮わなかったのか。行く宛なく彷徨う上皇を前にして、武士然と振る舞ったところで、なんの役にも立たない。

「某たちは君に命をお預けした身でござりまする。何処へなりとも従いまする」

命を預けるとは笑わせてくれる。白河北殿へ来てくれという上皇の頼みを断わったのはいったい誰だ。頼長が屋敷を訪れてもなお、為朝だけをむかわせようとしたのは、いったい何処の誰だ。

父ではないか。そんな男が、目に涙を浮かべて上皇に忠を尽くしている姿が滑稽でならない。

「せめて何処方（いずかた）なりとも、君が落ち着くことの出来る場所まで御供させてくださりませ」

言って父は院の足元に平伏した。うなだれ、目を伏せながら聞いていた崇徳院が長い睫毛の下の黒目がちな眼を、砂利に額を擦りつけたままの父へと注ぐ。

「其方の気持ち、我は嬉しく思う」

院の細い声が為義に優しく降り注ぐ。

「しかし其方たち武士が付いていてくれれば、我を追いし兵と戦うであろう。そうなれば我も巻き込まれ、命を落とすことになるやもしれぬ」

「かならず我等が君を……」

「聞いてくれ」

抗弁しようとした為義の言葉を、院が断ち切る。それを上皇への無礼と思ったのか、父がひざまずいたまま膝を摺って後ろに下がった。器用なことに伏したままの額は、わずかに浮かせて擦れるのを避けている。そういうところばかりに目が行った。つまり、先刻から行われている、院と父のやり取りにうんざりしているのだ。

みずからの命を守ってくれと泣きながら為朝に哀願した父は、院のためなら命はいらぬと言って目の前で涙ぐんでいる。そして一度は帝の位に就いたことのある男は、疲れたと言っては休み、戦に巻き込まれて死にたくないと宣い、武士たちを追い払おうとしている。

父は武士である己に酔い、院は己が命のことしか考えていない。

どちらにもいっさい共感できなかった。たしかに緒戦には敗れたかもしれない。だが院も父も死んでいないのだ。一刻も早く都より離れ、院を担がんとする者の元へ身を寄せる。そしてふたたび帝と一戦交えるのだ。そのための旅路なのではないのか。

でなければ為朝は耐えられない。これが死出の旅路だというのなら、みなで勝手に何処へなりと行って死んでくれと思う。為朝はひとり都へ引き返し、義朝と刃を交える。

「我一人であれば、兵どもに会うても、手を合わせて命乞いをすれば殺されはすまい」

「しかしっ」

父の力強い声が為朝を現世に引き戻す。為義の雄々しさが、苛立ちを掻き立てる。

「ここまで申してもまだ従おうとするのは、我のためにならぬと思うてくれ」

「上皇様」

父が顔を上げた。院の眉間の辺りが小さく盛り上がっている。眉間に皺を寄せるようなことはないのだろう。為義の涙に感極まり、眉間の辺りに力を入れているのであろうが、どうにも様にならない。

「我のことを思うて去ってくれぬか」

「しょ、承知仕りました」

父がもう一度深々と頭を下げた。他の武士も続く。不満は口にせず、為朝も頭を垂れた。

つぎつぎと武士たちが院の元を去ってゆく。

「儂等も行くぞ」

兄弟の元に来た父が、なぜか為朝に目をむけて言った。

「何処へ」

為朝が兄弟の気持ちを代弁した。

「坂本三河尻へ向かおうと思うておる。そこから三井寺を通り東国へ逃れる」

為義の祖父八幡太郎義家のころより、源家と東国の縁は深い。義朝が上野下野に勢力を広げているとはいえ、為義とともに戦おうという者がいてもおかしくはなかった。

「東国でもう一度……」

「とにかく東へ行く」

為朝の言葉を聞きたくないといった様子で、父が言葉を重ね、兄弟を連れて歩き出した。

父や兄弟たちが山道を下ってゆく。

為朝は肩越しに背後を見る。崇徳院は数人の供の者とともに寂しく座っていた。

この後、崇徳院は戦の次の日である十二日に仁和寺で出家し、十三日に後白河帝へと降った。その後、すぐに讃岐国配流が決定され、二十三日の夜には仁和寺を出て讃岐国へとむかう。それから八年後、崇徳院は配流先である讃岐国で生涯を終える。四十六であった。

東国を目指すため坂本から三井寺へとむかっていた為朝たちであったが、父の不意の病によって道を急ぐことができなくなった。高熱のうえ、時に気を失うという重病である。主がこれでは先も望めぬと思い、わずかに従っていた郎党たちも、一人減り二人減り、ついには悪七、城八、紀平次と長年父に付き従ってきた老齢の郎党が一人、それに雑色である花沢のみとなってしまった。

近江の箕浦から船で東近江へ。そこから鈴鹿もしくは不破の関を越えて東国へとむかおうとしたのだが、両関は帝によって厳しい調べが行われているという。

箕浦から坂本まで戻ってきた一行は、比叡山の西塔の下、黒谷の地に隠れた。

その後、為義は比叡山に登り、月輪坊の堅者の坊で出家した。為朝ら為義の子たちは、俗世を離れることを選んだ父の前に揃っている。頭を丸め墨染の衣に身を包んだ父は、どこか安堵しているようだった。

比叡山に来てからというもの病は治まっているが、骨と皮だけになった顔にもはやかつての威厳はない。剃って間もない丸い頭をしているから、髑髏に目玉があるように見えた。そんな父の姿を見ながら、兄弟たちは鼻を啜っている。これから揃って冥途へ旅立つようだと思い、為朝は腹に気を籠めた。

敵の目を気にしながらの旅路は、さすがの為朝をも疲れさせた。哀れな父をここで見捨てるのも忍びないと思い、ここまで従ってきたが良い加減うんざりである。

狭い部屋の壁に染みこんだ抹香の匂いがやけに鼻に付く。この生温い甘さを嗅いでいると、左大臣の高慢な白い首を思い出す。

気に入らない……。

戦を知らぬくせに夜襲は卑劣などと綺麗事を言って、むざむざ相手に先手を取らせたあの愚かな公卿も、敗れてなお己が命のみに拘泥する哀れな上皇も、武士でありながら戦のはじめから最後まで戦うことを拒み続けた父も、なにもかもが気に入らなかった。

なぜ為朝は敗けたのだ。いや敗けてはいない。敗けたのは左大臣だ、上皇だ、父だ。奴等は戦をやる前からすでに後白河帝や清盛や兄に敗けていた。思えば上皇と左大臣が謀反を企んでいるという疑いがすでに帝の謀略だったのだ。上皇は誘いに乗ってしまった。はじめから上皇は、帝の掌のうえで踊らされていたのである。そうとも知らないで院の元に集まってきた左大臣も父も、哀れとしか言いようがなかった。

いや……。

これについては為朝にも非はある。

白河北殿に参ずべしと強硬に主張したのは為朝だ。

やはり、己も敗けたのだ。

そこまで想いが至って、為朝は腹に深く息を吸った。そして現実から目を背けるように、やれ朝の飯はどうだったとか、頭を剃ったために水で洗うのが容易いだとか呑気な話をしている父と兄弟にむかって声を吐いた。

「出家なされたとはいえ、この地に留まる御積もりではござりますまい。見れば病も癒えた御様子。一刻も早く坂東に下り、今度の戦に加わっておらぬ三浦、畠山(はたけやま)、小山田(おやまだ)等とともに起ちましょうぞ。坂東の国人たちを公卿に据え、将門のごとくに父上が新皇となられ、奥州の藤原と手を結びますれば、ふたたび下野守等と一戦交えることができましょう」

ここまでの道中、幾度も考えては捨て、捨てては繕いしながら練り上げた策であった。

「父上が新皇となられれば、我が御守りいたしましょう」

言い終わると同時に、抹香の匂いが染み付いた床を拳で思いきり打った。舞い散る埃が、古い板壁の隙間から射し込む陽の光に照らされてきらきらと輝くなか、父が口許をほころばせて為朝を見つめる。

「こうなってみると、其方の猛々しさもなんとも心地良きものよな」

父の言葉には反論も肯定もなかった。

「我が申したことを聞いておられましたか」

「もちろん聞いておったぞ」

落ちくぼんだ眼窩(がんか)のなかにある裂け目を弓形に歪めて、父はおおきくうなずく。

「なればすぐに東国へと参りましょう」

いつもなら荒ぶる為朝を、兄弟たちがたしなめるのだが今日は違った。父のようににこやかな笑顔を浮かべて黙って聞いている。

「父上っ」

「儂はもう六十一じゃ」

「それがなんだと申されるのか」

「この年で儂は朝敵となった」

「朝敵などただの言葉にござりまする。帝が代われば敵も味方となりましょう。今上の帝を一日も早う御坐から引きずり下ろし、上皇を帝にするのです。そうなれば朝敵の汚名は翻り、父上は第一の功臣となりましょうぞ」

「おい為朝」

父が己の口許を掌でおおった。

「大きな声でそのようなことを申すでない」

たしなめているのだが、声に張りがない。まるで道理を知らぬ童を微笑ましく叱る、父親のごとき安穏さがあった。

いったい父はどうしたというのか。いや、兄弟も同様である。どれだけ為朝が戦うべきだと激しく諭しても、誰一人としてそれを正面から受け止めていない。

「いったいどうなされたのです」

詰め寄る。父は笑みを崩さない。

「六十一じゃぞ八郎。この年で儂は朝敵じゃ。出家入道したとしても、もはや果報に恵まれるとも思えぬ。御主は治ったと申しておるが、病はいまも躰に巣食うておる」

言って大袈裟に掌を額に当てた。

「我を揶揄（からこ）うておられるのか」

「そのようなつもりはないのじゃ。儂の話を聞いてくれ八郎」

父が幼く思える。いや、本当に幼いのだ。六十一年のあいだで味わったことのない大戦と敗北。これまで築いてきた地位も家財も失っての逃亡の道中。そして病。あまりに苛酷な境遇が父の心を壊してしまったのかもしれない。

では兄弟たちはどうなのか。父のように老いてもいないし、病に苛まれてもいない。なのに彼等も笑っている。いったい、どうしてしまったというのか。

「戦いましょう父上っ」

「儂は下野守の元へ行こうと思う」

父の言葉の意味が一瞬わからなかった。呆然と禿頭(とくとう)を見つめる為朝に、父が言葉を継ぐ。

「知っておるか。義朝は今度の功で左馬頭(さまのかみ)となったそうじゃ。出家した父が頭を下げて命乞いをするのだ。恩賞を帝に御返ししてでも、助けぬことがあろうか」

「父上はなにを申されて……」

「その通りですぞ父上」

為朝の言葉をさえぎって兄弟の誰かが言った。もはや為朝の目には、それがどの兄なのかさえわからない。一様に笑みを浮かべた父と似た面立ちの群れでしかなかった。

声を失ったままの為朝をそのままにして、兄弟の誰かが語る。

「父上が頭を下げられるのでございます。きっと兄上も助けてくれましょう」

「うむ。其方等もそう思うか」

父と似た顔の群れがいっせいにうなずいた。

「正気にござりまするかっ」

「頼む為朝。もはや儂は御主のように生きることはできぬのじゃ。いや、御主のように死することはできぬのじゃ」

「なにを」

「御主は死にたいのであろうが、儂は生きたいのじゃ。まだまだ生きたい。争うていた息子の足に縋りついてでも、儂は生きていたいのじゃ。許してくれ。許してくれぇ八郎」

父が頭を下げた。それを見ていた父を模した肉の塊たちが為朝に顔をむける。

「父上もこう申されておる。許してやれ八郎」

背筋を薄ら寒いものが駆け抜け、為朝は思わず立ち上がって数歩後ずさった。そんな息子に構わず、父が肉の塊たちに告げる。

「儂が助かりし後は、御主たちも義朝を頼れ。さすれば朝敵となった罪も免れようぞ」

「承知仕りました」

「いずれにせよ儂がはじめに息子の元へ行く」

肉の塊がうなずくのを見下ろしながら、為朝は首を左右に振る。

「我は従いませぬぞ。最後まで抗いまする」

「好きにいたせ」

冷淡に言った父の目は肉の塊をにこやかに見回して、もはや為朝を映すことはなかった。

九

とにかく東へ……。

父や兄弟たちと別れた為朝は、悪七たちを連れて山中を彷徨った。行く宛などない。忠景の住まう薩摩へ行くことも頭をかすめたが、大宰府を敵に回した為朝である。都での敗北を知った九州全土の国人たちが、為朝の命を奪うために待ち構えている、行けばひとたまりもないという郎党たちの進言を受けて断念した。

坂東は曽祖父八幡太郎義家のころから、源家との絆は深い。為朝自身に縁はないが、それでも東しかなかった。

落ち延びて行く途中、幾度も父や兄弟たちのことを思い出した。なにかに憑かれたかのように、敵対した兄の慈悲を信じる姿が恐ろしくてたまらなかった。すべての因縁を忘れ、敵の情けにすがるなど為朝には考えられない。戦に敗けるということは死ぬことという己の理を余人に強要する気はない。父たちが敗北に疲れたことも理解できないことではなかった。

しかしである。

あれほど我が身可愛さだけで考えられるものなのか。己に刃向かう義朝と敵対するために、父は義賢を上野にむかわせた。義朝が自身の力で築いた坂東での地位を奪わんと、武士と呼ぶにはあまりにもひ弱であった義賢に刃を持たせたのである。父は義朝を潰そうとした。都で戦ったのは当然の成り行きである。為朝との激突の後、義朝は父や兄弟の守る門に攻め寄せた。

間違いなく両者は戦ったのだ。なのに父たちは、義朝が必ず許してくれると信じ、にこやかな笑顔で都へ赴こうとしていた。あの時のみなの笑顔が瞼の裏に貼り付いて離れない。

人の目を避けるように険しい山道を選んで歩む旅路のなかで、まばたきをする度に、あの卑屈な笑みをたたえた父の顔が浮かんでくるのだ。

そして為朝は憑かれた。

寒気を感じたのはわずかの間、躰から湯気が上がるほどの高熱を発して気を失っていた。天も地もない闇のなか、宙を彷徨っている。聞こえてくるのは数人の笑い声だ。いずれも聞き覚えのある肉親のものである。一番大きな声で笑っていたのは父だった。さっきまで己の足があった場所に頭。次の瞬間には脳天と足先を軸にしてぐるぐると躰が回っている。そんな覚束（おぼつか）ない闇の只中で、為朝は肉親たちの笑いを聞き続けた。

足首をなにかがつかんでいる。

眼をむけると、無数の青白い手が虚空からせり上がって為朝を闇のなかに引き摺り込もうとしていた。止めろと叫ぼうとしても喉が押しつぶされて思うように声が出ない。手足をばたつかせて必死に亡者の腕から逃れようとするが、漆黒は水とは違い、為朝の躰を何処へも導いてくれない。腕は空を掻き続け、足は常闇を蹴り続けた。

足首に食い込んだ細く青白い指は、物凄い力で為朝を闇へと引き摺り込んでゆく。深く沈んでゆく度に、父たちの笑い声はいっそう強く鳴り響いた。耳から流れ入るそれは、頭骨を揺らし、脳に浸みてゆく。

これが死か……。

為朝は思った。

もしこれが亡者の世であるならば、すでに父も兄弟たちも死んでいるということではないか。

そこまで考えてふと為朝は気付く。

これが亡者の世であるならば、父や兄弟たちよりも真っ先に現れなければならない者たちがいる。初陣……。太刀を踏まれながら頭を貫かれた菊池の郎党。多勢で勝ちを確信し、名乗りを上げながら鎧ごと射貫かれた原田の将。九州での数多の戦で為朝に殺された武士、武士、武士。都で殺した者たち。

為朝が射殺した数え切れぬ男たちの姿がどこにもなかった。足をつかむ手の群れは、どう見ても武士のそれではない。女を思わせる細い腕は、義賢を思わせた。

どうやら今、為朝を捕らえているのは肉親である。亡者などではない。これは心のなかだ。己の弱い心が見せる幻なのである。

「失せろっ」

叫ぶと同時に目が覚めた。くすんだ板張りの天井のなかに悪七の顔が浮かんでいる。

「御覚めになられましたか」

穏やかに笑っていた。

「ここは」

「為朝様が倒れられた場所近くにあった寺にございます」

周囲を見ようとしたが、頭が上手く動かせない。

「御無理をなされてはなりませぬ」

冷たい手が為朝の額に触れた。

「為朝様は戦いづめでござった。少し休まれたほうがよろしかろう」

「ば、坂東に行かねば」

「まだ戦われまするか」

当然だ、と答えたつもりが声にならない。躰が痺れている。しかし悪七は、どうやら勘付いたようで、大きな声で笑った。胸を反らした弾みで、寝ている為朝の視界に悪七の胸元が飛び込んだ。寺に為朝を運び込んだのに、まだ鎧を着込んでいる。

力の入らない喉から必死に声を絞り出す。

「我はどれほど寝ていた」

「十日ほど」

おかしい。それだけの日数を経ているというのに、なぜ悪七は鎧を着込んでいるのだ。次第に耳が遠くの音まで捉えるようになってきた。騒いでいる。怒号。城八の声だ。

「なにが起こって……」

「寺の坊主どもが報せたようにござる」

苦笑しながら悪七が頭を下げる。

「不用意に寺などに運びこんだは、この悪七の甘さにござりまする。何卒御容赦を。ただ、このまま為朝様を奪われはいたしませぬ」

「よ、止せ」

「我等はどこまでも為朝様とともに」

言って悪七が立ち上がった。

床板に足音を響かせながら、盗人あがりの郎党が去ってゆく。全身に力を込めるが、肘や膝がわずかに震えるだけで、他の部位は動こうとしてくれない。どうにか動く顎に力を込めて歯を食いしばっていると、喉の奥から唸り声が這い出てきて黄色い牙の隙間から漏れて行く。なぜこの時なのかと、為朝は己が躰を恨む。これまで一度として罹ったことのない病が、なぜ東国を目指してゆくこの時に我が身を苛むのか。

「悪七」

死ぬな。

焼けるような熱と全身を襲う倦怠で力が入らない。それでもなんとかうつぶせになって手足を震わせながら褥（しとね）から這い出た。床を這う。

閉じられた木戸を開く。戦っていた。刃こぼれした太刀を乱暴に振り回しながら城八が
取り囲む敵を牽制している。総大将らしい鎧武者にむかって悪七が一直線に駆けてゆく。

紀平次はすでに地に伏し、動かなかった。

「止せ」

震える唇で悪七の背中に語りかけるが、掠れた声は届くはずもない。

「為朝様ぁっ」

両手を天に突き上げた城八の胴を、無数の刃が貫く。悪七は仲間の死にも気を留めない。

行く手を阻む敵を太刀で仕留めながら、総大将めがけて走り続ける。

「悪七ぃ」

階の袂まで這う。いつもならすべての段を飛び越えるくらい訳もないのに、眼下の一段
目が恐ろしく遠い。

「死ねぇえっ」

悪七が叫んだ。総大将の眼前で宙に舞う。太刀が敵に迫る。横から無数の槍が飛び出し、

悪七の動きが浮いたまま止まった。

一段目に手をやろうとした瞬間、頭から転げ落ちる。地に四肢を投げ出したまま動けなくなった。黒雲に覆われた空を見上げる為朝は、やけに熱い息を唇に感じながら我が身を呪う。乱雑な足音が近づいてくる。男の顔が倒れている為朝を覗き込む。その頬には血の飛沫があった。

悪七が狙っていた敵の大将である。

「鎮西八郎為朝殿か」

「ぬあぁぁぁぁぁぁぁっ」

悪七たちを殺った仇に怨嗟の咆哮を浴びせかける。怒りが四肢を激しく震わせた。周囲の鎧武者たちは止めようともしない。恐れてもいなかった。それほど己は弱っているのかと思うと、苛立ちはいっそう激しくなる。

手足をばたつかせる為朝のかたわらにしゃがみ、頬に返り血を浴びた武士が淡々と語る。

「某は源朝臣、佐渡兵衛重貞と申す。其処許は源八郎為朝殿と御見受けいたす。いかがか」

「許さぬっ、御主等は決して許さぬっ」

「其処許のことをそう申されておられる御方が都におられまする故、これより御連れいたしまする」

為朝の恨み言をどこ吹く風と聞き流しながら、佐渡兵衛重貞は郎党たちに目で差配する。大の字になったまま浮かされ、幾重にも縄をかけられた。

都にて為朝が引き回されたのは、八月二十六日のことである。戦に敗れてからひと月以上の時が経過していた。

佐渡兵衛重貞によって都に運ばれた為朝は、内裏の北の兵衛詰所で病が癒えるまで数日の間、牢に入れられた。為朝の武名は都にも広がっている。逃げられることを恐れた武士たちは、病の床でも縄を解かなかったのである。

病が癒えるとすぐに、兵衛詰所で引き回された。鎮西八郎為朝の姿をひと目見たいと、詰所には大勢の武士が集まっていた。

その後、為朝の身柄は周防判官源季実の元に預けられた。

「なにか申したきことはあるか」

季実の尋問に、為朝は首を横に振るのみ。

「敵味方に分かれたとはいえ、其処許は源家の御子息だ。某の同族じゃ。申したきことがあるのなら、某から誰なりと言伝いたすぞ」

無言を貫く。

「ならば沙汰を待たれるが宜しかろう」

溜息交じりにそう言うと、季実は家臣に合図を送り為朝を牢に送った。それから数日後のことである。為朝は突然、季実に呼ばれた。

「帝が直々に其処許を見たいと仰せだ」

赤い単衣の帷子(かたびら)に白い水干を着けた躰に食い込む縄の上から、新たにひと回りほど太い縄を巻かれ、為朝は御所へとむかった。

純白に輝く砂利が敷き詰められた御所内の庭に引き据えられ、ひざまずかされる。背筋を伸ばして座っていると、無理矢理頭を押さえつけられた。砂利の粒が額に食い込む。すでに病はすっかり癒えている。その気になれば、頭を押さえる男の腕を跳ね飛ばすことなど造作もない。

すべてを失った。残ったのは身ひとつ。己は本当に敗けたのか。

いや、帝の首を……。

そこまで考えた時、庭の三方を取り囲む板間へ、公卿や武士たちがぞろぞろと姿を現し、あらかじめ決められていたのであろう場所へ座した。為朝の左方に座っていた一人の男がおもむろに立ち上がり、白石のなかへと足を踏み入れる。その姿を見た刹那、為朝の目が大きく見開かれた。

「義朝」

「久しぶりだな」

口許を吊り上げながら弟を見る義朝は、腰の太刀に左手を添えながら為朝に語りかける。

「御主を制するために、今日は特別に帯刀を許されておる。この場で太刀を持っておるのはこの義朝のみじゃ」

かたわらに立った義朝はなおも続ける。

「父や弟たちはすでにこの世にはおらぬ」

「御主が殺したのか」

義朝は一瞬口籠った。そしてわずかな逡巡の後、苦しそうに喉を震わせた。

「帝の命であった。命だけは許してくれと頼んだのだが、朝敵となった罪は重く……」

「御主が殺したのかと問うておる」

二人の問答を、為朝の周囲を警護する雑色たちは咎めない。背を伸ばして立ち、前方の虚空をにらみつけ、聞かぬふりをしながら帝の到来を待っている。

「父は七条朱雀にて我が郎党が討った。その後、弟たちを捕縛せよとの命が下り、頼賢、頼仲、為宗、為成らを方々で捕え、船岡山にて……」

義朝が言葉に詰まった。

「御主でも、血を分けた肉親を殺めたことを悔いるか」

「悔いてはおらぬ。哀れんでおるだけじゃ。この義朝に従っておれば、死にはせなんだものを。悪左府などに加勢いたしたばかりに、命を失うこととなった。それが哀れではある」

為朝の鼻から小さな笑いが漏れる。

「なにが可笑しい為朝」

「御主らしいと思うてな」

この兄は父や兄弟たちと争うことを望んでいた。今さら悔いたところで寒々しいだけだ。

「為朝、御主も殺さねばならぬかと思うと、いささか気が重い」

義朝はすでに足元に座する弟の死罪を、確信しているようだった。

突然、男たちがざわつきはじめる。それを見た義朝が、石のなか片膝立ちになり頭を垂れた。顔を上げたままであった為朝を雑色の手が握り、躰ごと前へ押し付けられる。布が床を擦る音が部屋の真ん中あたりで止まった。

「面を上げよ」

快活な声が降って来る。隣で片膝を突いていた兄が、為朝を見た。

「頭を上げろ」

義朝に言われるままに躰を起こす。

武士と見紛うばかりに精悍な顔つきをした男が座っている。しかしその身形は、かつてともに山道を落ち延びた崇徳上皇を思い出させるものだった。

「帝だ」

兄がささやく。

余裕を満面にたたえ、笑みを浮かべるその男は今上の帝、後白河帝であった。御簾の奥で静やかな声で語り、公卿に言伝させるような回りくどいやり方でしか神々しさをまとえぬような男ではない。全身から放たれる命そのものとも呼べそうな気が、相対する者に近寄り難さを感じさせる。それは為朝も同様で、後白河帝を見た瞬間、思わず息を呑んでいた。

己を見つめて動かない罪人を前にして、後白河帝は薄ら笑いを浮かべたまま悠然と座している。胆力みなぎる瞳が、真っ直ぐ為朝を射貫いていた。

「其方が源八郎為朝か」

忘我のうちにうなずいていた。それから、素直に答えた自分自身に驚いた。

「噂通りの偉丈夫じゃ」

見世物を楽しむかのごとき気楽さで後白河帝がつぶやく。為朝は直視することをためらい、目を伏せた。

この男が敵……。

みずからの味方であった上皇や頼長の顔を思い出す。例えるならば後白河帝が義朝ならば、上皇や頼長は父や義賢といったところか。

勝てるわけがない。

「なにが可笑しい」

いきなり問われて、為朝は伏せていた目を帝にむける。

「笑うておったぞ」

「いや」

「帝の御前ぞ。しっかりと答えぬか」

義朝が神妙な声で言った。

「なにを笑うた」

ふたたび問われる。息を深く吸い、帝を見据えながら答えた。

「やる前から戦にならなかったことを、いま知り申した」

聞いた帝が声を上げて笑った。周囲に侍る公卿や武士たちは、誰一人として口を挟もうとしない。緊張した面持ちのまま、帝と為朝のやり取りを注視している。ひとしきり笑った帝が、わずかに身を乗り出した。

「其方の武名は朕の耳にも入っておる。其方の弓は日ノ本一であるそうだな」

武士たちの眉間に、為朝への敵意が閃く。そんな物ははなから無視して帝は続ける。

「今度の乱において、朕に弓引いた者たちの多くに死罪を言い渡した。其方の父や兄弟も同様である」

言った帝の目が義朝にむけられる。兄は黙ったまま顔を伏せていた。

「左馬頭」

「ははっ」

呼ばれた義朝が腹に力の満ちた声で答える。すると後白河帝は冷淡な声を吐いた。

「その者の肩を外せ」

「何故……」

「聞こえなかったか」

有無を言わさぬ帝の厳しい言葉を聞き、義朝は立ち上がって為朝の脇にいる雑色たちに目で合図を送った。幾重にも巻かれた縄が解かれる。後白河を殺すならば今しかない。為朝は丹田に気を籠め、立ち上がろうとした。だが機先を制するように、義朝が躰の重さのすべてを弟の背にかけて圧する。

「愚かな真似は止せ」

「離せっ」

怒鳴る為朝を帝の生温い目が見下ろしている。

兄が左腕を取った。そしてそのままゆっくりと後ろに回してゆく。限界以上に回された腕の所為で肩に激痛が走る。それでも為朝は歯を食いしばって後白河帝をにらむ。伸びた腕が容赦なく背の方に曲げられた。刹那、肉のなかで鈍い音が鳴り、それまで以上の痛みが脳天から足先まで貫いた。兄はすかさず右腕に手を伸ばす。そして迷うことなく肩と腕の骨を外した。のたうち回るほどの苦しみに、為朝は両腕を垂らしたまま耐える。食いしばった歯の隙間からは涎が溢れだし、顎先を濡らして純白の砂利に吸い込まれてゆく。

　後白河帝が立ち上がった。

「死して同然の戦場から生き延びたのだ。殺すこともなかろう。が、朕に刃向うた者を許すわけにはゆかぬ。流せ」

　もう一度為朝に笑みを見せ、帝は去った。

「もう会うこともあるまい。それでは矢を射ることもできぬ。海の果てで静かに暮らせ」

　全身を襲う激痛のなかで、兄の最後の声だけが幾度も谺していた。

肆　鬼の住まう島

一

伊豆大島。

　都より遠く離れた東国、伊豆国より船に乗り南東に六里ほど行くと、その島はある。島の中央には、古来幾度も火を噴いてきた火山がそびえ、その山裾に広がる平地に人々は住んでいた。

　大島は都で罪を犯した者たちの流刑地でもある。沖に船を出して漁をしたり、わずかな田畑を耕しながら暮らす人々がいる一方で、都から流されてきた罪人たちは民とは交わらぬようにしながら、思い思いのやり方で日々の糊口を凌いでいた。

　本来ならば為朝も、他の罪人たちのように島に着いてすぐに流人の集落へと連れてゆかれるはずであった。しかし腕を外されたままでは思うように躰を動かせぬことと、源家の子息であるという立場があったため、伊豆七島の主である宮藤介茂光の代官である三郎太夫の屋敷の離れに、一時身を寄せることとなった。

「起きてるかい」

あばら家の木戸を乱暴に開けて、丸顔の女がずかずかと部屋に入ってきた。為朝は溜息交じりで女を迎える。ひと間しかない狭い離れでは、二人が座ればそれだけで余計な隙間はなくなってしまう。

「飯だ」

そう言って女は乱雑に椀を差し出してくる。茶色に濁った粥のうえに青菜が乗っただけの粗末な飯であった。それでも痩せた大島の地では、十分過ぎる施しなのである。本当ならば罪人に食わせてやる飯などないのだ。

「食わせろ」

言って為朝は口を大きく開いた。

「自分で食え」

都では見たことのない真っ黒に焼けた顔の娘が細い眉を吊り上げながら答える。それはいつものやり取りだった。

為朝は己の垂れた腕を顎で指す。

「食えん」

「仕方無ぇなぁ」

口を尖らせながら女が匙を取って粥を掬う。

女の名は瑠璃と言った。この屋の主、三郎太夫の娘である。年は十五。夫はいない。

瑠璃が乱暴に喉の奥まで匙を突っ込む。むせそうになるのを必死に堪えながら、為朝はわずかに頭を引いて舌の上に乗せられた粥を喉に流し込む。薄桃色の唇をへの字に曲げながら、瑠璃がつぶやいた。

「いつまで私の家にいるつもりなんだ。お前は罪人だろ。さっさと余所へ行け」

「我が頼んだわけではない」

「なら私が父上に言ってやる」

話しながらも椀のなかの粥が減ってゆく。

島に来て三月が経った。このやり取りも幾度も繰り返している。

粥を食べ終えると、瑠璃が立ち上がった。

「じゃあ、またな」

「待て」

いつもと違う為朝の返答に、瑠璃が戸惑う。身を強張らせ、掌中の椀を握りしめていた。

「頼みがある」

「なんだよ」

恐る恐る問うてくる瑠璃を見上げて、顎でもう一度腕を指した。

「手伝ってくれ」

「なにを」

答えず前に屈む。腕がだらりと床に触れた。

「右の掌を広げて床に付けてくれ」

「なにするんだ」

「この腕では放り出されてもなにもできん」

「まさか」

「いいからやれ」

一度として瑠璃に吐いたことのない圧の籠った声で言った。褐色に染まった顔に不安を満たし、瑠璃が為朝の前にひざまずいて言われた通りに右手の掌を広げて床に当てる。

「椀を置いて右の肘を持て」

「どうすれば」

「曲がらぬように支えていろ」

腕の骨を脳裏に描きながら、その中央に重さをかけるようにして為朝は右肩を支点にして慎重に躰を乗せた。肩を外されてすでに四月近く経つ。無事、元に戻るだろうかという不安はあったが、腹を決める。

「やるぞ」

両手で為朝の右肘をつかんだまま、瑠璃が目を固く閉じた。気合をひとつ吐き、為朝はみずからの重さのすべてを右肩に乗せた。外れた肩にはすでに肉が巻いている。骨と骨を合わせるためには相当な力が必要だった。肉と筋を掻き分けて骨を嵌めるのだ。痛めることは十分に考えられた。もはや昔のように弓を構えることはできないかもしれない。それでも、今の暮らしよりは何倍もましであった。

義朝……。

今の為朝を支えているのは、兄への復讐心だった。どんなことがあっても都に戻り、家季や悪七たちの仇を討つ。為朝の怨嗟は彼等を殺した者たちに向けられてはいなかった。暗き想いは収斂され、兄だけに注がれている。

義朝に外された時以上の痛みが肩を貫く。脳天を貫く激痛を、兄への想いだけで耐える。

「良いか、絶対に離すなよ」

歯を食いしばったまま瑠璃に告げる。代官の娘はがくがくと顎を上下させて答えた。肉が軋む音を、頭の骨伝いに聞く。痛みのなかで、肩と腕の骨が近づいてゆくのを感じる。もう少し。

矢を射る心地で気合をひとつ吐いた。それと同時に、ごりという鈍い音が肩で鳴った。瑠璃が悲鳴を上げながら肘から手を離す。為朝は仰向けに倒れて胸を上下させる。腹の底まで息を吸い、ゆっくりと吐く。右の肩から伝わる痛みが全身を硬直させる。流れ出す汗が絶えることはない。

「い、生きているか」

　瑠璃の声を、天井を見つめながら聞く。答えずに上体を起こし、右腕に力を込める。肘、手首、指。為朝の心に答えるように、微かにだが震えた。

　瑠璃を見つめる。長い睫毛の奥で涙が輝いていた。微笑み、うなずいてから語りかける。

「左だ」

　代官の娘が泣き顔のまま首を左右に振った。

「もう止めよう。あ、明日で良いじゃないか」

「こういうことは思いついた時にやるものだ。それに今済ませておけば御主も、明日からは我の世話をせずとも良くなる」

「い、いつだって食わしてやるよ」

　瑠璃の言葉を聞き流し、左手を床に垂らす。

「つかめ」

「嫌だ」

「やれ。やらぬと御主の首を嚙み切るぞ」

「こ、声を上げる」

「我は鎮西八郎と呼ばれ恐れられた武士ぞ。御主が声を上げる前に殺すことなど造作もない」

威し(おど)の言葉とは裏腹に、口許には優しい笑みをたたえている。

「頼む、やってくれ」

ぼろぼろと涙を流しながら、瑠璃がうなずいて左の肘に手を添えた。膝を立てて、伸びた左腕に躰を乗せる。額から流れ落ちた汗が、床に広げられた手の甲に落ちて弾けた。

このままで終わるわけにはいかない。

為朝の身中にはまだ武士の焔が燃えていた。都から遠く離れた東の海の果てに流されようと、為朝は武士なのである。

海の果てで静かに暮らせ……。

兄の言葉が脳裏に蘇る。

「御主を屠るまでは死なぬ」

左手の甲を見つめながら答える。涙目で腕をつかむ瑠璃の躰がびくりと震えたが、勘違いだと弁明するのすら面倒だった。

痛みが心を乱してゆく。肉と筋が悲鳴を上げる。また再び弓を手にして兄の喉を貫く幻を脳裏に描きながら、為朝は苦しみと戦う。

「これもまた戦よ」

敗北から這い上がるための一歩だ。

骨が肉を掻き分けて音を鳴らす。

天井を見上げながら深く息を吸う。

瑠璃の泣き声だけが聞こえていた。


三郎太夫の郎党たちが固唾を呑んで見守るなか、為朝はゆっくりと両腕を胸の辺りにかかげた。瑠璃に手伝ってもらい肩を嵌めてからひと月あまり経っている。ようやく腕に力が戻り、この日なんとか弓が引けるのではと思い屋敷の裏庭に立った。

「本当にそれで良いのか」

むさくるしい島の男たちよりも前に立ち、瑠璃が為朝を見守っていた。この屋敷の娘の心配そうな声が、続きを語る。

「その弓はこの屋敷で一番大きくて弦の張りも強い。腕が治ってまだ間がないんだ。あんまり無理すると……」

「黙っておれ」

きっぱりと言ってから、為朝は胸の辺りにかかげていた腕を少しずつ上げてゆく。頭の頂近くまで持ってゆくと、今度は両手を左右に広げはじめる。左手には弓、右手には矢を番えた弦をにぎり、久方振りの感触を味わう。

る道具であった。

為朝の唯一の得物である。武士は弓矢があれば十分。五歳のころより、弓だけが己を守
骨に巻いた肉と筋を掻き分けながら肩を嵌めたのだ。力を込めると肩から肘、肘から指先へといった具合に腕の芯に鈍痛が走る。腕の隅々にまで力が行き渡っていないのが、自分でもわかった。痛みを感じる芯のほうには力の流れを感じるが、肉を覆う皮に近くなればなるほど、己の物ではないような空虚さがあった。それでも弦を引いてゆく。

為朝が矢を射ると聞いて、三郎太夫の郎党たちが集まってきていた。こんな東の果ての島にまで、為朝の武名は広まっているのだ。

だからといって男たちの視線を気にするような為朝ではない。

弦を引く腕が震えた。さすがはこの屋敷いちの弓である。なかなかの張りであった。それでも為朝が日頃使っていた物よりも、長さも弦の張りも劣っている。

なのに腕が敗けていた。

「無理はするなよ」

細い声で瑠璃がつぶやく。大きく膨らんだ胸の前で固く手を組み、為朝だけを見つめている。男たちのなかには、弦を引ききれない鎮西八郎を、せせら笑っている者もいた。はっきりと聞こえるように、蔑みの言葉を投げてくる郎党も出始める。

腕が震え、嘲笑を受ける。為朝の脳裏に、懐かしい光景が蘇ってきた。五歳。まだ八郎

だった。兄、義朝の矢に震え、みずからも弓を望んだ。はじめて放った矢は足元に転がった。何度射ても、矢は真っ直ぐに飛んでくれない。下賤な血を持つ弟の無様な姿を、義賢をはじめとした兄たちが冷ややかに見ていた。

あれから十四年の月日が流れ、八郎は為朝となり、白拍子を母に持つ源家の八男は、鎮西八郎となり天下に武名を轟かせた。

五歳の八郎と、今の己が重なってゆく。震える腕でゆっくりと弦を引き絞りながら、目を閉じた。三郎太夫の郎党も瑠璃も闇に消え、兄たちの姿を思い浮かべる。背後に家季がいた。己のことしか考えぬ主を常に後ろから見守ってくれる乳母子が、涙を浮かべながら幼い八郎を見つめている。

左腕をしっかりと伸ばし、弦を引く右腕の肘を曲げた。決して膠着しない。静止していながらも、たえず躰は動いている。体内を巡る緩やかな力の流れを止めず、無駄な流れだけをひとつひとつ細やかに省いてゆく。

弓を構えて立っていることが、一番自然な形であるところまで整えると震えが止まった。完全に力が蘇ったとはいえないが、それでもこの腕で弓を支えることができている。

的は見ない。目を閉じたまま、弦を弾く。

耳のそばで風が鳴く。

郎党たちがいっせいに声を上げた。

為朝は鼻から息を吐きながら、目を開く。そして十間ほどむこうにある巻藁を見た。

矢は刺さっていない。小さな穴が丸い藁束の中央に穿たれている。数名の郎党が巻藁へと走った。そして裏に回り、その奥にある白壁を見つめながら語らい合っている。

みなが駆けてゆく。瑠璃だけが残された。弓を左手に持ちながら、為朝はあんぐりと口を開けている代官の娘に語りかける。

「あれでは次が放てぬ」

巻藁のむこうは人だかりであった。

「仕方がないだろ。あんな物見せられたんだ」

言って瑠璃が肩をすくめてみせた。

為朝は矢を番えぬまま、ふたたび弦を持ち、弓を引く。両腕の力が戻らないから、弓を構える動作にこれまで以上に気を配った。首、胴、腰そして手足。すべてにある芯を正確に動かし、弓と弦まで繊細に力を導いてゆく。躰のどこかの芯が少しでもぶれれば、腕が弓を支えきれない。だが、その繊細な力の使い方によって鋭さを増していた。今までのような力強さはないが、一点に収斂する力は倍増している。巻藁を音もたてずに貫き、そのまま後ろの白壁に突き立つなど、都にいたころにはなかったことだ。昔の為朝の矢ならば、吹き飛ばすようにして巻藁に大穴を穿ち、そのまま白壁を削ったことだろう。

弓を郎党たちにむける。気付いた男たちが、我先にと巻藁から飛び退く。弦を戻して、男たちに笑う。

「安心いたせ。矢は番えておらん。だが、そろそろ射ても良いか」

郎党たちが大きくうなずいた。罪人であるはずの為朝を、主のごとくに敬っている。

「済まぬ」

言いながら瑠璃から矢を受け取る。先刻の感覚を思い出すようにしながら、弦を引いてゆく。放つ。一矢目が穿った穴を通り、白壁に刺さった矢を割った。

今度は喚声が巻き起こる。

男たちが為朝を遠巻きにして語り合っていた。瑠璃は嬉しそうに目を輝かせて、為朝にむかって微笑んでいる。その背後、庭を見渡せる縁廊下に腕を組んだ男が立っていた。

瑠璃の父親、三郎太夫だ。

興奮している男たちが、代官の到来とともに静まり返る。瑠璃よりも濃く陽にやけた四十がらみの三郎太夫は、裸足のまま庭に降りて男たちの群れのほうへと歩む。

三郎太夫が歩を進める度に、男たちが割れてゆく。割れた先には為朝がいた。

腕を組んだまま悠然と近寄ってきた代官が、目の前に立つ。背が低い。娘の瑠璃よりもひと回りほど小さかった。七尺ある為朝の前に立つと、三郎太夫の小ささは余計に際立つ。

鳩尾のあたりに顔があった。

「腕はもう良いのか」

巨大な罪人を見上げながら、代官はにやけ面で問うてくる。小さな躰に為朝並の覇気がみなぎっていた。褐色の肌のなかにある黒目がちな眼には光が満ち、弓形に歪んだ唇の隙間から覗く歯は童の物のごとく白く輝いている。肌の黒さと相俟って、白眼と歯の白さがどぎついくらいに際立っていた。

「なんとか動くようにはなった」

「おい、御主は罪人なのだぞ。その無礼な物言いはなんだ」

為朝は答えずに三郎太夫を見下ろす。

「無礼な男だ」

大島の代官が横目で娘を見た。

「肩を嵌めるのを、手伝わせたようだな」

為朝がうなずくと、三郎太夫が鼻で笑う。

「なんてこと頼みやがる」

「御主の娘しかおらなんだ故」

小さな穴が穿たれた巻藁を代官は見た。

「鎮西八郎為朝……。都での鬼神のごとき戦いぶりはどうやら真のようだな」

「鬼神……」

「矢で巻藁を貫いたりするような奴は、もはや人ではない。鬼だ」

為朝が黙っていると、代官が饒舌に語る。

「まぁ、都の公卿から見れば、帝に逆らい逆賊となり埒外に流された御主は、それだけでも鬼なのだがな」

「人であろうが鬼であろうが我は我ぞ」

三郎太夫が娘に顔をむけた。

「おい瑠璃」

呼ばれた娘がぴくりと震えた。

「こんな鬼に惚れちまったってのか」

「と、父様っ」

「娘の気持ちくらい見透かせなくて、流人の島の代官などやれるわけがなかろう」

こっちに来い、と言って三郎太夫が手招きする。瑠璃は顔を伏せながら、父の隣に立つ。

「ここは都ではない。御主は武士ではない。回りくどい面倒なことはこの際抜きにしようではないか」

郎党たちがざわめく。しかし主である三郎太夫はいっこうに気にしていない。瑠璃の肩に手を置きながら、為朝を見上げる。

「この娘を嫁にもらってくれぬか」

「喜んでいただこう」

為朝が答えると、瑠璃が驚いたように目を見開いた。そして潤んだ瞳で為朝を見上げる。

しかし驚いていたのは為朝本人だ。考えるよりも先に、口が言葉を吐いていた。

「我のような罪人で良いのか」

瑠璃の滑らかな尖りを帯びた顎が上下する。

「ならばよろしく頼む」

三郎太夫が郎党たちにむかって吠える。

「これより源八郎為朝殿は、儂の婿じゃ。解ったなっ」

男たちは承服の意を示すようにひざまずく。

「源家の血が儂の家に入るとはな」

三郎太夫が嬉しそうにつぶやいた。夫婦となる二人は互いを見つめたまま黙っている。

「瑠璃」

為朝が呼ぶと娘は褐色でも解るほどに頰を赤く染める。薩摩の阿多忠景には悪いのだが、為朝にとって生まれて初めてみずから望んだ妻であった。

二

島に来て四年の歳月が流れ、為朝は父になった。

瑠璃と夫婦になった次の年に生まれた男の子はみっつ。そして今、瑠璃の腹のなかには二人目の子がいる。

罪人でありながら代官の娘婿となった為朝は、三郎太夫の屋敷よりわずかに離れた場所に、あらたな家を与えられた。罪人であるが故に、正式に三郎太夫の郎党に加えられたわけではない。為朝も舅の下に就くことを良しとはしなかった。そのため家族を支えるための食い物などは、みずから調達する。

足元に見える岩肌に波が打ち付け、為朝の頰を飛沫が濡らす。一糸まとわぬ姿のまま、岸壁に立つ。

鼻から大きく息を吸う。腹の底に溜めたまま岩を蹴り、己が身を矢に見立てて波を貫く。深く潜る。

波が岩に押し寄せる度に、海中で躰が激しく揺れた。四肢を器用に動かし、水を掻きながら濃紺の宙に漂う。水面から斜めに降り注ぐ光の束のなかに、無数の銀の鏃が閃く。為朝は両腕を大きく広げて海を掻き、右へ左へと激しく行き来する鏃の群れを追った。

己が使う得物は弓だけと決めている。銛(もり)のような無粋な道具は持たない。

豪快に腕を掻き鏃の群れに追いついた。群れから遅れたいくつかの輝きを大きな掌でつかむと、陽の光を目指して昇ってゆく。

水面に出ると、魚をつかんだまま岩場をめざす。雲ひとつない空に突き立つ微細な凹凸(おうとつ)

を刻んだ岩の突端に、陽を背に受ける男の影が浮かびあがっている。萎烏帽子に直垂姿の男の手に、弓がにぎられていた。

為朝はその影を目指して海を進む。

岩が近づいて来る。波の力に押されて激突しないように、岩から離れるように水を掻きながら調整してゆく。そうして足から岩に取りつき、足場になりそうな上陸しやすい場所を選んで這い上がった。

陽を背に受けて影となったままの男が、岩場を回って近づいてくる。その手に握られている弓には見覚えがあった。

手の中の魚が為朝の膂力で締められて抗う力を無くしている。銀色に滑る肌の下で骨が折れる感触を掌に覚えて指の力を弱めた。

岩場を降りてくる男を、為朝は見上げながら登ってゆく。

両者の間合いが詰まると、男がいきなり岩を駆け降り、為朝よりも低い場所でひざまずいた。その時には、すでに為朝にも影の主が何者であるか解っていた。

「久しぶりだな」

両手に鯵を握りしめ立ったまま、為朝は男に語りかけた。

「御会いしとうござりました」

男は顔を伏せながら、涙声で言った。

「生きておったか家季」

男の名を呼んだ。

死んだと思った家季が生きていた。為朝より十、年嵩であるから三十二になるはずだ。

涙声で家季が語る。

「白河北殿で戦うた某は……」

「家季」

握った魚を掲げる。

「まずは我の家に行こう」

家季は弓を手に立ちあがった。


罪人である。家といっても満足な広さがあるわけではなかった。それでも寝間と板間、それに土間と煮炊きできる釜（かま）が揃っているのだから、他の罪人よりよほどましである。

瑠璃と子を寝間に控えさせ、為朝は囲炉裏（いろり）が切られた板間で家季とむきあった。

柱の陰に隠れながら部屋のなかをのぞく顔に気付く。まだ歩き始めて間もない息子が母の目を盗み、おぼつかない足取りで珍しい客をうかがっている。

「むこうに行っておれ」

汚れに染まっていない白く輝く眼を見つめながら、優しく語りかける。すると息子は、気付かれたことに驚いたように、柔らかい唇を丸く開いてから、照れ笑いを浮かべた。為朝は優しくうなずいて、もう一度同じ言葉を投げかける。すると、細い手足ではまだ満足に支えきれない大きな頭をかくりと上下させてから、息子が去ってゆく。

「済まぬ」

気を取り直して家季に語ると、乳母子は穏やかな声で答える。

「鎮西八郎と恐れられた為朝様も、御子には優しき顔を御見せになられるのですな」

「とにかく」

言いながら枝を折って囲炉裏に放った。梅雨間近とはいえ、部屋のなかはまだ冷たい。だが熾火を絶やさぬ程度に燃やしていれば、十分であった。

「生きていて良かった」

灰の表面を撫でるように揺らめく赤い火を眺めながら、かつての郎党に語る。

「あの時は死んでも良いと思うて敵にむかい申した。敵の波に呑まれ仲間たちとはぐれ、兜に矢を受け落馬したところまでは覚えておるのですが……」

「気を失うたか」

うなずいた家季の顔は、為朝の覚えているものよりも皺が目立った。髪は白一色である。三十二とは思えぬほど、年老いていた。

「相変わらず眉間の皺が深いな」

「為朝様に仕えていた時から、あり申したか」

「あった。常から消えぬ故、悪七がよう冷やかしておった」

「悪七……。懐かしゅうござりまするな」

悲しそうにつぶやいて、家季が鼻から大きく息を吸った。そして短い問いを投げる。

「皆は」

「白河北殿で御主とともに行った者たちは一人も戻って来なんだ。悪七と城八と紀平次は、我が病で倒れ寝床を乞うた時、敵に囲まれ死んだ」

思い出すと今でも胸の辺りが石と化したように重くなる。何故あの時、己は病になってしまったのか。悪七たちの命を奪ったのは為朝である。悔恨は尽きない。

「左様でござりまするか」

家季が黙った。為朝は新たな枝を折り、灰の山に投げ入れる。そして乳母子のかたわらにある弓に目をやった。

「それは我の弓であろう」

伏せていた顔を為朝にむけ、家季が弓に触れた。

「はい」

「何故、御主がそれを持っておる」

「昨年まで仕えておった主が持っておられた物にござります」

「主か」

口を引き結んだまま家季がうなずく。

悪七たちのことを思い出し重くなっていた胸の真ん中を、細い針が刺した。家季が他の誰かに仕えていたという事実を、どこかで受け入れられない。

家季は己を守るために都で死んだ。ずっとそう思っていた。生きていたことを知った喜びはたしかにあるが、為朝を捨てて別の道を歩んでいたことが信じられない。

「我と離れ、新たな主に仕えておったのであろう。何故、暇を乞うた」

「乞うておりませぬ」

乳母子の口調はどこかよそよそしい。為朝も昔のように歩み寄れずにいる。囲炉裏を挟んで座る二人の間に、見えない壁があるようだった。

「暇を乞うてもおらぬのに……」

「死に申した」

言葉をさえぎって、家季が言い切った。

「死んだとは」

「討たれ申した」

答えた家季が自嘲気味に小さく笑った。そして、開け放たれた戸のむこうに見える狭い庭に目をむける。為朝は視線を合わせようとはしないかつての郎党を見つめていた。為朝の弓に指先を当てたまま、家季は淡々と語りはじめる。

「某はその場にはおりませなんだが、戦に敗れ東国へと落ち延びる途上、頼った家人の屋敷にて討たれたとのこと」

「御主の新たな主には、東国に家人がおったのか」

乳母子は為朝の声には答えず続けた。

「湯へ入ろうと衣を脱いだところを襲われ、成す術もなく討ち取られたと」

どんな荒武者であろうと、裸ではどうすることもできない。いや、己ならどうする。敵の得物を奪い、撫で斬りにするか。しかし裸で湯を前にした一瞬の隙を衝かれたらどうだ。必死の深手を得てしまっていたら、それ以上の抵抗はできない。

「湯に入るところを襲うとは、卑劣極まりない輩もおるものよ」

為朝の言葉に、家季がちいさくうなずいた。

「して」

乳母子を見据えて切りだす。

「討たれた主と申すは誰だ」

家季が一度うなずいてから為朝を見た。

「義朝様でござります」

覚悟はしていた名である。東国に逃れようとした途上で家人に殺され、家季が仕えたとなれば兄以外にないと思っていた。

「白河北殿に入られた義朝様が気を失うておった某を見つけてくだされ、拾うてくださいました。目が覚めた時にはすでに、義朝様の屋敷でございました」

己は戦に敗れ罪人となった身だ。いまさら家季が誰に仕えたとしても責める義理はなかった。

「義朝が死んだか」

家季はずっと弓から指を離さない。まるでそれが、この場に留まるための縁でもあるかのように黒く艶(つや)めく表面に指先を当てていた。

為朝の心は千々に乱れている。

大島に流された為朝を支えていたのは、兄への復讐心であった。瑠璃と夫婦になり子を生してもなお、いずれは海を渡り都へむかうと決めていた。義朝を討つ。それだけが為朝のすべてだった。拳で床を撃ち、家季をにらむ。乳母子はそんな旧主を見つめながら、淡々と語った。

「一月のことでございます」

「何故じゃ」

あの兄が死んだということが信じられない。義朝を討つような者がこの世にいるとは思えなかった。討てるとすれば己だけ。いったい兄は誰に敗れたのか。

「上皇との戦によって左馬頭になられた義朝様であられましたが、帝近くに侍り政を担うておった信西との折り合いが悪うござりました。信西は平清盛に目をかけ、あからさまな恩賞の差がござりました」

清盛……。どのような男であったのかと思い出してみるが、これといった事柄が浮かんでこない。平氏の棟梁であるということくらいは知っているが、四年前の戦の折、為朝が一矢射ただけで兵を退かせた程度の男である。

為朝に構わず、家季がなおも語った。

「源家と平家は武家の名門として古より覇を競い合うてきた仲にござります。義朝様は決して恩賞の多寡などを気になされる御方ではありませぬ。武家として己よりも先を行く清盛に、みずからの力で打ち勝ちたかったのでござりましょう。一昨年の十二月九日のことでございます。義朝様は清盛が熊野参詣のために都を留守にしている隙を狙い、右衛門督、藤原信頼様と謀り、後白河上皇の住まわれる三条烏丸殿を兵で囲み火をかけられました」

「上皇」

「すでに後白河上皇は位を子の二条帝に御譲りになられておられます」

そんなことすら知らなかった。いや、知る必要もなかったのだ。己がこの四年間、罪人として、父として東の海の果てでどれほど世情と隔絶して生きて来たかを思い知る。

己は罪人ではない。武士である。そう思っていても日常は、為朝に戦うことを強いはしない。種が無い所に火は起きないのだ。

「上皇様を一本御書所に御移しになられた義朝様は、憎き信西を捜されました。しかし信西はすでに都を落ち延び、近江国信楽にて自害しておりました。骸は十五日に見つけられ首は十七日に都の西獄の門前に晒され申した」

「兄の所業を、清盛は見過ごしはしなかったのだな」

家季がうなずいた。

「都の変事を聞いた清盛は十七日には六波羅の自邸に戻りました。そして二十五日、大内裏にあった二条帝を密かにみずからの屋敷に迎え、信頼様、義朝様に敵対する立場を明確にしたのでございます」

武士同士の相克といっても、けっきょくは帝室の威を借りねば戦ができない。それが都の武士なのだ。為朝も四年前に痛感している。

黙って乳母子の話を聞く。

「明けて二十六日、帝の脱出を知った義朝様は、もはや六波羅を攻める他に道はないと覚悟を御決めになり、出陣なされました」

「御主もともに行ったのか」

眉間の皺を濃くしながら、家季は首を左右に振った。そしてまた淡々と語りはじめる。

「義朝様は六波羅間近まで攻め上られましたが、帝を擁する清盛の元に集まる兵には勝てず、御子とともに都を落ち延びなされました」

「その中には悪源太もおったのか」

「はい。幾度も御目にかかりましたが、為朝様に良く似た、偉丈夫にござりました」

「死んだか悪源太も」

「落ち延びる道中、義朝様と別れて東国で兵を募られようとなさりましたが捕らえられ、都にて首を刎ねられ申した」

一度会ってみたい甥だった。しかしもはやその願いがかなえられることはない。

「義朝め。我に討たれる前に死におって」

床につけたままの拳が震えている。

家季は目を固く閉じて顔を伏せていた。

「して御主は何故生きてここにおる」

主が戦に敗れて死んだのだ。付き従っていたとすれば家季も無事であるわけがない。

指先で触れていた弓を乳母子が握る。

「内裏より六波羅にむかう際、義朝様に命じられました」

「なにを」

「この弓を……」

家季が言葉に詰まる。弓をつかむ手が震えていた。

「この弓を為朝様に渡してくれと」

「奴がそう言ったのか」

口を固く結んでかつての郎党はうなずいた。

「源家は御主が生きている限り潰えぬ。そう為朝様に伝えてくれと申されて、義朝様は出陣なされました」

「そうか。その弓は義朝が持っておったのか」

「為朝様が捕らえられた折、ともに都に運ばれたこの弓を、義朝様は大事に御持ちになられておりました」

己が生きている限り源家は潰えない……。

死を覚悟した兄が為朝に遺した言葉が、鏃となって胸に突き刺さる。五歳の時に見た雄々しい姿が脳裏に蘇った。片肌脱いで弓を構える兄の手から放たれた矢は、十七年もの歳月を経て今、為朝の心を鋭く穿っている。

胸に手を当て強く握りしめた。あれほど憎んだ義朝を、兄と慕う己自身に驚いている。死んだ者はすでに敵ではない。義朝は敗れたのだ。その時点で、為朝の武士の道に立ちはだかる者ではなくなっている。後に残るのは、幼いころに抱いた憧れであった。

家季が弓を抱き、囲炉裏を回りひざまずく。黒く輝く為朝のかつての相棒をかかげる。

「どうかこれを御納めくだされ。そして許されるのであれば、ふたたび某を郎党に加えてくださいませ」

　乳母子が泣いている。

「我は罪人だ。郎党など持てる身ではない」

「覚えておられまするか。悪七たちを郎党に御加えになられた時を。あの時、為朝様はまだ童でございました。扶持を与えることもできぬ身でありながら、為朝様は悪七たちを郎党に御加えになられました」

「そういうこともあったな」

「罪人であろうと、為朝様は武士でござります。御父上や御兄弟を四年前に亡くされ、今また義朝様や甥御を失われました。もはやこの世には為朝様以外に源家を継ぐべき御方はおりませぬ」

「義朝の子は皆死んだか」

　家季が首を振る。

「御三男の頼朝様は伊豆に流され、他の幼い御子たちは寺に預けられておりまする。が、未だ皆、みずからの足で立つこともままならぬ御歳にござりますれば、為朝様以外に源家を背負う御方はおりませぬ」

「父の血を引く者はみな、都より退けられてしもうたか」

「いまや武門の棟梁といえば清盛。平家こそが武家にござります」

「そは父のころより変わっておらぬ」

父の為義は、位階も職も常に清盛の父である忠盛に遠く及ばなかった。

家季が膝を進めて弓を強く押し出す。

「どうかこれを御取りくだされ。そしてふたたび武士として御立ちくだされ。どうか……」

「この小さき島でなにができる」

「策がござります」

朴訥な乳母子が目に邪悪な光をたたえながら、為朝を見た。

「まずは大島と近隣の島を力にて抑えまする。為朝様が起ったと知れば、今の世に不平を持つ罪人どもは従いましょう。そうして大島を都の政の埒外に置くのです」

このような策を弄するような男ではなかった。いったいこの四年の間に、家季になにがあったのか。

「さすれば都より追討の兵が下されましょう。彼奴等が乗ってきた船を奪い、為朝様の武勇にひれ伏した兵をも引き連れ海を渡るのです。まずは伊豆。そして駿河、武蔵、遠江。為朝様の戦を目の当たりにすれば、平家に不満を持つ東国の武士たちも集って参りましょう。彼等を引き連れ、都へと攻め上るのです」

途方もない謀だった。都へ辿り着くまでにいったいどれだけの歳月が必要なのか。それでも為朝をまだ武士と呼んでくれる家季を見ていると、胸に熱い物が滾ってくる。源家は潰えぬと言って死んだ兄の想いが火に油を注ぐ。頭のなかには新たな敵の名がはっきりと浮かんでいた。

清盛。義朝を討ち、いまや武門の頂点を極める男だ。

弓を取る。

「為朝様」

家季が顔を明るくさせて叫んだ。苦い笑みを口許にたたえながら、為朝はすっかり変わってしまった郎党に語りかける。

「とにかくまずは大島からだ。やるからには御主も従え」

「有難き幸せ」

額を床につけたまま、家季は泣き崩れた。

三

「あんたが、あの鎮西八郎為朝か」

五十がらみの男が、眼前に座る為朝を睨みながら言った。横に大きく広がった鼻の下に生えた黒白入り交じる髭を右手でごしごしとしごき、殺気に満ちた視線を投げてくる。

男は鬼烏帽子と名乗っていた。この島に流された罪人たちの取りまとめをしている。四角く厳めしい頭骨を包む肌は、頑迷そうな相貌とは不釣り合いなほどに青白かった。その青く透き通った肌の上、右目の上下に一直線に傷痕が走っている。

「この島に来て四年経つはずだ。なのにあんたは一度としてこの儂に顔を見せに来なかった。代官の娘を嫁にし、他の罪人たちとはいっさい交わらずにこれまで暮らしてきたあんたが、いまになってどういう風の吹き回しだ」

「話がある」

為朝が言うと、彼と家季を挟むようにして左右に並んでいた他の罪人たちのなかから、ひときわ威勢の良さそうな若者が立ちあがった。そして為朝の左の頬へと思いきり顔を寄せて口を開く。

「おい、勘違いしちゃいけねぇぞ。いくらお前ぇが代官の婿だろうが、罪人は罪人だ。この島の罪人の頭は、この鬼烏帽子様だ。己の分を弁えねぇと生きて子の顔は見れねぇぞ」

「その通りだ」

若者の言葉を鬼烏帽子が継ぐ。

「代官の婿、源家の子息。そんな物は儂等にはなんの価値もねぇ」

「わかっておる」

「手前ぇっ」

若者が襟首をつかんで、為朝の顔をみずからの鼻先に近付ける。

「誰に物言ってるがはっ……」

眼前の罪人の顎の骨が砕けた。尖った顎先に拳を受けて吹き飛びそうになった若者を、為朝は腰を浮かせて足で止め、そのまま膝の下に敷く。鳩尾に膝を入れられて砕けた顎から血と悲鳴をまき散らし続ける若者を押さえたまま、為朝は鬼烏帽子を睨みつけた。

「源家も三郎太夫も知らぬ。我は我だ。だから御主も鬼烏帽子という名のただの男として我と向き合え」

「ならば、ここにおる者たちもただの男ということだな。好きなように振る舞えば良いと申すか」

言って鬼烏帽子が為朝と家季を取り囲み、いきり立つ罪人たちに声をかけた。

「やりたいようにやれ。思うままにして良いと鎮西八郎殿は申されておる。お前たちがなにをやっても儂はいっさい知らん」

それはすなわち号令であった。鬼烏帽子の言葉を聞いた男たちがいっせいに襲いかかる。

剣呑な気配を機敏に悟った家季が、すばやく輪から退いて鬼烏帽子の小屋の外へと出た。男たちははなから乳母子に興味などない。為朝に狙いを集中させている。久方振りに血が騒ぐ。武士であったころのひりひりとした感覚が肌に蘇ってくる。

無我夢中で拳を振るう。三人、いや四、五人倒したころ、男たちが大人しくなって呆然と為朝を見つめた。右の頬を固く引き攣らせ、座ったままの鬼烏帽子が額に汗を垂らしながら為朝を見上げている。

「どういうつもりだ」

為朝の足元で男たちが痙攣(けいれん)している。忘我のまま殴っていたから、加減などしていない。まだ血は騒いでいた。視界に入った一人をおもむろに殴りつける。正面から鼻面を殴られ、頭を壁にぶつけた男は悲鳴も上げず崩れ落ちた。そのまま隣の罪人の腹に膝を叩き込んだ。肉の奥で腸が弾けたような感触がある。

「もう良いっ。止めろ」

鬼烏帽子が叫ぶ。しかし為朝は聞かず、目についた者を手当たり次第に殴り捨ててゆく。すでに男たちに戦う気はなかった。傍若無人な暴力が鬼烏帽子の目の前で繰り広げられている。それは大島での暮らしのなかで忘れていた気持ちを取り戻すためだけの行いであった。為朝のなかでくすぶっていた戦いを求める気持ちを、敵意を浴びせてきた男たちを打ち据えることで思い出そうとしていた。

気付けば傷を負っていないのは為朝と鬼烏帽子だけになっていた。呻き声が満ちた小屋のなかで、返り血に染まった為朝は罪人の長を見つめる。その背後にあった開かれたままの戸のむこうから家季が顔を出した。そして戦いが終わったことを確認すると、為朝の足元に転がる男たちを脇に退かして、元の場所に端然と座った。

乳母子のことなど気にも留めず、為朝はゆっくりと鬼烏帽子にむかって歩を進める。怖気づいた壮年の罪人は這うようにして壁まで逃げた。背を壁に預けて、鼻の上の傷をひくひくと震わせる。

「なっ、なんなんだ、あんた」

鬼烏帽子の悲鳴を聞きながら、為朝はのたうちまわる男たちを踏みつつ進む。

「来るなっ」

首を激しく左右に振る鬼烏帽子の顔から汗がほとばしる。

「三郎太夫から言われてきたのか。儂に代わってあんたが罪人の長になれと命じられたのか。代官の命になど、誰も従わぬぞ。儂を殺せば、あんたはこの島の罪人たちすべてを敵に回すことになる。それでも良いのかっ」

叫び続ける罪人の長の前にしゃがみ、為朝は笑う。

「罪人の長などになりたいとは思わぬ」

「へ」

「流人の長は御主であろう、鬼烏帽子」

顔に貼り付いた感情が怯えから安堵に変わった刹那、為朝を見つめる鬼烏帽子の瞳の奥に邪な光が閃いた。

すばやく懐に入った鬼烏帽子の右の拳が、為朝の顔めがけて突き出される。固く握った拳の人差指と中指の間から釘(くぎ)のような物が飛び出していた。

顔を逸らしてぎりぎりで避ける。

長く伸びた鬼烏帽子の右腕を、肘を支点にしながら逆に曲げた。肉と筋が引きちぎれる音を聞きながら、為朝は罪人の背に回ってうつ伏せに寝かせ、膝を乗せる。

「我の力になれ鬼烏帽子」

腕を後ろに絞って行く。背中を潰され、鬼烏帽子が言葉にならない悲鳴を絞り出す。

「この島に住まうすべての者に利のある話だ」

「なっ、なにを」

「我に合力すれば、御主たち罪人はこの島の民となる」

「話を聞かせてくれ」

喉から必死に言葉をひり出した鬼烏帽子の背から膝を退かす。大島の罪人の主は、もう刃向かいはしなかった。

とつぜん現れた罪人の群れに、村は大混乱に陥った。

鬼烏帽子に従う罪人たちは、大挙して三郎太夫の屋敷を取り囲んだ。先頭を行く鬼烏帽子の隣に娘婿の姿を認めた三郎太夫は、何が起こったのか解らぬまま、為朝の求めに応じ、二人だけで代官の自室に入った。

「これはどういうことじゃ、為朝殿」

厳しい目を婿にむけながら、三郎太夫が問うた。為朝は悠然と胸を張りながら、舅へと答える。

「大島は我が治める」

「なんと愚かな」

罪人に屋敷を囲まれてもなお、三郎太夫は動じない。やはりあの瑠璃の父である。為朝は代官の態度に、頼もしさを感じていた。

「この島は儂の物ではないのだぞ婿殿。儂はただの代官じゃ。この島は宮藤介茂光様の所領である。儂を屈服させたとしても、其方の物にはならぬ」

「そのようなことは言われずとも解っておる」

「ならば愚かなことは止めろ」

三郎太夫は、開け放たれた戸のむこうに見える塀を見た。塀の裏からは男たちの笑い声が聞こえている。鬼烏帽子の命に従っているだけの罪人たちは、なぜ己が代官の屋敷を囲んでいるのかすら解っていない。代官の郎党たちと睨み合っている最中でも、他人事のように気楽に語らい合っている。

「あのような者たちを従えて、この島を支配するつもりか。そんなことはできぬぞ婿殿。

奴等を島に放てば、作物は奪われ、女たちは犯される。この島は荒れ果ててしまうぞ」

三郎太夫の喉が大きく上下した。みずからが吐いた言葉を脳裏に夢想し、戦慄している。

「罪人たちだけを味方とするわけではない」

「たわけたことを申すな」

代官が床を激しく叩いた。婿を睨みつける目に殺気が閃く。為朝の言わんとすることを悟り、ひと足先に怒りを露わにしたのだ。

「我等と罪人をともに従えることなどできぬ」

「できる」

「所詮は戦場でしか回らぬ知恵か。鎮西八郎」

じりじりと膝をすべらせ、三郎太夫が為朝に寄る。

「良いか為朝殿。大島に住む者は都から送られてくる罪人どもに怯えて生きてきた。代官とその郎党が罪人どもに常に目を光らせておる故、なんとか静かに暮らしておられる。だが心の奥にはいつも不安があるのじゃ。奴等を恐れておるのじゃ。殺し、盗み、およそ人の所業とは思えぬことをやり、奴等はこの島に流されておる。御主もそうじゃ為朝殿。戦場で幾人の武士を殺めてきた。どれほどの女子供から夫や父を奪ってきた。我等は平穏に暮らしておるのじゃ。それを邪魔するでない。罪人は罪人ぞ。我等とは交われぬ」

「交わらずとも良い。そのようなことを我は望んでおらぬ」

「為朝殿っ」

三郎太夫が為朝の膝に手を置いた。

「なにを考えておられるのじゃ。儂は其方の舅じゃ。はっきりと申してみよ」

舅……。

二人目だ。最初の舅は薩摩にいた。為朝の顔色ばかりを気にする男だった。己が領内では威勢が良いが、外に出ると意気地が無くなる。武士であると言ってはいたが、為朝にはそうは見えなかった。

果たしてこの男はどうか。

悲愴な眼を婿にむける三郎太夫に、冷淡な声を吐きかける。

「先刻言った通り、この島は我が治める」

「どうやって」

膝に手を置いたまま三郎太夫が問うた。為朝は赤く染まった舅の目を見ながら答える。

「宮藤介茂光へ納めておる税を今後いっさい納めぬ」

固まった三郎太夫に、為朝はなおも語る。

「それはすべて都に住まう者どもの手に渡る物だ。この島の民は、土に触れたこともない都の公卿どものために痩せた土地を耕しているわけではない。己が作りし物はみずからの物だ。それが当然ではないか」

「童のごとき理を平然と申されるわ」

溜息とともに三郎太夫が言葉を吐いた。そして一度深くうなだれてから、為朝の膝を叩いて立ち上がった。

為朝に背をむけた舅は、開かれた戸の先にある縁廊下に胡坐をかく。庭に目をむけたまま、三郎太夫は穏やかな声で語りはじめる。

「この国は都に住まう帝と公卿によって治められておる。政から逸れた者は罪人となるのじゃ。そのようなことは儂が言わずとも、婿殿が一番解っておることであろう」

為朝は続きを待つ。三郎太夫は肩越しに一度、娘婿を見て笑ってからふたたび縁廊下のむこうにある猫の額ほどの庭に目をやった。

「政から逸れる者が少なければ、罪人として捕らえられて終わりよ。しかし島ひとつ、荘園すべてが逸れたとなれば、もはやそれは罪人ではない。賊じゃ。政に背いた賊を、都の帝や公卿は絶対に許しはせぬ」

「我はすでに賊である」

「そうであったな」

言って代官は小さく笑った。

「帝に弓引くなど、余人には到底真似できぬ行いじゃ。そう容易く賊であるなどと言われると、さすがの儂でも答えが見つからぬ」

「真のことだ。我は帝に弓を引き、流された。それ故、解ったことがある」

為朝は腹に溜めた気とともに吐いた言葉を、舅の背に叩きつける。

「帝も我も同じ人なり」

三郎太夫は答えを見失っているようだった。無言のままの舅にさらに言葉を投げつける。

「我が賊となった戦は、帝と上皇の兄弟の争いであった。民に理非を説き政を布く者が、血肉を分けた者と争うたのだ。けっきょく帝などと偉そうに申してみても、己が身が可愛いだけの、我等となんら変わらぬ人なのじゃ」

「正気か」

「御主も都に行き、帝を見ればわかる」

揺るぎない言葉に、三郎太夫が顔を伏せる。

「帝に背くなど、大島の代官である儂には考えも及ばぬことよ。それ故、儂の言葉で為朝殿に問おう」

縁廊下で尻を回し、為朝へと躰をむけた。

「儂が賛同せねば、どうするつもりじゃ」

「我は道を譲るつもりはない」

もう一度、武士として生きると決めた。誰になんと言われようと止まるつもりはない。

「儂を殺すか」

答えない。

「従わぬ儂を斬り、御主を討とうとする郎党共を罪人たちと戦わせ、力でこの島を従えるつもりか。それで民が納得すると思うか」

「この島の民と罪人が日々の糧に窮せぬようにしたいと我は思うておる。だから御主を斬りとうはない」

腰をあげた三郎太夫が、敷居をまたいで為朝の前に座る。胡坐をかいた膝の上に置いた掌がかすかに震えていた。

「税を納めず、都の政から離れ、この島だけで生きてゆくというのか」

「近隣の島も治めるつもりだ」

「都に納めるべき作物があれば、この島は今より幾何かはましな暮らしができる。が、事は為朝殿が思うように上手く運ぶはずもない。必ず討伐の兵が差し向けられようぞ」

「その時は、我の武勇にて退けてみせよう」

「伊豆の島々だけで日ノ本と戦うつもりか」

うなずくと、舅が両手を広げて大笑した。

「日頃、郎党たちの前では恐れ知らずを装ってはおるが、儂は臆病でな。死ぬのがなにより恐ろしい。それ故、島におりながら余程のことがない限り海にも出ぬ」

「我は御主を斬りとうはない。瑠璃が悲しむ」

「儂も殺されとうはない。どうやら道はひとつしか残されておらぬようだな」

舅がみずからを納得させるように、何度も顔を上下させる。

「儂は為朝殿に脅されて軍門に降る。それでも良いか」

「構わぬ」

「ならば好きにするが良い。儂の郎党たちも好きに使えば良かろう。ただひとつだけ約束してくれ。儂や瑠璃を殺すようなことだけはしてくれるな」

「承知した」

大島が為朝の手に落ちた。


幼子を寝かし終えた瑠璃が為朝の隣に寝た。海に出なくなりすっかり白くなった肩を抱きながら、ささやくように問う。

「我は御主の父を斬ろうと思うた」

分厚い胸板に頰を付けて、瑠璃は黙って聞いている。

「今日、我は罪人である己を捨てた」

「武士に御戻りになられたのですね」

瑠璃が躰を寄せてくる。穏やかな温もりが為朝の半身を包む。闇に沈む天井を見つめながら、妻に語る。

「我はこの島を御主の父より奪った。周囲の島も力で従える。都にいる帝に弓を引く。我はふたたび賊となる。御主は賊の妻、息子たちは賊の子となる」

もう為朝はひとりではない。妻と子という存在が、これほど己のなかで大きな物となるとは思わなかった。己が道を歩む為朝の後ろには、つねに瑠璃と子供たちが従っている。それが重荷でもあり、心強くもあった。

「舅殿は我に脅され従うただけ。御主が望めば大島を出て舅殿の主である宮藤介茂光の元へと身を寄せることもできよう」

瑠璃が声をあげて笑った。

「なにが可笑しい」

「私は為朝様の妻です。ここを離れるつもりはありませぬ」

「しかし」

「なにがあろうと私はあなたのそばを離れるつもりはありませぬ。でも足手まといにもなりとうはございません。私たちのことが心残りになって思うままに戦えぬのであれば、今ここで御斬りください」

「そうか」

肩をきつく抱き寄せる。

「どうなされますか」

「そばにおれ」

これが女に惚れるという心地かと、闇を見つめたまま為朝は思った。

四

六年……。

まさかこれほど長い歳月を平穏無事に過ごせるとは思ってもみなかった。罪人たちを従え、舅から大島を奪った為朝はその後、近隣の島々をも手に入れた。三宅（みやけ）、神津（こうづ）、八丈ケ島（はちじょうがしま）、みつけ、沖の小島、三倉（みくら）、新島（にいじま）という七つの島が為朝の所領に加わっている。

最初の一年ほどは宮藤介茂光の使者が、税の督促のために大島を訪れたが、三郎太夫の代わりに支配者として相対する為朝の強硬な姿勢を前に、ある者は斬られ、ある者は船にくくられ流された。そうこうするうちに、いつしか使者も訪れぬようになった。

いまや伊豆の島々は完全に為朝の支配下に置かれている。

しかし当の為朝は焦っていた。島々を手に入れることが目的ではない。都の政に背き、賊となってふたたび戦を起こすために、大島を手に入れたのだ。なのに都の武士はおろか、宮藤介の兵でさえ島には一人たりとも訪れないのである。だからといって、こちらから仕掛けるには人も船も足りなかった。家季の策通り、討伐軍の尖兵を打ち果たし、彼等が乗ってきた船を奪い、できれば敵をも屈服させて海を渡る。そうして坂東に拠点を移し、次第に勢力を広げてゆくしか手はないのだ。

果たして、その時は訪れるのか。

平穏な日々に埋もれ、次第に六年前の気持ちも薄れてゆく。気付けば二十八になってい た。子も増えている。息子が二人、娘が一人、三人の父親になっていた。

しかし、そのうんざりするほど長い倦怠は、突然破られたのである。


「一大事にござりまするっ」

鬼烏帽子が為朝の居室に転がり込んだ。かつては罪人の頭目であった男も、いまでは為朝の屋敷の近くに居を構え、村の年増の後家と所帯を持っている。奪うことと犯すことを禁じていたが、好き合うた仲ならば為朝は添うことを許した。

都に税を納めず、罪人たちと民の垣根を無くし、新たな政を行っている。民の心から、罪人への疑いと恐れは無くなりはじめていた。

「いかがした」

為朝のかたわらに座していた家季が、冷淡な視線を鬼烏帽子にむける。家季はいまだに罪人たちに冷ややかな態度で接していた。為朝は主、己は武士、三郎太夫たちは島の民、そして鬼烏帽子らは罪人と、頭のなかではっきりと区別しているようである。

「遠方まで船を出していた者が戻ってきて、伊豆に物凄い数の船が集まっているのを見たと言うておりまして、遠目の利く奴が申すには、侍たちの旗が方々にはためいていたと」

鬼烏帽子の言葉を聞いた為朝は、家季を見た。四十手前になった乳母子は、常でも濃い眉間の皺をいっそう深くして主にうなずく。

「舅殿を呼べ」

外に控えていた三郎太夫の郎党に命じる。この島を手に入れてから、為朝は三郎太夫の屋敷の隣に新たな屋敷を構えた。代官である舅の家よりもひと回り広い敷地であった。

しばらくして三郎太夫が足早に廊下を進み、為朝の前に現れた。鬼烏帽子は家季と向かい合うようにして座っている。下座に平伏した舅は、頭を深く垂れたまま固まっていた。

「なにかございましたか」

舅の問いに、為朝は問いを返す。

「宮藤介茂光からなにか聞いておらぬか」

「なんのことでございましょう」

「伊豆に軍船が集っているそうだ。海から戻ってきた者たちから鬼烏帽子が聞いたらしい」

鬼烏帽子を見ると、六十間近の老人はすっかり白くなった髭を上下させた。

「御惚けになられると為になりませぬぞ」

細めた目を三郎太夫にむけ、家季が冷酷な声で問う。嫌悪の色を瞳にみなぎらせながら、舅が乳母子をにらむ。しかし家季は、動じることなく感情の失せた顔のまま、この島の代官を責める。

「六年もの長き間、なんの沙汰もなかったものが、いま頃になって何故、兵が差し向けられることになったのか」

「某が密告したと」

「違いまするか」

「埒も無きことを」

舅が一笑に付した。そして乳母子から目をそらし、為朝を見る。

「為朝様は幾度も宮藤介殿の使者を追い払われておりまする。伊豆の島々の実情はすでに宮藤介殿に知れておる。今さら密告などする必要がどこにありまするか。そんなことよりも、余程気にかかることがござりまする」

「なんだ」

為朝が問うと、三郎太夫は饒舌に語った。

「宮藤介殿は己よりも立場が上の者の顔色を気にする御方。六年もの間、税を納めずにやってこられたのは、宮藤介殿の御気性の所為であると思われまする。つまり宮藤介殿は、大島の実情を都に報せなかったのでござりましょう。それがどういう訳か、どこからか漏れてしまった」

「それで伊豆に兵が集められたと申すか」

「左様」

うなずいた三郎太夫が、もう一度家季をにらんだ。しかし乳母子は舅の視線をそらすように目を細めて虚空を見つめている。

「ま、真にここに来るのでしょうや」

三人の顔を交互に見遣り、鬼烏帽子が問う。

「間違いなかろう」

家季が答える。声を失う老人に、虚空をにらんだまま乳母子は続けた。

「すでに都は平家一門に支配されております。武家が政を行う世となったのです。平家に抗う者など、もはや日ノ本にはおりませぬ。軍船となれば、向かう先はこの島以外にござりますまい」

「都の内情に御詳しゅうござるな」

三郎太夫が陰険な声で言うと、家季が頬を引き攣らせながら言葉を重ねた。

「都での暮らしが長うござりました故、昔の馴染みから色々と報せが来るのです」

「左様か」

言って三郎太夫が為朝を見た。

「疑うべきは某ではござらぬのでは」

「無礼な」

血相を変え、乳母子が腰を上げた。

「御主、誰に申しておるっ」

「ここにおる誰かを指して申したわけではござらぬ」

舅が顔を背けながら言った。家季はさらに激昂し、立ち上がって詰め寄る。

「なんじゃ、御主はなにが言いたいのじゃ。はっきりと申せ」

「止めよ」

圧を込めた為朝の声が部屋を震わせる。

「座れ」

命じられた家季が、しぶしぶ元の場所に腰を落ち着ける。

「敵が来るのだ。戦うのみぞ」

三人は黙っている。

「戦の支度を急がせろ」

為朝は立ち上がり部屋を出た。

敵が来る……。

躰が燃えるように熱かった。

港から見える水平線に船が並んでいる。海への道を封じるように、百艘ほどが浮かんでいた。

「あれだけの船だ。敵は五百は下るまい」

腕を組み、港の突端に立ちながら為朝は背後に控える家季に言った。乳母子の手には為朝の弓が握られている。

「平家の世……。御主はそう申したな」

「は」

掠れた声で家季が答える。乳母子の声はずいぶん年老いていた。かつては張りがあり瑞々しく、言葉には常に勢いがあった。それがすっかり変わってしまった。疲れ、倦み果て、なにもかもを諦めてしまったかのごとく、萎れきっている。

「我が生きておる限り源家は潰えぬ。そう兄は申したのだな」

「左様」

言葉少なに答える乳母子に背をむけたまま、為朝は語る。

「これだけの敵を前にしても、我はまだ勝てると思うておる」

「でなければ為朝様ではありませぬ」

「そうだな」

勝ち続けることこそが武士。そして為朝は武士なのである。

「家季よ」

腕を組み、海を埋め尽くす軍船を見つめたまま、為朝は静かに問うた。

「御主は勝ちたいか」

郎党が答えに窮する。為朝は待たずに問いを重ねた。

「それとも死に場所を求めておるのか」

「為朝様のために死なんと思い敵に当たり、義朝様の死に際にも付き従うことができず、死に場所などとうの昔に見失うておりまする」

「ならば何故、御主は我の元におる」

「為朝様とともに源家をふたたび、武家の惣領へと」

「真にそう思うておるのか」

家季が言葉に詰まる。もともと誠実な男であった。どれだけ取り繕っていても、声に本心が滲んでいる。

「まぁ良い」

為朝はちいさくつぶやき、海を見た。細かい銀色の光を散らした水面を掻き分け、船がじわじわと近づいてくる。

「為朝殿っ」

　鎧を着けた鬼烏帽子が駆けてくる。酷薄な顔付きの家季を横切って近づいて来る罪人の頭に、為朝は躰をむけた。老いた罪人はひざまずいて大声を吐く。

「罪人たちはすでに村に揃っておりまする。三郎太夫殿の郎党も、戦支度を整え、為朝様の下知を待っておりまする」

「そうか」

　為朝は家季を見た。すると乳母子は、手にしていた弓を掲げる。無言のままそれを受け取ると、為朝は二人に背をむけ海を見た。

　紺碧を走る船は先を争うように大島へと向かってくる。一番速いものは、もうすでに為朝の矢が届くところまで迫っていた。

　背の箙へと手を回す。

　先細の鏃の付いた矢を取る。兄に腕を抜かれてからは、鑿のごとき鏃の矢を飛ばすことはできなくなった。いま箙にあるのは、すべて細く尖った鏃の矢ばかりである。

　船から男どもの喊声が聞こえてきた。

　弦に矢筈を嚙ませながら為朝は笑う。

　波に乗って聞こえてくる敵の声は勇ましい。数を頼り、勝ちを確信した雄叫びである。

　両手を胸の辺りに掲げ、そのまま額のほうへと上げてゆく。笑みに歪む為朝の目がとらえているのは、一番先頭の船だ。余人を見下ろす者の顔が一気に青ざめるのが、たまらなく好きだった。

「しかと見届けよ」

功を焦り、櫓で激しく水面を掻く船にむかってささやく。

腕を左右に広げた。弦が鳴く。全身の芯に力を収斂させ、弓を構えたまま動きを止める。

「為朝様」

「黙っておれ」

不安そうに言った鬼烏帽子を家季がたしなめる。郎党たちのやり取りなど、為朝の耳には届かない。

弦を弾いた。山から降りてくる風に乗り、矢が海を駆ける。敵の弓では為朝たちのところまでは届かない。為朝の間合いだ。海水に晒され黒く染まる船底と、茶褐色の乾いた船体の境目辺りに矢が突き立った。深く貫いてはいたが、水の力に抗しきれずに幾度か波に下から叩かれた後、鏃ごと船体から離れる。

躊躇なく二本目の矢を番えた。指先まで先刻と寸分たがわぬ動きで、弓を構える。狙いはそのまま。笑みも絶やさない。

「たっ……」

鬼烏帽子の声が聞こえたが、どうやら家季にさえぎられたらしい。

先頭を進む船には、為朝の矢が穿った傷が上下する波の合間に覗いている。

行け……。

念じながら放つ。

一矢目と同じ挙動で鏃は海面ぎりぎりを走ってゆく。波の動きと船の進みも頭に入れている。狙いが外れることはない。絶対なる自信を裏付けるように、二本目の矢が先刻の傷跡をふたたび抉る。さすがに今度は、船上の敵も動揺した。幾人かの男たちが船べりに身を乗り出し、矢の刺さったあたりを覗き込んでいる。だからといって為朝の弓射を阻むには、あまりにも間合いが離れていた。

二本目も波に叩かれ飛んだ。

諦めない。いや、はなから二本程度でやれるとは思っていなかった。三矢目が飛ぶ。乾いた音とともに船体を形作る杉の木肌が弾けた。しかし、矢は分厚い板に阻まれ、海面に浮かぶ。

四矢目だ。船から乗り出す敵が為朝にむかって吠えている。これまでと違うなにかが弾けるような音が、船で鳴った。

為朝は尖らせた口から息を吐き出しながら、弓を下ろす。

船体にぽっかりと開いた穴に、海が吸い込まれてゆく。あまりの光景に、鬼烏帽子がたまらず為朝の脇をすり抜け膝を突き、両手を砂利につけながら首を伸ばした。

「矢で船を沈めるなど、そのようなことが」

うわごとを口走る鬼烏帽子の目の前で、船が傾いてゆく。その周囲で、敵の船が止まった。島へと迫っていた敵の群れが、示し合わせたようにいっせいに櫓を止める。

敵が静止したのは束の間であった。為朝たちが見守るなか、じりじりと後退してゆく。穴を開けられた船は、海上に舳先（へさき）だけを残し没しようとしている。その周囲には、投げ出された男たちが水しぶきを上げながら彷徨っていた。

彼等を助けようとする船はない。泳いで港に辿り着くには、あまりにも離れすぎている。勝ち誇り、雄々しい喊声をあげていた敵は、為朝の目の前で悲鳴とともに水底へ没しようとしていた。残った者たちも、矢を恐れ沖へと戻っている。

背後から男たちの声があがった。島の者たちだ。為朝の今の戦いを見ていた男たちが、民も罪人もなくいっせいに声をあげた。

「凄まじきものを見た」

立ち上がった鬼烏帽子が為朝に言った。

「しばらくは攻めては来ぬまい。ひとまず屋敷に戻るぞ」

為朝は鬼烏帽子に言って、弓を家季に渡した。静かに受け取った乳母子は、後に従う。

「敵は為朝様の矢を恐れ、引き返すのではありませぬか」

上機嫌で鬼烏帽子が語った。家季が鼻で笑うのを背に聞きながら、為朝は鬼烏帽子にやさしく答えてやる。

「あれだけの数で攻め寄せておるのだ。一隻沈められただけで戻れはしまい」

「しかし矢で船を沈めるなど、人の仕業とは思えませぬ」

「鬼じゃ」

為朝の言葉に鬼烏帽子が戸惑い、声を失う。

「我は帝に弓引く、埒外の鬼よ」

「そ、その通りにござりまする」

鬼烏帽子が我が意を得たりという様子で、為朝の隣に駆け寄って並んだ。

「為朝様は鬼じゃ。大島に住まう鬼神よ。鬼に戦を仕掛ける愚か者などおりますまい」

為朝が首を左右に振ると、鬼烏帽子がまた不安そうな顔をする。為朝は構わず続けた。

「我の一族にはかつて鬼と戦うた者がおる」

小首をかしげる鬼烏帽子は知らないようだが、たしかに源家には、帝の政の埒内にあった鬼と戦った武士がいる。

「己の想いとは別のところで人を動かす。政にはそれだけの力がある。鬼を恐れ、死を恐れようとも、帝に背を押された者たちは、かならず我に刃をむけよう」

「為朝様っ」

村から三郎太夫が駆けてきた。見開かれた目は血走り、顔に切迫の色が浮かんでいる。

「どうした」

問うたのは家季だった。

「島の裏手より敵がっ」

鬼烏帽子が身構える。無言のまま立つ為朝の胸に、三郎太夫が取り縋った。

「すでに敵は上陸しておりまする。攻めてきたのは宮藤介茂光殿をはじめ、伊藤、北条、宇佐美ら伊豆の郎党」

「そうか」

舅に答えた為朝に、鬼烏帽子が問う。

「いかがいたしまするか」

「陸に上がったのであらば仕方無かろう。すべての男たちを集め、ここを守る」

「迎え撃ちませぬのか」

問うたのは家季だった。

「数は敵で勝っておる。男どもを散らすよりも、ひとつに固めて戦うたほうが良い」

「守りまするか」

醒めた眼差しで言った乳母子にうなずいてから答える。

「そうじゃ」

「守る戦ははじめてでござりまするな」

家季の言葉には寂しい響きがあった。

五

島の裏手から上陸した敵が押し寄せてくることなく、夜を迎えた。

為朝は妻や子が眠る己が屋敷で朝を迎えた。いつ何時、敵が攻めてくるか解らない。家族と過ごすわけにはいかないから、客間でひとり、鎧を着込んだまま褥も敷かず壁に背を預けて座りながら眠った。

珍しく夢を見た。日頃は眠ったらすぐに朝。為朝の眠りはいつもそうだった。だから起きた後も、はっきりと覚えていた。

ずっと矢を放っている。

幾度も幾度も。

周囲の景色が刻々と変化した。

片肌脱ぎの義朝、女のごとき顔でにらむ義賢、愛想笑いを浮かべた阿多忠景。父、為義が消えたかと思えば、鎧姿の義朝がふたたび現れた。

悪七、城八、余次三郎、紀平次、源太の後は、瑠璃と子供たち。そして家季。

はじめは子供だった為朝は、周囲の者たちがくるくると変わってゆく度に大きくなり、最後はいまの己と重なった。夢のなかの自分が二十八の為朝になった瞬間、音が鳴るほど強烈に瞼が開き、目覚めた。

開け放たれたままの戸のむこうに見える空はまだ暗く、西方に浮かぶ月が星の瞬きのなかで黄色に染まっている。東の空がうっすらと白くなり、その周囲の星々がじきに訪れるであろう朝に呑みこまれようとしていた。

為朝は重い頭を幾度か振り、力任せに立ち上がる。冷え冷えとした床を歩み、朝露に濡れた縁廊下に立つ。

まじまじと朝焼けを見るのははじめてだった。驚くほどの早さで、東の空が光を強めてゆく。さっきまであれほど輝いていた月が、色を失い陽光に吸い込まれようとしていた。

朝が来る。

為朝は室内に目をやった。長年ともに戦ってきた弓が、壁にもたれかかったまま静かに眠っている。朝靄に煙る庭に背をむけ、相棒へと近づいてゆく。己の背丈より大きな弓を左手に持った。

「今日も頼む」

艶のある地肌が、射し込む朝日を受けしっとりと輝く。矢を番えぬまま弦を引いた。そして狙いを定めるように庭を囲む塀の外に目をむける。空はすっかり朝がおおっていた。

弦を弾く。軽やかな振動が弓を伝って掌を震わす。為朝は口許をほころばせる。それと同時であった。屋敷の外から無数の声が上がった。敵。それにしてはあまりにも屋敷に近い。

　不審に思い、床に投げ捨てていた兜を被り、矢が満ちた箙を付けて縁廊下を駆ける。玄関近くまで来た時に、外から戻って来たであろう家季と出くわした。

「何があった」

　問うた為朝に、片膝立ちになって乳母子が答える。

「敵が襲ってまいりました」

「鬼烏帽子や舅殿はどうした」

「おりませぬ」

　冷淡な口調のまま家季が答えた。

「おらぬだと」

「三郎太夫や鬼烏帽子だけではありませぬ。代官の郎党、罪人はおろか、この村に住まう者たちすべてが消えておる様子」

「そんなことが」

「敵が謀を弄したのでござりましょう。すでにこの村におるのは某と為朝様のみ」

　為朝は背後に顔をむけた。その視線のむこう、壁をへだてた場所には妻と子供たちがいる。おそらく今の喊声を聞いて、起きたはずだ。いや、もしかしたら舅である三郎太夫の指図ですでに屋敷から抜け出しているかも知れない。

「いかがなさりますか」

すぐにはなにも思いつかなかった。屋敷の周囲は敵に囲まれ、味方は姿を消している。この情況で家族を守りながら戦えるのか。

「為朝様が従えておられた者たちは、いずれも力によって頭を垂れさせられた者ばかり」

「なにが言いたい」

問われた家季は顔を上げ、為朝を見ながら答えた。

「大人しく従えば今度のことは罪を問わぬ。それだけを約束すれば、三郎太夫も鬼烏帽子も宮藤介に抵抗はせぬかと」

「まさか舅殿が」

家季は黙ったままうなずくだけだった。

「為朝殿っ」

血塗れの鬼烏帽子が駆けてくる。背後には十数名の罪人たちを連れていた。

「遅くなりましたが、包囲を抜けて馳せ参じましてござりまするっ」

ひざまずいて叫ぶ老人は、額に鉢金を巻き、草摺の付いた胴のみを着けた格好で、得物は長刀ひとつであった。背後に控える者たちも、鬼烏帽子と変わらぬ粗末な形である。

「昨夜、得物を捨てれば許すという触れが島じゅうに出され、儂等以外の者たちは……」

苦渋に満ちた顔で口籠った老人を前に、家季を見た。乳母子は目を伏せて溜息を吐く。

「代官や村の者たちは、すでに山へ逃げておりまする。罪人たちの大半も同様。為朝様に従う者は、これがすべて」

「そうか」

鬼烏帽子に答えると、縁廊下を踏み鳴らす足音が背後から聞こえてきた。

「旦那様」

子供たちを連れた瑠璃が青い顔をしている。

「舅殿からはなにも申してこなかったか」

瑠璃が細い首を左右に振る。

「娘や孫を見殺しにするとは」

ひざまずいたまま鬼烏帽子がつぶやく。為朝はしゃがんで九歳になった長男の頭に手を置き、笑ってみせる。恐ろしいのであろうが口を真一文字に結んで必死に耐えていた。父を見つめる目が涙ぐんでいる。

「御主が母上を守るのだぞ」

幼いながら、気丈にうなずいた息子の頭を撫でてから立ち、罪人の長に目をむけた。

「妻と子を頼む」

弓を片手に塀のむこうに目をむけた。

「我は行く」

「嫌ですっ」

叫んだ瑠璃が、為朝の胸にすがる。

「私はここで為朝様が戻られるのを御待ちいたしますっ」

「愚かなことを申すな」

「為朝様と夫婦になった時から、死ぬるなら共にと決めておりました」

胸にすがる妻を引き剝がし、両肩をつかむ。

「御主は鬼烏帽子とともに島を出ろ。そして我等の子を守れ。この子たちがおれば、我の血は絶えん。源家の血は潰えぬのじゃ」

「でも」

「御主だから頼むのじゃ。罪人の我と夫婦になってくれた御主だから、我は心置きなく子を任せられる。これは女子へ申しておるのではない。御主を武士と見込んでの我の命ぞ」

「為朝様」

柔らかい瑠璃の頰を涙が濡らす。子供たちを抱きしめる瑠璃に目をむけてから、家季が為朝の前に立った。

「某は為朝様とともに」

太刀に手をやり、乳母子が力強く言った。

「御主は鬼烏帽子たちとともに逃げろ」

「なにを申されまするか」

「清盛と通じておるのであろう」

為朝の問いに乳母子は口籠る。

「御主を拾うたのは兄ではなく、清盛なのであろう。御主は白河北殿で赤い旗を差した敵へと駆けていった。あれは平氏の兵ぞ」

家季は黙って聞いている。

「兄を討った清盛は、源家の血を継ぐ我が邪魔であった。六年……。そは清盛が都で地歩を固める時であったのであろう」

「そこまで解っておきながら何故」

「御主が苦しんでおったからじゃ」

大島で再会した家季は、昔の家季ではなかった。苦悩を満面に張りつかせ、笑みを見せることは一度もなかった。

「旧主といまの主の間で苦しむ御主を、放っておけなんだ」

「いまの主……」

乳母子の左手が柄を握りしめる。

「某の主は為朝様ひとりにござりまする」

「では何故、清盛に」

「為朝様に死に場所を……。このようなところで朽ち果てさせとうはありませなんだ」

「それ故、誘いに乗ったか」

うなずく乳母子から目をそらし、鬼烏帽子を見た。

「頼みがある」

「なんなりと」

「屋敷に敵が満ちる前に妻と子を連れて島から離れてくれ。難しい頼みではあるが、聞き届けてくれまいか」

涙を目に浮かべ、鬼烏帽子が笑う。

「この六年。為朝様のおかげで我等罪人は、島の民として生きられました。大恩に報いるためにも、必ず瑠璃様と御子たちを逃がしてみせまする」

後ろに従う男たちも熱い目で為朝を見上げながら力強く笑った。

「頼んだ」

「為朝様」

すがりつこうとする妻を手で制する。そしてしっかりと瑠璃の顔を見ながら語った。

「御主は子のため、なにがあっても生き延びよ。わかったな」

「承知仕りました」

武士のような口振りで瑠璃が気丈に答えた時だった。塀を越えて無数の矢が飛来した。

「時はない。行くぞ家季」

　妻たちを残し、為朝は縁廊下を駆けて門を目指した。すでに数人の敵が塀を乗り越えようとしている。

「家季よ」

　背の箙に手を伸ばし、矢を取りながら乳母子に語りかけた。家季はすでに太刀を抜き放っている。

「いつも多勢に無勢じゃな」

　言いながら番える。

「そうですな」

　答えた家季が門のほうへと駆ける。為朝は弓弦を鳴らした。塀から顔を出した敵の顔に大穴が開いて消える。

「門を開け」

　家季に叫び、二本目の矢を番えて駆けた。閂（かんぬき）を外した乳母子が、門を開いて外へと躍り出る。

「行くぞ家季ぇぇっ」

　為朝の咆哮が天を震わす。すでに家季は敵の群れに呑まれている。開かれた門のむこうに見える騎乗の武者に鏃をむけた。

矢が空を斬り裂きながら一直線に飛んでゆく。兜を弾いて武者の首が折れた。滑稽なほどに頭を曲げた騎馬武者は、尻で鞍を撫でながら馬から転がり落ちた。

将を討たれ敵の動きが鈍る。その隙を見逃さず、家季が男たちを薙ぎ倒して道を開く。

為朝も駆ける。後ろ足で門を閉じた。気休めとわかっているが、妻たちを逃がす時が欲しかった。

閉じた門の前に立ち、叫ぶ。

「我は八幡太郎義家が曽孫。源鎮西八郎為朝なりっ」

朝臣とは名乗らなかった。己は都の政の埒外にいる鬼だ。賊である。

叫びとともに三矢目を放つ。家季に長刀を振り下ろそうとしていた雑兵の胴を貫いた矢が、その後ろに立っていた者の股をも射貫き、三人目の膝を砕いて地に突き立った。

獣じみた声をまき散らし、乳母子が太刀を振るう。長い間の懊悩を晴らすかのごとき、奮迅の働きであった。家季の太刀の餌食になった者は、数十人に上っている。それでいて二人はかすり傷ひとつ負っていなかった。

「楽しいのぉっ家季っ」

まるで兄が乗り移っているかのごとく、為朝は陽気に叫んだ。

自然と笑みがこぼれる。久方ぶりの戦場。これこそが為朝の求める場所だ。勝って勝って勝ち続ける者が武士である。みずからの力で道を切り開く。為朝はこれまでそうやって生きてきた。都での幼き日々も、九州でも、都に戻ってからも、つねに為朝は己が力のみを信じ戦ってきた。いま目の前に広がっている光景こそ、為朝が生きて来た世の縮図である。

四本目と五本目の矢を続けざまに放ち、敵の群れの奥で叫ぶ騎乗の武士を射止めた。次々と将を討たれ、敵の動きは目に見えるほどに鈍っている。眼前の敵がそれでも必死に太刀を振り被りながらおそってくる。

「無駄じゃっ」

大きく上げた足で男の胴を蹴り飛ばし、倒れた躰を踏みつけて飛ぶ。六本目の矢を放ち、騎乗の武者を射た。喉を貫かれた敵の躰が鞍から浮き、宙を舞うようにして群れのなかに消える。

「賊は二人ぞっ。なにを手こずっておるっ」

喚声を掻き分けて敵の声が聞こえた。

笑みのまま為朝は叫ぶ。

「我等は鬼ぞっ。人である御主たちが何人かかって来ようと討たれはせぬっ」

矢を放つ。敵を叱咤する言葉を吐いた男の喉が深紅に染まり、次の刹那、盛大に血飛沫を撒き散らす。

家季の甲高い笑い声が聞こえた。見ると乳母子は、満面に笑みをたたえながら、城八に負けぬほどの強烈な太刀筋で、眼前の敵の胴を鎧ごと両断していた。

眉根を寄せた泣き顔の雑兵が、槍を両手に抱きながら為朝にむかってくる。恐怖で震える穂先が眼前で煌めく。身をひるがえして避ける。弦を引き絞ったまま、弓で槍の柄を横から叩く。無防備になった雑兵の腹を射る。短い悲鳴を上げて男が涙をほとばしらせながら倒れた。

骸を踏みつつ飛んだ。宙を舞う為朝の手にある新たな矢を番えた弓が、陽光を受けて輝く。狙いは家季を囲む敵だ。乳母子の太刀をさばいた六人ほどが、いっせいに刃を振り上げている。一番手前の敵の首を貫いた矢が、骨に当たってわずかに軌道を変えた。そして隣の敵の肩に入り、そのまま躰を突き抜ける。それでまた軌道を変えた矢は、上に跳ねて三人目の鼻の横から頭を貫き兜の鉢を割って止まった。着地とともにもう一本射る。家季を囲んだ残りの三人を立て続けに貫き、矢は空を飛んで敵の群れのなかに落ちた。

「忝(かたじけな)しっ」

総身を返り血で真っ赤に染めた乳母子が肩越しに為朝を見て笑った。小さなうなずきを返しながら、新たな矢を手に取る。

短い間に二人で屠った敵は、すでに五十を超していた。しかも為朝が仕留めた者の多くが、大将首である。敵の恐怖を肌で感じた。

妻は無事に屋敷を抜け出しただろうか。

不意に邪念が襲ってきたが、瑠璃たちのことは鬼烏帽子に任せるしかないと割り切って、家族のことを頭から振り払う。瑠璃たちを逃がすためにも、敵の目を引きつけておかなければならない。

余人が戦う力を与えてくれるとは思ってもみなかった。

守るべき者がある……。

為朝はひとりで戦っているわけではない。解ってはいた。悪七たちが死んだ時、己ひとりではなにもできないことを痛感させられた。それでもやはり、心のどこかでは己ひとりが生きていればどうにかなると思っていたのだ。

いまは違う。為朝は己が道を貫くために戦ってはいるが、それは同時に瑠璃たちを生かすための戦いでもあった。もはやこの戦いに勝敗は存在しない。どこまで戦えば為朝は勝ちを得ることができるというのか。味方は家季ひとり。敵は五百を超す軍勢である。途方もない戦いだ。瑠璃たちを逃がすことこそがこの戦いの勝利だと思い定めれば、少しは道が定まる。妻と子が生きてさえいてくれれば、己の死すらも勝利となるのだ。

「やるぞ家季」

「応っ」

敵の群れのなかから威勢の良い声が上がる。

もうどれだけの時を戦ったのかすらわからなかった。昔から為朝は、目の前のことに必死になると、時を忘れるくせがある。屠った敵は数知れず。気付けば箙の矢もあと一本を残すのみとなった。矢が無くなれば奪えば良い。力の続く限り戦うのみだ。最後の矢を弓に番え、弦を絞った。

「っ……」

酷使に耐えられなくなった弦が、矢筈の辺りで切れた。

「退けっ。ひとまず退くのじゃっ」

弦が切れたのと、敵の群れの方々から声が上がったのは同時だった。為朝たちの戦いぶりに恐れを成していた雑兵たちが、我先にと逃げてゆく。後には太刀をぶら下げ、呆然と立ち尽くす家季と弦の切れた弓を手にした為朝だけが残った。

すでに屋敷には瑠璃たちの姿はなかった。広間に家季とふたりで座り、為朝は重い息をひとつ吐く。

「どうやら鬼烏帽子は逃げてくれたようだな」

「はい」

答える家季の声に力がない。一刻以上もの激戦で、身も心も疲れ果てている。それは為朝も同じだった。いや、二人だけではない。

「見ろ家季」

弓を掲げる。

「弦が切れおった」

「今日に限って切れましたか」

「あぁ、真に今日に限ってじゃ」

二人して大声で笑う。ひとしきり笑い合った後、家季が天井を見上げた。しばしそうして黙った後、穏やかに語りはじめる。

「某を御斬りくだされ」

「何故じゃ」

天を仰いだまま家季は答える。

「某が島に来ねば、為朝様は瑠璃様や御子たちとともに安らかな暮らしを御送りになられたはず。死地に誘うた裏切り者の某を、為朝様は斬らねばなりませぬ」

「家季」

名を呼ばれ乳母子は主を見た。手を掲げながら為朝は語りかける。

「我は刀を持たぬ。御主の懐刀を貸してくれ」

膝立ちとなり、家季が腰の懐刀を抜いた。そのまま床を膝で滑り、平伏しながら両手で差し出す。為朝はそれを受け取り、鞘から引き抜いた。家季が鎧を脱ぎ、襟を開く。為朝は目の前に座り笑った。

主従二人、互いを見つめ笑い合う。静寂に包まれた部屋に、穏やかな風が吹き抜けた。清々しい風の匂いに、心が晴れ渡ってゆく。

「我は御主に感謝しておる。罪人としてこの島で朽ちるはずだった我が、最後まで武士として生きられたのは御主のおかげぞ」

両手で襟元を広げたまま、家季が固く閉じた目から涙をこぼす。

「さらばじゃ」

鼻から大きく息を吸い、為朝は己の首に刃を突き立てた。切っ先が喉を貫き、生温い物が口中から溢れ出す。不思議と痛みは感じなかった。喉から流れる血潮が全身の力を奪ってゆくが、柄を握る手は緩めない。最期まで武士の道を貫くのだ。

腹に気を込め、深く刃を突き入れる。

命を絶つ時に躊躇してはならない。それは敵も自分も一緒だ。

己は武士……。

深く念じながら、刃を支える。

「為朝様っ」

家季が悲鳴じみた声で叫ぶ。朦朧としながらも為朝は座ったまま、喉に突き立つ刃を握り続ける。

「何故、何故……」

為朝の足にすがりながら、うわごとのようにつぶやく家季に笑ってみせる。寒さで柄を持つ手が震えた。力も入らないから放してしまいそうだった。

しっかりしろ。

己を叱咤する。

「勝ち続けてこそ……」

それ以上は言葉にならなかった。

もはやこれまで。

ありったけの気を腕に注ぎ込み、掌中の柄を思いっきり回した。

目の前から家季が消える。

白色。

義賢たち兄弟がいる。父がいた。

義朝が両腕を広げて笑っている。

悪七、城八、余次三郎に紀平次、源太。

為朝を迎えている。

「我は……」

白色に輝く宙を舞いながら為朝は問う。

「武士であったか」

答える者はひとりもいない。

みな笑っていた。

＊

荒れ狂う波の谷間を縫うようにして小舟が西へと流れてゆく。

「なんとか敵の目をすり抜けることができましたが、宛無き旅にござりまする。ご覚悟をっ」

舳先に立ち目を細める壮年の男が背後に叫ぶ。二人の子をしっかりと胸に抱きながら、女がうなずいた。その瞳は白く煙る波の飛沫を見据えている。いや、その彼方。遥か遠くの海に没しようとしている青白き島影へとむけられていた。島の中央にそびえる山の頂さえも、波に呑まれようとしている。

女の視界から島が消え、子を抱く腕に力がこもった。幼き弟がうめく。揺れる船に二本の足でしっかりと根を張り微動だにせず母の後ろに立つ兄が、おびえる弟の肩に優しく触れた。

女は見えなくなった島のほうに顔をむけたまま、子等に告げる。

「あなた達には日ノ本一の武士の血が流れているのです。勝ち続けてこそ武士……。こんなところで死ぬわけがありません」

　母の言葉に後ろに立つ兄が力強くうなずいた。

「行きましょう。何処までも」

　つぶやく兄の手が母の肩に触れた。母もまた息子の掌に己が手を重ねる。

　母は消えた島に背をむけ、船の行く末を見つめた。

「あなたたちは日ノ本一の武士の子……。何処でだって生きてゆける」

　どこまでも広がる海原を見つめる親子の力強い眼差しに、舳先に立つ男は微笑を浮かべ口をつぐんだ。


　為朝の妻と子は大島を逃れ琉球に渡ったという。琉球初の正史『中山世鑑』には、琉球王家の祖となった王、舜天が為朝の子であると記されている。

　日の本一の武士の血は、遠い南方の血に残ったのだ。王の血脈として。

『朝嵐』二〇一九年四月　中央公論新社刊

中公文庫

朝嵐（あさあらし）

2021年9月25日　初版発行

著　者　矢野　隆（やの　たかし）

発行者　松田陽三

発行所　中央公論新社
〒100-8152　東京都千代田区大手町1-7-1
電話　販売 03-5299-1730　編集 03-5299-1890
URL http://www.chuko.co.jp/

DTP　ハンズ・ミケ
印　刷　三晃印刷
製　本　小泉製本

Published by CHUOKORON-SHINSHA, INC.
Printed in Japan　ISBN978-4-12-207118-6 C1193

う-28-13
新装版 奉行始末 闕所物奉行 裏帳合㈥ 上田秀人

岡場所から一斉に火の手があがった。政権返り咲きを図る家斉派と江戸の闇の支配を企む一太郎が勝負に出たのだ。血みどろの最終決戦のゆくえは⁉

206561-1

う-28-14
維新始末 上田秀人

あの大人気シリーズが帰ってきた！ 天保の改革から二十年、闕所物奉行を辞した扇太郎が見た幕末の闇。過去最大の激闘、その勝敗の行方は⁉

206608-3

う-28-7
孤闘 立花宗茂 上田秀人

武勇に誉れ高く乱世に義を貫いた最後の戦国武将の風雲録。島津を撃退、秀吉下での朝鮮従軍、さらに家康との対決！ 中山義秀文学賞受賞作。〈解説〉縄田一男

205718-0

う-28-15
翻弄 盛親と秀忠 上田秀人

偉大な父を持つ長宗我部盛親と徳川秀忠は、立場は違えどいずれも関ヶ原で屈辱を味わう。それから十余年、運命が二人を戦場に連れ戻す。〈解説〉本郷和人

206985-5

と-26-20
箱館売ります（上） 土方歳三 蝦夷血風録 富樫倫太郎

箱館を占領した旧幕府軍から、土地を手に入れようとするプロシア人兄弟。だが、背後には領土拡大を企むロシアの策謀が――。土方歳三、知られざる箱館の戦い！

205779-1

と-26-21
箱館売ります（下） 土方歳三 蝦夷血風録 富樫倫太郎

ロシアの謀略に気づいた者たちが土方歳三を指揮官に、旧幕府軍、新政府軍の垣根を越えて契約締結妨害のために戦うのだが――。思いはひとつ、日本を守るため。

205780-7

と-26-22
松前の花（上） 土方歳三 蝦夷血風録 富樫倫太郎

土方歳三らの蝦夷政府には、父の仇討ちに燃える娘、戦の携行食としてパン作りを依頼される和菓子職人の姿があった。知られざる箱館戦争を描くシリーズ第二弾。

205808-8

と-26-23
松前の花（下） 土方歳三 蝦夷血風録 富樫倫太郎

死を覚悟した蘭子は、藤吉にある物を託し戦へと向かった。北の地で自らの本分を遂げようとする土方、蘭子、藤吉。それぞれの箱館戦争がクライマックスを迎える！

205809-5

各書目の下段の数字はISBNコードです。978－4－12が省略してあります。

と-26-24
神威の矢（上）土方歳三 蝦夷討伐奇譚
富樫倫太郎
明治新政府の猛追を逃れ、開陽丸に乗り込んだ土方歳三ら旧幕府軍。だが、船上には、動乱に乗じ日本に神の王国の建国を企むフリーメーソンの影が――。
205833-0

と-26-25
神威の矢（下）土方歳三 蝦夷討伐奇譚
富樫倫太郎
ドラゴン復活を謀るフリーメーソン、後のない旧幕府軍、死に場所を探す土方、迫害されるアイヌ人、山籠りの陰陽師。全ての思惑が北の大地で衝突する！
205834-7

と-26-26
早雲の軍配者（上）
富樫倫太郎
北条早雲に見出された風間小太郎。軍配者となるべく送り込まれた足利学校では、互いを認め合う友に出会い――。新時代の戦国青春エンターテインメント！
205874-3

と-26-27
早雲の軍配者（下）
富樫倫太郎
互いを認め合う小太郎と勘助、冬之助は、いつか敵味方にわかれて戦おうと誓い合う。扇谷上杉軍へ攻め込む北条軍に同行する小太郎が、戦場で出会うのは――。
205875-0

と-26-28
信玄の軍配者（上）
富樫倫太郎
駿河国で囚われの身となったまま齢四十を超えた山本勘助。焦燥ばかりを募らせていた折、武田信虎による実子暗殺計画に荷担させられることとなり――。
205902-3

と-26-29
信玄の軍配者（下）
富樫倫太郎
武田晴信に仕え始めた山本勘助は、武田軍を常勝軍団へと導いていく。戦場で相見えようと誓い合った友たちとの再会を経て、「あの男」がいよいよ歴史の表舞台へ！
205903-0

と-26-30
謙信の軍配者（上）
富樫倫太郎
越後の竜・長尾景虎のもとで軍配者となった曾我（宇佐美）冬之助。自らを毘沙門天の化身と称する景虎の前で、いま軍配者としての素質が問われる！
205954-2

と-26-31
謙信の軍配者（下）
富樫倫太郎
冬之助は景虎のもと、好敵手・山本勘助率いる武田軍を前に自らの軍配を振るい、見事打ち破ることができるのか⁉「軍配者」シリーズ、ここに完結！
205955-9

各書目の下段の数字はISBNコードです。978－4－12が省略してあります。

と-26-44
北条早雲5 疾風怒濤篇
富樫倫太郎
相模統一に足踏みする伊勢宗瑞が、苦悩の末に選んだ最終手段。三浦氏との凄惨な決戦は、極悪人にして名君の悲願を叶えるか。人気シリーズ、ついに完結！
206900-8

な-65-1
うつけの采配（上）
中路啓太
関ヶ原の合戦前夜――。誰もが己の利を求める中、ただ一人、毛利百二十万石の存続のため奔走した男・吉川広家の苦悩と葛藤を描いた傑作歴史小説！
206019-7

な-65-2
うつけの采配（下）
中路啓太
小早川隆景の遺言とは正反対に、安国寺恵瓊の主導により天下取りを狙い始めた毛利本家。はたして吉川広家は家を守り抜くことができるのか？〈解説〉本郷和人
206020-3

な-65-3
獅子は死せず（上）
中路啓太
加藤清正ら名だたる武将にその武勇を賞賛された武将・毛利勝永。関ヶ原の合戦で西軍についたため、領地没収をされた男が、大坂の陣で最後の戦いに賭ける！
206192-7

な-65-4
獅子は死せず（下）
中路啓太
誰より理知的で、かつ自らも抑えきれない生命力を有し、家族や家臣への深い愛情を宿した戦国最後の猛将の生涯。『うつけの采配』の著者によるもう一つの傑作。
206193-4

な-65-5
三日月の花 渡り奉公人 渡辺勘兵衛
中路啓太
時は関ヶ原の合戦直後。『もののふ莫迦』で「本屋が選ぶ時代小説大賞2015」に輝いた著者が描く、反骨の武将・渡辺勘兵衛の誇り高き生涯！
206299-3

な-65-6
もののふ莫迦
中路啓太
豊臣に故郷・肥後を踏みにじられた軍人・岡本越後守と、豊臣に忠節を尽くす猛将・加藤清正が、朝鮮の戦場で激突する！『本屋が選ぶ時代小説大賞』受賞作。
206412-6

な-65-7
裏切り涼山
中路啓太
羽柴秀吉が包囲する播磨の三木城。その壮絶な籠城戦を舞台に、かつて主家を裏切って滅亡させた男・涼山が、唯一の肉親を助けるために、再び立ち上がる！
206855-1